Stefanie Hasse

Magic Tales · Wachgeküsst im Morgengrauen

Bisher von *Stefanie Hasse* bei Loewe erschienen:

Schicksalsbringer
Schicksalsjäger

Heliopolis · Magie aus ewigem Sand
Heliopolis · Die namenlosen Liebenden

Magic Tales · Verhext um Mitternacht
Magic Tales · *Wachgeküsst im Morgengrauen*

Stefanie Hasse

Magic Tales

Wachgeküsst im Morgengrauen

Loewe

978-3-7432-0646-5
1. Auflage 2021

Dieses Werk wurde vermittelt durch
die Michael Meller Literary Agency GmbH, München.
Umschlaggestaltung: Michael Dietrich
Umschlagfotos: © tugol/Shutterstock.com, © Onkamon/shutterstock.com
Printed in Germany

www.loewe-verlag.de

Prolog

Damals

Mondlicht strich über die Bäume des Schlossparks von Falkhausen, warf kleine Lichtkleckse auf die bekiesten Wege und spiegelte sich silbern in dem kleinen Teich vor dem Mädchen. So harmonisch, friedvoll, fast magisch.

Es fehlte nur noch das bläuliche Leuchten echter Magie. Magie, die das Mädchen von Geburt an ständig umgab und doch seit heute unerreichbarer war als ein wertvolles Juwel im Museum.

Das Mädchen hatte sich sein weiteres Leben seit Jahren ausgemalt. Wie es aussehen würde, während es Magie wirkte. Wie es binnen Sekunden in all die fernen Länder reisen könnte, von denen es in seinen Büchern las. Ganz abgesehen von den täglichen magischen Kniffen, die sein Leben erleichtern würden.

Eine Ente durchbrach das sich im Wasser spiegelnde Bild des Mondes und es schien, als würde dieser davonschwimmen, sich verflüchtigen, auflösen. Wie die Sigille des Mädchens nach der heutigen Initiation. Das bisschen Magie in seinem Blut hatte nicht ausgereicht, um die Sigille zu halten, dabei hatte das Mädchen so sehr darauf gehofft.

Jetzt war es anstatt zum Besitzer des Juwels zu einem Museumsbesucher geworden, der den Schatz sehen, ihn aber nicht anfassen konnte.

Es war demütigend.

Tränen aus geplatzten Träumen und Hoffnungen verschleierten seine Sicht, drängten hervor, ganz gleich, wie oft das Mädchen auch blinzelte.

Dann schob sich mit einem Mal ein roter Schemen in das Aquarell des Schlossparks und eine süße Stimme schwebte über den Teich.

»Was ist los, meine Kleine?« Die Worte der Frau in Rot waren so voll von Magie, dass sie dem Mädchen eine Antwort entlockten und es erzählte, von all dem Leid klagte, der Scham und der Schande, die es zu ertragen hatte.

»Ich kann dir helfen.« Die Worte tanzten um das Mädchen herum, lockten, neckten es und machten es ihm unmöglich, nicht über sie nachzudenken.

Blinzelnd klärte das Mädchen seinen Blick und sah die Frau in roter Robe näher kommen. Sie schwebte auf einer Welle rot leuchtender Magie über den Teich, verschreckte die Ente, die nun laut schnatternd davonschwamm. Die Frau glich einem Geist. Ätherisch, wunderschön. Ihr Umhang bewegte sich wie in Zeitlupe, tanzte im selben nicht spürbaren Wind wie ihre weißblonden Haare. Am Ufer angekommen, drehte sie ihre leere Handfläche nach oben, ehe die Sigille auf ihrem Handgelenk aufleuchtete. Nicht weißblau wie die Magie, die das Mädchen kannte. Nein. Die Magie der weißhaarigen Frau war rot wie Blut, floss von ihrer purpur leuchtenden Sigille zu ihrer Handfläche und ließ einen kleinen, schwebenden Flakon erscheinen, der unten so spitz zulief, dass er in ihre Haut stechen könnte.

Das Mädchen richtete sich weiter auf, seine Augen waren auf das schimmernde Fläschchen gerichtet, es konnte seinen Blick nicht abwenden. Pulsierende Magie ging davon aus, stärker und mächtiger, als es sie je zuvor gespürt hatte.

Die Stimme der Weißhaarigen drang aus allen Richtungen auf das Mädchen ein, glitt in seinen Geist, schlang sich um seine Gedanken. »Du kannst mächtiger werden als die anderen«, flüsterte sie direkt in seinem Kopf, weckte dunkle Gefühle in dem Mädchen, zerrte Rachedurst für all den ertragenen Spott an die Oberfläche. »Doch du weißt, dass eine solch mächtige Magie ihren Preis hat.«

Das Mädchen nickte. Es konnte gar nicht anders. Es hatte seine Chance gewittert und ihm dürstete nun nach dem Versprochenen. »Der Preis ist hoch«, versicherte die rote Frau noch einmal, aber es war zu spät. Das Mädchen hatte sowieso schon eingewilligt.

~ 1 ~

MARA

Das heutige Volleyballtraining hatte mich geschafft. Ich konnte kaum meine Augen offen halten. Der Luftzug unter dem Helm machte es nicht besser. Bei jedem Atemzug beschlug meine Brille. Nebelschwaden hingen über den Feldern, der Mond leuchtete hell genug, um sie perfekt in Szene zu setzen. Die Welt glich einer Schwarz-Weiß-Fotografie. Mit den fünfzig Stundenkilometern, die der Roller gerade so schaffte, hatte ich Zeit, auf der Geraden ausgiebig »in die Landschaft zu gucken«, wie es Micha, mein Fahrlehrer, immer formuliert hatte.

Erneut musste ich gähnen und meine Augen tränten, ließen die Rücklichter des Mercedes vor mir verschwimmen, während die ersten Bäume die Felder ringsum ersetzten.

Dann beschleunigte sich plötzlich die in Mondlicht getauchte Welt um mich herum. Das Schwarz-Weiß-Foto wurde zum Action-Film. Ich sah am Ende der langen Geraden, die durch den Wald führte, graue Schatten aus den Büschen hervorpreschen. Mehrere Personen, die, ohne sich umzusehen, noch vor dem Mercedes auf die Straße rannten. Das Adrenalin, das durch meine Adern schoss, machte mich wieder hellwach. Die Bremslichter des Mercedes leuchteten auf. Ich drückte beide Handbremsen durch und erinnerte mich tatsächlich an die Worte meines Fahrlehrers: »Wenn du die Kontrolle zu verlieren drohst, fixier nicht den einzigen Baum am Straßenrand, sonst wirst du ihn treffen.« Also huschte mein Blick innerhalb von Millisekunden umher. Dabei glaubte ich, noch eine weitere Person am Waldrand stehen zu sehen.

Die Panik, die in den letzten Sekunden in mir aufgestiegen war, war jedoch gar nicht nötig gewesen. Mein Hinterrad brach zwar kurz aus, aber ich hatte den Roller weiter unter Kontrolle und kam leicht schlitternd hinter dem silbernen Mercedes zum Stehen, der nun quer auf dem Mittelstreifen stand. Mein Atem ging keuchend. Das Visier beschlug. Der Motor meines Rollers erstarb, weil meine zitternden Finger versehentlich die Kupplung gelöst hatten.

»Habt ihr euer Hirn im Wald verloren? Oder seid ihr da drin aufgewachsen und keiner hat euch erklärt, dass man nicht auf die Straße rennt?« Ich schimpfte so laut, dass meine Stimme in meinem Helm dröhnte, und öffnete schnell das Visier. Luft. Ich brauchte Luft. Mein Herz drohte meinen Brustkorb zu sprengen. Die Fahrzeugtür des Mercedes öffnete sich. Der Fahrer, ein Typ mit ultrakurzen Haaren und Brille, sprang aus dem Wagen und brüllte ebenfalls Richtung Waldstück auf der anderen Straßenseite. Dabei ruderte er so wild mit den Armen, als würde er jeden Moment abheben wollen.

Was danach geschah, schob sich zu einem einzigen Bild zusammen, das keinen Sinn ergab. Ich drehte mich gerade zu einem quietschenden Geräusch hinter mir um. Die

Scheinwerfer eines monströsen SUV erfassten mich und den Roller wie in diesem uralten Horrorfilm mit dem besessenen Auto. Aus den Augenwinkeln nahm ich am Straßenrand erneut diese andere Person wahr, die linke Hand erhoben, aus der gerade ein weißblaues Leuchten hervorbrach. Plötzlich riss etwas an mir – oder hatte mich der SUV so schnell erreicht? – und kurz hatte ich das Gefühl zu fliegen. Im nächsten Moment tat mir der Kopf und so ziemlich jedes andere Körperteil weh und ich schloss die Augen. Das seltsame weißblaue Leuchten verschwand hinter meinen Lidern.

Zu allem Unglück war ich spätestens beim Aufschlag auf das bisschen Grün neben der Straße überzeugt davon, dass die Person mit der leuchtenden Hand Christoph Brand gewesen sein musste.

Ganz offensichtlich hatte ich mir den Kopf ziemlich stark gestoßen.

Die nachfolgenden Momente könnte ich auch gut in einer Serie gesehen haben. Donnernde Schritte. »Geht es dir gut?«

Nicht, wenn du gegen den Helm klopfst, wollte ich antworten, brachte aber kein Wort hervor. Meine Lider flatterten, ich konnte sie nicht kontrollieren, konnte die Augen nicht öffnen.

»Hallo? Ich will einen Unfall melden. Eine verletzte Rollerfahrerin auf der Landstraße im Rotwald, kurz vor Falkhausen.«

Ich hörte die Panik in der Stimme des Mannes, wollte ihn beruhigen, ihm sagen, dass es mir gut ging. Aber tat es das?

»Nein, ich kann den Helm nicht abnehmen. Hier ist niemand sonst.«

Eiskalte Finger schoben sich zwischen meinen Helm und den Kragen meiner Jacke, wühlten sich am Halstuch vorbei und lösten den Verschluss des Kinnriemens. »Ich hab ihn geöffnet. Sie atmet.« Erleichtertes Seufzen. »Ja, ich warte.«

Ich atmete. Also lebte ich. Der Schock war offenbar vorüber, die Erschöpfung holte mich ein, vielleicht dämmerte ich sogar kurz weg, während sich zwei Personen unterhielten und jemand eine Decke über mich warf. Dabei fror ich doch am Rücken. Mein Hintern war bereits zum Eisklotz geworden. Ich schaffte es aber nicht, das auszusprechen. Hände legten sich unter meinen Nacken, stabilisierten das Kinn, während mir jemand anderes den Helm vorsichtig vom Kopf zog und die Welt wieder laut wurde.

Krankenwagensirenen.

Jemand riss mich wortwörtlich aus dem seligen Dämmerzustand, als ich auf die Trage gehoben wurde. Später pikte etwas in meinen Arm – oder vielleicht träumte ich das auch nur? – und ich versank vollends in flauschiger Dunkelheit. Leider wurde sie zu einem Albtraum. Ich sah den Unfall in Endlosschleife, mein angeschlagenes Hirn quoll über vor irrwitzigen Ideen, malte sich alles Mögliche aus.

Ich durchlebte erneut, wie ich die Kontrolle verlor, wie ich flog, noch ehe es einen Aufprall mit dem heranschießenden Fahrzeug gegeben hatte. Und ich hätte auf meine bunten Haare geschworen, dass Christoph Brand mit seiner leuchtenden Hand meine Flugbahn nachzeichnete.

Das nächste Mal erwachte ich, weil ich eine mir wohlbekannte Stimme hörte. Ich wollte Tristan sagen, dass ich wach war, aber offenbar galt das nicht für meinen Körper.

Ich konnte mich nicht bewegen, geschweige denn sprechen. Aber hören.

Er war nicht allein hier. Unter das Piepen der Überwachungsmonitore mischte sich noch eine weitere Stimme. Sie stritten sich.

»Verschwinde!« Als beste Freundin war es meine Pflicht, Tristan zur Weißglut zu bringen, aber er hatte in all den Jahren nie derart wütend geklungen. Was er danach sagte, klang so sehr nach einem Zischen, dass ich es nicht verstand. Das lag vermutlich an den Medikamenten. Denn das, was die zweite Stimme antwortete, war nur mit geistiger Umnebelung zu erklären.

»Du hältst mich für eine Dunkelhexe?«

Das war Elas Stimme. Oder? Was machte Tristans Schwarm denn hier?

Ich sammelte alle Energie in meinem Körper, wollte die Augen öffnen, die beiden begrüßen oder den Streit schlichten. Oder zumindest einen klaren Kopf bekommen, damit ich nicht länger vollkommen absurde Dinge hörte. Stattdessen dämmerte ich vor Erschöpfung wieder weg. Einzelne Gesprächsfetzen mischten sich in meinen schrägen Traum, der von dem seltsamen weißblauen Leuchten begleitet wurde, das ständig um Chris herumschwirrte.

»Kerkerzauber … Stiefmutter … Blutmagie … Dunkelhexen-Angriff … Ich bin eine Jägerin.«

Es war offiziell: Ich war high.

Das Piepen übertönte das Zuschlagen einer Tür und zog mich mehr und mehr in den Schlaf.

Als ich das nächste Mal erwachte, war ich noch immer nicht Herrin über meinen Körper. Es war wie in einem gruseligen Film. Mein Gehirn war wach, der Rest von mir schlief.

Dass Tristan immer noch da war, erfuhr ich erst durch sein wütendes »Was wollt ihr hier?«.

Ich hatte keine Tür gehört. Wer war *ihr*? *Verdammt, mach die Augen auf, Mara!* Doch alles Fluchen half nichts.

»Tristan Atwood?« Diese Stimme kannte ich nicht. *Konzentrier dich, verdammt!* Ich strengte mich an, meine Lider zu heben, dann meine Finger zu bewegen, einfach irgendwie auf mich aufmerksam zu machen.

»Der Hohe Rat der Hexengemeinschaft hat erlassen, dass deine Sigille geprüft werden soll.«

Wie bitte?

»Ist das auf deinem Mist gewachsen? Reicht es dir etwa nicht, dass du mich die ganze Zeit verarscht hast?« Tristan. Wenn möglich, klang er noch verärgerter als zuvor. Wieso war er so sauer auf Ela? »Sie hat versucht, meine Sigille erneut hervorzubringen, doch sie ist wie damals nach meinem Initiationsritus verblasst und über Nacht komplett verschwunden ... Ach, das hat sie nicht erzählt? Kein Wunder. Sie ist gut im Lügen.«

Ich hätte schwören können, dass sich Enttäuschung in Tristans Wut mischte.

»Sebastien, ich ...« Ela sprach jetzt offenbar mit dem Unbekannten. Ich dachte, sie und Tristan wären ... ineinander verknallt oder so.

»So oder so muss er offiziell getestet werden. Die Sigille des zweiten Auserwählten wurde im Atwood-Anwesen geortet. Deine Stiefbrüder konnten bereits ausgeschlossen werden. Daher ...« Dieser Sebastien sprach nun offenbar wieder mit Tristan. Er hatte zwei Stiefbrüder. Christoph und Noah Brand. Sofort flackerte wieder das Bild des Unfalls in meinem Kopf auf. Ich war mir noch immer sicher, dass Chris währenddessen dort am Waldrand gestanden hatte. Meine Neugier wurde immer größer, ich musste einfach die Augen öffnen! Doch nichts rührte sich, ganz gleich, wie oft mein Kopf den Befehl dazu gab, irgendeinen Muskel zu bewegen. Aber ich sah ein grelles Leuchten jenseits meiner geschlossenen Lider.

Ein Handy klingelte.

»Hallo, Panya.« Was war das denn für ein Name? »In Ordnung.«

Einen Moment später sagte die männliche Stimme, Sebastien: »Wir haben die zweite Auserwählte. Es ist Gloria. Sie befand sich zur besagten Zeit im Zimmer von Noah Brand. Der Junge hat Panya davon unterrichtet, als wir weg waren.«

»Gloria?« Elas Stimme kam einem Quietschen ziemlich nahe.

Ihr Luftschnappen endete abrupt, als Sebastien sie direkt ansprach. »Dein Alleingang hat uns einiges an Zeit und Magie gekostet. Du kannst froh sein, dass wir es noch rechtzeitig geschafft haben. Wir sehen uns beim Ritual.« Nun wandte er sich offenbar an Tristan. »*Deine* Anwesenheit wird vom Hohen Rat ebenfalls gewünscht. Es ist ein Dekret des Hohen Rates der Hexen. Unumgänglich.«

Ich stellte fest, dass ich Tristan allein an seinen wütenden Schritten erkannte.

»Verfluchte Hexen!«, schimpfte er. Das war neu. Etwas raschelte. Ich zwang erneut meine Augen, sich zu öffnen, oder meinen Mund. Tristan war sauer und ich wollte ihm beistehen. Das war meine heilige Pflicht.

»Was willst du noch hier?«, fragte er nun. *Du*, nicht *ihr*. Ich hatte weder Schritte noch die Tür zum Krankenhauszimmer gehört. Erst jetzt hörte ich welche näher kommen. Hätte ich gekonnt, wäre ich vor Schreck zusammengezuckt, als jemand nach meiner Hand griff.

»Ich könnte ihr einen Trank geben. Sie wäre schnell wieder auf den Beinen.« Es war also Ela, die noch da war. Ihre Stimme klang müde.

Moment! Redete sie etwa von mir? Nein! Ich versuchte, meine Hand wegzureißen. Panik kam in mir auf. Mir wurde eiskalt.

»Sie ist keine Wissende, du kannst keine Magie bei ihr wirken.«

»Dieser Heiltrank besteht größtenteils aus natürlichen Komponenten, die schon seit Urzeiten von Menschen verwendet werden. Die Magie beschleunigt den Prozess nur, ich forsche seit Jahren mit den verschiedenen Inhaltsstoffen. Außerdem wurde der Tarnzauber gestern von absolut unwissenden Teenagern durchbrochen. Nur wenige Stunden vor der Erneuerung des Occultatums wirkt die Magie garantiert auch bei Mara.«

Okay. Jetzt war ich mir sicher, dass ich träumte. Den schrägsten Traum aller Zeiten. Das erklärte auch, warum ich mich nicht bewegen konnte. Der Körper deaktiviert beim Träumen die Muskeln im Körper, weil man sich sonst verletzen konnte. Das nennt man Schlafparalyse. Ganz logisch.

Leise Schritte. Eindeutig nicht Tristan. Also saß er neben mir. »Ich muss da ran.«

Meine Hand fiel nach unten. Wie leblos. Ein Stuhl schabte über den Boden. Zarte Finger tasteten über mein Handgelenk. Dann vertrieb Wärme die Eiseskälte. Sie strömte durch meinen Arm hindurch, brachte die Innenseite meiner Lider zum Leuchten. Es tat so gut wie ein warmes Bad nach einem Tag im Schnee. Am liebsten hätte ich geseufzt.

Wieder klingelte ein Handy. Ich hörte es nur noch wie durch meinen Helm. Mein Hirn schloss sich nun wohl wieder dem Rest meines Körpers an, machte den schrägen Albtraum zu einem normalen Traum.

Elas Stimme war weit entfernt. »Alex?«

Alex? Alex Foster? Ach, klar. Sie hatte vom ersten Tag an immer mit Ela, der neuen Austauschschülerin aus Rom, abgehangen. Die Wärme und das weißblaue Leuchten lullten mich immer mehr ein, sodass ich nur noch vereinzelt Gesprächsfetzen mitbekam, bei denen ich nicht sagen konnte, wer gerade sprach.

»Brunnenfiguren ... Jäger ... Rat informieren ... Hexen schützen ... Erinnerungen nehmen.«

Geschah das gerade wirklich mit mir? War es doch kein Traum? Ich holte die letzten Kraftreserven aus mir heraus, brachte statt eines Hilferufes jedoch nur ein Seufzen hervor. Ich schaffte es für einen Moment, eine kleine Regung meiner Lippen zustande zu bringen. Doch damit hatte ich meinen Körper verausgabt und ich ergab mich wieder dem Schlaf.

~ 2 ~

MARA

Ich fühlte mich schlimmer als nach der Siegesfeier im Parkbad letztes Jahr, als ich Pia leider geglaubt hatte, dass »ein paar Schlucke Sekt« einfach dazugehörten. Das waren ein paar zu viel gewesen und laut Videobeweisen lag es an meinem ausschweifenden Tanz, dass mir am nächsten Tag Muskeln wehtaten, von deren Existenz ich zuvor nicht einmal gewusst hatte.

Ja, mein aktueller Zustand kam dem ziemlich nahe. Nur dass ich nicht getanzt hatte und statt jeder Muskelfaser jeder einzelne Knochen schmerzte, obwohl mir klar war, dass das unmöglich war. Das Gewicht des Medaillons meiner Urgroßmutter Clementine, das ich, seit ich denken konnte, an meiner Halskette trug, fühlte sich mehrere Tonnen schwer an. Ich wollte es loswerden, vielleicht könnte ich dann besser atmen. Doch in dem Zustand zwischen Wachen und Träumen war es mir nicht möglich, es abzulegen.

Ebenso unmöglich wie all das, was mir mein offenbar noch immer angeschwollenes Hirn in meinen Träumen weismachen wollte, die gerade immer weiter verblassten, bis nur noch ein Detail fest in meinem Gehirn verankert blieb:

Christoph Brand und sein leuchtender Arm. Gott, warum ausgerechnet *er*?

Das regelmäßige Piepen, das mich konstant durch meine Träume begleitet hatte, ging auf einmal schneller. Ein schabendes Geräusch neben mir, eine warme Hand, die sich auf meine legte, während ich Mamas Parfüm wahrnahm.

Nur, anstatt mich zu beruhigen, fühlte ich mich ... ertappt. Weil sich mein verdammter Puls ausgerechnet beim Gedanken an Chris beschleunigt hatte und diese dumme Maschine es für alle hörbar machte.

»Mama?« Blinzelnd öffnete ich die Augen.

Meine Mutter legte raschelnd eine Zeitung auf den kleinen ausgeklappten Tisch neben meinem Bett und reichte mir meine Brille. Als ich sie aufgesetzt hatte und meine Mutter ansah, erschrak ich so sehr, dass sich das Piepen gleich wieder beschleunigte. Sie sah einfach furchtbar aus. Ihre sonst seidenglatten blonden Haare waren glanzlos und strähnig, ihre Augen waren so dick angeschwollen, dass man ihr sonst so strahlendes Blau kaum mehr sehen konnte. Sie hatte geweint. Meinetwegen. Ich wollte Mama doch nie zum Weinen bringen. Sofort stiegen mir Tränen in die Augen. Verdammt!

»Du bist wach, Schatz.« Sie rutschte näher, scannte mit ihrem Blick Millimeter für Millimeter all meine für sie sichtbaren Körperteile. »Wie fühlst du dich?«

»Total verkatert!«, gab ich zu und erntete dafür ein Stirnrunzeln.

»Ich hab mir solche Sorgen um dich gemacht!« Sie stürzte sich auf mich, drückte mich, quetschte mich so fest, dass ich nur ein Stöhnen hervorbrachte.

»Es ist doch alles halb so schlimm«, behauptete ich wenig

überzeugend. Ich wollte ihr keine Sorgen bereiten. Nie! Jetzt war Ablenkung angesagt. »Wann sind Tristan und Ela gegangen? Hast du sie noch getroffen?«

»Ich wusste nicht, dass Tristan hier war. Ich hab ihm gesagt, dass du Ruhe brauchst. Die Ärzte haben …« Sie zog ihre Brauen zusammen und überlegte. »Warst du wach, als er hier war?«

Ich schüttelte den Kopf. Schlechte Idee. Damit hatte ich den letzten Rest wattiges Gefühl vertrieben und einen pochenden Schmerz freigelegt. »Uff.« Mehr gab es dazu nicht zu sagen.

»Kannst du mir eine Cola besorgen?« Flehend sah ich meine Mutter an, die auf meine Bitte hin zumindest ein wenig lächelte.

Flüssige Magie hatten wir sie früher genannt. Denn mit Cola ging es einem immer besser.

»Kommt sofort.« Mama stand auf, um zur Tür zu gehen.

»Hast du mein Handy irgendwo gesehen?«, fragte ich schnell, bevor sie gehen konnte, und sah mich suchend um. Außer den Gerätschaften und dem typischen Nachtschrank mit dem ausklappbaren Tisch neben mir, einem weißen Einbauschrank, einem Fernseher unter der Decke und dem Besucherstuhl war das Zimmer total kahl. Das zarte Gelb ließ mich darüber nachdenken, ob die Wände vergilbt waren oder jemand tatsächlich eine solch miese Farbwahl getroffen hatte. Das breite Fenster gab den Blick auf blauen Himmel und Baumwipfel frei. Ich befand mich definitiv nicht im Erdgeschoss, war aber eindeutig nach hinten zum Schlosspark hin einquartiert.

»Dein Handy ist in der Schublade neben dir. Aber pass

auf, falls jemand kommt. Die sind hier sehr streng, was Handys angeht. Die Nachtschwester wollte mir meins wegnehmen.«

Ich lachte. »Ich passe auf.«

»Dann hol ich mal deine Cola. Bis gleich.« Noch ehe ich etwas erwidern konnte, war sie weg und ich suchte nach meinem Handy. Als ich es gefunden hatte, musste ich es erst einmal einschalten. Es dauerte ewig, bis es hochgefahren war, und noch länger, bis sich das Handy ins Netz eingewählt hatte.

Ich erhielt zwei Benachrichtigungen über Anrufe in Abwesenheit. Tristan und eine unbekannte Nummer. Als Erstes musste ich mit Tristan über meine wirren Träume sprechen. Ich wählte seine Nummer, doch es klingelte nicht einmal, da sofort die Mailbox anging. Verdammt. Ich wechselte zum Messenger und schrieb ihm eine Nachricht.

Bitte ruf mich an.
Dringend.

Bis zum nächsten Morgen hatte ich noch immer keine Antwort von ihm. Weitere Anrufe gingen ebenfalls ins Leere. Nur weil diese Woche Stadtjubiläum war und daher kein Unterricht stattfand, brauchte er ja nicht gleich das Handy auszuschalten. Ich hatte inzwischen jedem Blatt der Bäume draußen, die ich vom Bett aus sehen konnte, einen Namen gegeben. Allzu viele waren es allerdings noch nicht. War das normal für Mai? Aus purer Langeweile schossen mir die wildesten Dinge durch den Kopf. Irgendeine Beschäftigung brauchte ich ja schließlich. Mein Duell mit dem EKG und wie ich das Piepen beeinflussen konnte, hatte man heute Morgen nach der Visite unterbunden. Mir ging es so weit gut und ich musste nicht mehr überwacht werden. Die wenigen Programme, die der Fernseher bot, waren eindeutig nicht mein Fall und nach einem Zusammenstoß von Stationsschwester Julia und mir bezüglich meines Handys konnte ich nicht einmal mehr damit Filme oder Serien schauen.

Je länger ich aber zu meinen neuen Freunden draußen sah, desto sicherer war ich mir, dass sich meine Sehkraft wieder einmal verschlechtert hatte.

Mama schneite zur Tür herein und brachte das ersehnte Licht am Ende des Tunnels. Zusammen mit Cola.

»Nach der Visite kannst du mit mir nach Hause!«

Am liebsten wäre ich sofort aus dem Bett gesprungen und hätte einen Freudentanz aufgeführt. Nur leider wusste ich von meinem Kreislaufzusammenbruch im Volleyballcamp damals, wie lange sich so eine Visite hinziehen konnte.

Zu meiner Überraschung klopfte es in diesem Moment an der Tür.

»Fräulein Rothschild«, begrüßte mich Dr. Häußler, der Oberarzt, der mich auch gestern schon besucht hatte. Hinter ihm quoll ein ganzer Pulk Weißkittel in den Raum. Als sich alle um mein Bett herum versammelt hatten, legte Dr. Häußler los: »Mara Rothschild, siebzehn Jahre, hat vor zehn Tagen einen schweren Unfall erlitten. Sie und ihr Roller wurden von einem heranfahrenden SUV erfasst, sie wurde davongeschleudert, hatte aber Glück.«

»Glück?«, ging ich dazwischen. »Mir tut alles weh!«

Dr. Häußler mochte keine Störungen, die Stationsschwester sah mich bitterböse an, zog dann jedoch aus dem Stapel ihrer Unterlagen ein Foto hervor und reichte es herum. Als es bei einer jungen Frau neben mir ankam und ich selbst einen Blick darauf erhaschen konnte, wurde mir übel.

Mein Roller sah aus wie eine Getränkedose, auf die man draufgetreten war. Ich hätte am liebsten direkt losgeheult. Und dazwischen hatte ich gesteckt? Ich sah an mir hinab, ebenso fassungslos wie die Schäfchen von Dr. Häußler.

»Wann, sagten Sie, war dieser Unfall?«, »Hat sie ein Schädelhirntrauma erlitten?«, »Ist die Wirbelsäule intakt?«

Sie warfen mit Diagnosen um sich, die jeden Hypochonder in Totenstarre versetzt hätten, während Dr. Häußler meine Lunge abhörte und mich dafür vor der versammelten Mannschaft halb entblößte. Was für einen schockierten Ausruf eines jungen Arztes neben mir sorgte: »Sie hat keinerlei Hämatome!«

»Gut erkannt. Glücklicherweise wurde sie auf den schmalen Grasstreifen neben der Straße geschleudert und ist weich genug gefallen. Der Helm hat ihr vermutlich das Leben gerettet.«

In meinem Kopf malten seine Worte einen kurzen Comicstrip. Strichmännchen-Mara fährt Roller. Mara bremst. SUV kommt. Mara fliegt, schlägt auf. Doch leider steht sogar in dem Comic Strichmännchen-Chris an der Straßenseite und folgt mit blauem Strichmännchen-Arm meiner Flugbahn.

Dämliche Langeweile. Ich griff nach meinem Medaillon und nestelte daran herum.

Meine Mutter hatte sich mitsamt dem Besucherstuhl ans Fenster verdrückt. Ihre Augen huschten hin und her, als sähe auch sie den schrägen Comic vor sich.

Ich litt eindeutig an einem Krankenhauskoller. Das musste es sein. So reimte ich mir alles zusammen. Na ja, alles bis auf ... »Ich glaube, ich sehe aktuell schlechter«, sagte ich zu Dr. Häußler, der sofort zu der Stationsschwester sah, die das fleißig in meiner Akte notierte, und dann die junge Frau neben mir um eine Diagnose bat. Sie ratterte monoton herunter: »Bei einem Schädelhirntrauma kann vorübergehend auch die Sehfähigkeit beeinträchtigt sein. Schon kleinste Druckveränderungen auf den Sehnerv können schwere Auswirkungen haben.«

Das Mutmachen sollte die Frau aber noch üben!

»Keine Sorge«, ging Dr. Häußler gleich dazwischen. »Binnen kürzester Zeit werden Sie wieder normal sehen können.« Er warf der jungen Assistenzärztin einen finsteren Blick zu. Oh, oh. Jetzt tat sie mir leid. Trotzdem leuchtete er mir noch mit seiner kleinen Taschenlampe in die Augen und nickte anschließend zufrieden.

»Weil Ihr Fall so besonders und anschaulich ist, würden wir Sie gerne zur Nachuntersuchung hierherbestellen und nicht an Ihren Hausarzt überweisen. Ist das für Sie in Ordnung?« Ich sah zu Mama, die nickte, also murmelte ich eine Zusage.

»Sie erhalten den Termin dann von Schwester Julia. Bis bald, Mara.«

Na, hoffentlich durfte ich den Termin dann in mein Handy eintragen, ohne dass es mir die Giftspritze wegnahm. So wie sie mich aktuell über den Rand ihrer Brille hinweg anstarrte, wartete sie nur auf eine solche Gelegenheit. Ich schluckte. Aber was man nicht alles tat, wenn man dafür die eigene Freiheit in Aussicht gestellt bekam.

Während Mama meinen Termin vereinbarte, zog ich mich um, packte meine Sachen und war schon fast mit der Verabschiedung all meiner neuen Freunde jenseits des Fensters fertig, als sie endlich zurückkam.

Wir sprachen auf dem Weg zum Parkplatz kein Wort. Was sehr ungewöhnlich war. Mama kaute ständig auf der Innenseite ihrer Wange herum, als wäre die ein Kaugummi, und ihre Brauen waren unentwegt zusammengezogen. Hin und wieder warf sie mir einen verstohlenen Blick von der Seite zu, der in mir ein seltsam beklemmendes Gefühl hervorrief.

»Kannst du mich vielleicht bei Tristan absetzen?«, fragte ich, weil Tristan immer noch nicht erreichbar war – und leider zu weit außerhalb wohnte, um mal eben hinzulaufen. Wie die Busse an den freien Tagen fuhren, wusste ich nicht. Den Grund, warum ich ihren Taxidienst in Anspruch nehmen musste, sprach ich natürlich nicht aus. Dass mein wunderhübscher quietschgelber Roller gestorben war. Zerquetscht wie eine Coladose.

»Und wie kommst du zurück? Zu Fuß?«

»Es fahren auch Busse.« Ich hielt das Handy hoch, auf dem ich inzwischen die App des Nahverkehrsverbunds geöffnet hatte. »Zwar nicht oft, aber zumindest hin und wieder.« Das beschrieb den gesamten Fahrplan auch sonst ziemlich gut.

»Du bist ganz frisch aus dem Krankenhaus entlassen …«, begann Mama zu diskutieren.

»Du sagst es: Ich wurde entlassen. Das heißt, mir geht es gut.«

Mama stieß ein tiefes Seufzen aus, startete den Motor und wir fuhren tatsächlich in Richtung alter Stadtkern, vorbei an den letzten Fachwerkhäuschen und alten Höfen, die inzwischen nicht mehr am Stadtrand lagen, sondern so ziemlich in der Mitte, bis wir weit außerhalb an der Zufahrt zum Grundstück der Brands ankamen. Mama hielt am Straßenrand.

»Kannst du von hier aus laufen? Ich hab noch etwas zu erledigen.« Sie wirkte gehetzt. Hatte sie etwa meinetwegen einen Termin verpasst?

»Na klar. Danke fürs Fahren.« Ich stieg schnell aus. »Soll ich dich später abholen?«, fragte Mama noch, ehe ich die Fahrzeugtür geschlossen hatte.

»Das ist nicht nötig.«

»Ganz sicher?« Mama schien wahnsinnig beunruhigt.

»Ganz sicher«, bestätigte ich, schlug die Tür zu, ehe Mama noch etwas erwidern konnte, und machte mich auf den Weg zu dem alten Herrenhaus, das ich schon seit Ewigkeiten nicht mehr betreten hatte. Tristan kam eigentlich immer mit zu mir, weil ihm jede Verschnaufpause von seinen Brüdern und seiner Stiefmutter recht war. Wäre er an sein verdammtes Handy gegangen, hätte ich ihn auch zu mir eingeladen – aber der Herr machte offenbar einen auf wichtig.

Ich drückte die Türklingel und ein Bellen erklang. Roger. Ihn hatte ich auch ewig nicht mehr gesehen. Kurz darauf wurde die Tür geöffnet und ich sah mich Tristans Stiefbruder Chris gegenüber. Sofort wurde ich wieder in meinen seltsamen Traum zurückkatapultiert.

~ 3 ~

CHRIS

Fremde Magie gleicht statischer Elektrizität. Die Luft um mich herum surrte und kribbelte. Ich war gerade dabei, mir einen Proteinshake zuzubereiten, da stellten sich die Härchen auf meinen Unterarmen auf. Ich ließ den Knopf des elektrischen Mixers los und wartete auf das Unvermeidliche. Das Geschirrtuch am Haken neben der Spüle flatterte in einer leichten Brise, die im bläulichen Weiß der Magie leuchtete. Der Zauber kam näher und erfasste mich. Im nächsten Moment hielt ich bereits eine altmodische Schriftrolle in den Händen, die jahrhundertealt aussah und doch brandneu war.

Auch wenn ich wusste, was drinstand, war es mir unmöglich, das Siegel nicht zu brechen und zu lesen. Der Zauber darin würde sich mir aufzwingen, wenn ich es nicht freiwillig tat. Was sowohl schmerzhaft sein als auch Konsequenzen haben würde. Konsequenzen, die ich mir derzeit nicht leisten konnte.

Also entrollte ich das Schriftstück wie ein Herold aus dem Mittelalter und las Wort für Wort, welchen Verbrechens ich angeklagt wurde.

Verkündung

Der Hohe Rat der Hexen wirft dem Junghexer Christoph Brand vor, das Gesetz zum Schutz vor Enttarnung in mehreren Punkten wissentlich missachtet zu haben.

Der ausführliche Tatverlauf ist unter AZ: 669/7428 via Transferzauber abrufbar.

Das Tribunal findet am 12. Mai um 16 Uhr statt.

Bitte tragen Sie Sorge dafür, dass bei Anreise keine Gesetze des Hohen Rates, insbesondere § 9, Sigillenfährten unter Beisein von Unwissenden, gebrochen werden.

Bewahre das Erbe. Bewahre die Tradition.

gez. Adelaine Mansfield

Ich fragte mich gerade, wer Adelaine Mansfield war, da verschwammen die Buchstaben und glitten über die Seite nach unten. Während die Tinte in meine Finger kroch, denen es noch immer unmöglich war, das Papier loszulassen, erschien auf dem nun leeren Pergament ein Imagini. Ich sah Bild für Bild meine Tat des 29. April vor mir. Ein Ultra-HD-Video auf vergilbtem Pergament, entstanden unter Anwendung eines Transkriptionszaubers aus einer heraufbeschworenen Vision der Auguren. Die Hexenversion einer Überwachungskamera – wann und wo auch immer sie nötig war. Wenn solch schwere Geschütze aufgefahren wurden, handelte es sich nicht um ein Bagatelldelikt. Die drei Auguren hatten schließlich Besseres zu tun. Beispielsweise, meinen geflohenen Bruder und seine neue Freundin Gloria zu suchen.

Dennoch musste ich nun mit ansehen, wie ich aktiv mit Magie in den natürlichen Verlauf der Menschenwelt eingegriffen hatte.

Die Straße, die durch das kleine Waldstück außerhalb von Falkhausen führte, lag fast vollkommen im Dunkeln. Ein silberner Mercedes stand quer auf dem Mittelstreifen. Der Fahrer war ausgestiegen und gestikulierte zur anderen Seite der Straße. Hinter dem Auto stand ein gelber Roller. Seine Fahrerin trug noch ihren Helm, hatte das Visier jedoch hochgeklappt. Unter dem Helm lugten ein paar Haarsträhnen hervor. Knallrot. Rosa. Grün.

Ein Scheinwerfer durchschnitt die Dunkelheit. Ein SUV raste direkt auf den Roller und den Mercedes zu. Am Waldrand blitzte ein Zauber auf. Im bläulich weißen Schimmer des Zaubers, der sich in meiner Sigille formte, war mein Gesicht wunderbar zu erkennen. Meine Magie peitschte nach vorne, griff nach dem Mädchen mit Helm und umschlang es wie ein Lasso. Ich zog meine Hand zurück und Mara wurde auf den schmalen Seitenstreifen zwischen Straße und Wald geschleudert. In dem Moment krachte der SUV in den Mercedes. Der gelbe Roller war nicht einmal mehr zu erkennen.

Meine Fingerspitzen waren inzwischen schwarz gefärbt, die magische Tinte folgte den Adern und kroch über den Handrücken zu meinem Handgelenk, wo sich Datum und Uhrzeit des Tribunals direkt neben meiner Sigille einbrannten, ehe der Text in meiner Haut versickerte. Wenige Sekunden vor dem genannten Zeitpunkt würde mich ein Zauber in den unterirdischen Ratssaal des Hohen Rates der Hexen holen – ob ich wollte oder nicht.

Und das alles nur, weil ich ein Mädchen gerettet hatte, das ich nicht einmal ausstehen konnte. Keine Ahnung, was mich da geritten hatte.

Die Türglocke zog mich von der magischen in die reale Welt zurück. Rogers aufgeregtes Bellen hallte durch das Atrium. Er sprang vor der Tür auf und ab und wedelte mit dem Schwanz, als würde sein Herrchen dahinter stehen.

»Roger, aus«, befahl ich, doch natürlich hörte das Tier nicht auf mich. Bis letzte Woche war ich immer instinktiv vor dem winzigen Yorkshireterrier zurückgewichen. Meine Magie hatte den Hämatit gespürt, aus dem sein Halsband bestand und der dafür gesorgt hatte, dass mein Stiefbruder Tristan nie hatte Magie wirken können, für *untalentiert* befunden worden war. Es wurde vermutet, dass Noah – mein leiblicher Bruder – dafür verantwortlich war, weil er mit der Dunkelhexe Gloria Mescinia unter einer Decke steckte. Ich zweifelte daran, aber natürlich schob man demjenigen alles in die Schuhe, der sich nicht verteidigen konnte. Seit dem Walpurgisritual war mein kleiner Bruder auf der Flucht und selbst für die Auguren oder die Jäger, die Elitekämpfer des Rates, unauffindbar.

Es klingelte erneut, Roger setzte zu einer weiteren Bellorgie an, bis ich endlich die Tür öffnete. Der Kleine stürmte nach draußen und stürzte sich auf Mara.

Mein Blick streifte von der Stelle, an der eben noch das Datum für das Dekret eingesickert war, zu der Person vor mir, die für genau dieses Tribunal verantwortlich war.

Sie hatte den Mund leicht geöffnet, sagte jedoch nichts. Haarsträhnen in allen Farben des Regenbogens flatterten um ihr bleiches Gesicht herum und verfingen sich in ihrer

Brille. Sie zupfte sie gerade heraus, als ich es nicht mehr aushielt und fragte: »Wie kann ich dir helfen?« Ich bemühte mich, den Ärger, den sie mir eingebracht hatte, nicht in meine Worte zu packen. Keine Ahnung, ob es mir gelang.

»Du garantiert gar nicht«, war ihre bissige Antwort. Sie sah jedoch schnell zur Seite, ging dann in die Hocke und kraulte Roger. Wenn ich es nicht besser gewusst hätte, hätte ich sie als verlegen beschrieben. Aber Mara war nie verlegen. Eher im Gegenteil.

Ich ballte meine Hände zu Fäusten. Sie war wirklich der letzte Mensch, den ich gerade gebrauchen konnte. Ein falsches Wort und meine Strafe beim Tribunal würde noch höher ausfallen.

»Ich will zu Tristan. Er geht nicht an sein Handy.« Sie sah kurz zu mir hoch, während Roger zwischen ihren Beinen herumschoss.

»Er ist nicht da.« Ich wollte die Tür wieder schließen, doch Mara sprang auf und schob ihre Hand in den Spalt. War sie verrückt geworden? Lebensmüde? Ich hätte sie zerquetschen können!

Nein, das hättest du nicht zugelassen, flüsterte eine Stimme in mir. Ebenso wenig, wie du es zugelassen hast, dass sie bei dem Unfall zerquetscht wird.

»Wo ist er denn?«

»Mit Ela in Rom.« Die Worte kamen mir so schnell über die Lippen, dass ich sie nicht zurückhalten konnte. Wenn möglich, erbleichte Mara noch mehr.

»In Rom?«

Ich verfluchte mich innerlich, nickte dann jedoch, ehe ich ein »bei Elas Familie« nachschob. Ich konnte ihr die Enttäuschung ansehen. Wie musste es für sie auch aussehen? Sie hat einen Unfall, und als sie aufwacht, ist ihr bester Freund mit seiner Freundin in Rom.

Klasse gemacht, Tristan. Er hätte ihr wenigstens eine Nachricht hinterlassen können. Wobei ... Was hätte er ihr schreiben sollen? Ein »Ela und ich wurden beim Walpurgisritual angegriffen und sie ist in ein magisches Koma gefallen, aus dem sie vielleicht nie wieder aufwacht. Ich muss bei ihr sein, weil unsere Verbindung sie vielleicht heilt« klang für Unwissende nicht nur nach der dämlichsten Ausrede der Welt, sondern wäre ebenso verboten wie mein Eingriff zur Rettung ihres Lebens.

Auch ich konnte Mara ja wohl schlecht erklären, dass sich Ela von ihrem Beinahetod beim Walpurgisritual erholen musste – einem Ritual, für das ihr eigentlich prophezeit worden war, dabei zu sterben, und das nur dank Tristan überhaupt durchgeführt werden konnte. Ohne die beiden wäre die Hexenwelt im Chaos versunken, weil jeder Mensch gewirkte Magie hätte sehen können.

Also schwieg ich und beobachtete, wie Maras Ausdruck von Enttäuschung zu etwas anderem wechselte. Sie kaute erst auf ihrer Unterlippe herum, runzelte dann die Stirn, ehe Entschlossenheit auf ihre Züge trat.

Sie kam einen Schritt näher, stand nun im Türrahmen und sah mir fest in die Augen, während Roger unentwegt an ihren Beinen hochsprang.

»Gibt's noch was?« Ich setzte meinen arrogantesten Tonfall ein, aber natürlich glitt der an Mara ab wie an einem Schutzpanzer. Wie immer. Ich seufzte.

»Wenn Tristan nicht da ist, muss ich mit dir sprechen.«

Sie kam noch einen Schritt näher. So nah, dass ich hinter ihren Brillengläsern zum ersten Mal die verschiedenen Grünschattierungen ihrer Augen erkannte. Der äußerste Ring war waldgrün und floss dann aquarellartig in ein Moosgrün über. Ich konnte mich genau daran erinnern, wie wir Mara als Kinder immer wegen ihrer Froschaugen aufgezogen hatten.

Warum musste ich ausgerechnet jetzt daran denken? Mein Hals wurde trocken und ich räusperte mich, ehe ich den Mund öffnete. »Wir haben nichts zu besprechen, Einhornhaar.«

Ich musste sie loswerden.

»Oh doch, das haben wir.« Sie legte eine Hand auf meine Brust und schob mich nach hinten. Für den Bruchteil einer Sekunde, den Moment der Berührung, hätte ich schwören können, ein kurzes Aufleuchten am unteren Rand meines Sichtfeldes zu sehen.

Schnell trat ich von ihr zurück und verschränkte die Arme vor der Brust.

»Mein Eiweißshake wird zu dickflüssig. Also beeil dich«, sagte ich herausfordernd.

»Ich hab von dir geträumt.«

Okay. Das hatte ich jetzt nicht erwartet. Ich kniff die Augen zusammen.

»Immer und immer wieder sehe ich die Nacht meines Unfalls vor mir.«

Oh, oh. Ich bohrte meine Fingerspitzen in meine Arme, um meine lässige Haltung weiter beizubehalten. Sie hatte mich gesehen? Wie war das möglich? Und wie hatte sie sich der Kontrolle der Hexen entzogen? Bei einem so folgenschweren Eingriff mit Magie wurde eigentlich das Säuberungsteam der Jäger losgeschickt, um Erinnerungen zu manipulieren.

Sie durfte sich gar nicht erinnern. Es war einfach unmöglich.

»Du warst da«, sagte Mara nun eindringlich. »Ich hab dich gesehen. Am Waldrand.« Ihr Blick huschte hin und her, dann richtete sie ihn jedoch wieder starr auf mich. »Du hast mir das Leben gerettet.«

Wie gerne hätte ich dafür gesorgt, dass sie mir bis ans Ende ihrer Tage dankbar sein musste, anstatt dafür vor ein Tribunal gestellt zu werden. Aber sollte ich sie auch nur irgendwie in Richtung Magie stoßen, würde mein Besuch vor dem Hohen Rat garantiert mit mindestens einmonatiger Magiesperre enden. Ich wäre erledigt. Daher grub ich so tief wie möglich in mir, um den Chris zu finden, den ich brauchte. Es war nicht so einfach, nach den Geschehnissen der letzten Tage diese Maske aufzusetzen, die ich gemeinsam mit Noah entwickelt hatte, aber ich schaffte es.

Ich zwang meinen rechten Mundwinkel zu einem schiefen Grinsen. Noah und ich hatten das vor dem Spiegel geübt, bis es auch ohne Magie auf Abruf geklappt hatte. Ich dachte an das Funkeln in meinen Augen, das die Mädchen immer alle aufseufzen – und alles *Unerklärliche* wie versehentlich beobachtete Zauber vergessen – ließ, und es gehorchte meinem Willen.

Nur leider war Mara nicht wie alle Mädchen und legte nur den Kopf schief, sodass es aussah, als klebte ihr Kopf an einem Regenbogen fest. Es irritierte mich. *Sie* irritierte mich. Also spulte ich schnell mein Programm ab.

»Du bist nicht die Einzige, die von mir träumt. Du musst dich wohl hinten anstellen.«

Sie verdrehte die Augen.

»Und du solltest dringend was gegen die Einhornkotze auf deinem Kopf machen. Ich kann dir gerne etwas dagegen empfehlen.« Ein bitterer Geschmack legte sich auf meine Zunge. Ich schluckte und schluckte, wurde ihn aber nicht los.

Ausgerechnet wenn man die stichelige Seite aus Mara herauskitzeln wollte, ging sie nicht darauf ein.

»Ich weiß, dass du dort warst. Und ich werde es beweisen.«

»Ich sehe gerne in meinem Terminkalender nach, wann ich dich wieder in deinen Träumen besuchen kann. Aber die Liste ist lang.« Es klang nicht annähernd so herausfordernd wie geplant. Stattdessen klebte mir meine Zunge bei jedem Wort am Gaumen fest. Roger bettelte inzwischen mit kurzem Bellen um Maras Aufmerksamkeit. Weil sie nicht reagierte, kam er zu mir und sprang an meinem Bein hoch.

»Ich spreche nicht von dem Traum, du selbstverliebter Idiot. Du warst am Unfallort. Du hast irgendwas mit mir … gemacht.«

Ich hob meine Augenbrauen und legte ein Grinsen auf.

»Wenn ich irgendwas *mit dir gemacht* hätte, wüsstest du das. Glaub mir.« Ich ging auf sie zu, sie wich zurück.

Als immer mehr Röte in ihre Wangen stieg, musste ich wirklich lächeln. Mara stand nun endlich wieder außerhalb des Hauses.

»Ich richte Tristan aus, dass du da warst.«

Wie ein kleines Kind schlug ich ihr die Tür vor der Nase

zu und atmete erst einmal tief durch. Leider amüsierte es mich kein Stück, wie sie draußen tobte und mich verfluchte. Ich konnte nur froh sein, dass sie keine Hexe war, die alles, was sie sagte, vielleicht auf das Hexenrad übertragen, eine Sigille visualisieren und dadurch möglicherweise wahr werden lassen könnte. Sonst würde ich bald ein sehr, sehr trauriges und einsames Leben führen.

»War das nicht Tristans kleine Freundin?«

Bei Mamas Stimme richtete ich mich sofort wieder auf. Sie kam aus dem Wohnzimmer, Saphir auf dem Arm, die sich beim Anblick von Roger, der direkt zu meinen Füßen saß, aufrichtete und ihn misstrauisch beäugte.

Bis zur Entdeckung des Hämatits an Rogers Halsband hatte Saphir den kleinen Yorkshireterrier immer angefaucht und attackiert. Sie war eine typische Hexenkatze, wie sie seit Jahrhunderten ihre Frauchen beschützten. Nur hatte von uns keiner gecheckt, dass sie uns nicht vor dem Hund, sondern vor dem Hämatit gewarnt hatte.

»Und? Was wollte die Kleine, die dich ins Unglück gestürzt hat?«

»Nicht schon wieder«, jammerte ich. »Ich hab freiwillig eingegriffen. Hätte ich zusehen sollen, wie Noah und Gloria den Tod von Tristans bester Freundin zu verantworten haben?«

Unter Mutters stechendem Blick war ich mit einem Mal wieder zehn Jahre alt. »Er steht nicht vor dem Tribunal, sondern du. War das vorhin das Dekret? Ich habe Magie gespürt.«

Ich nickte nur und hob beiläufig meinen Arm, als könnte man darauf noch etwas sehen. »Der Imagini zeigt den perfekten Moment. Kein Stück von Gloria und Noah, wie sie die beiden Unwissenden gejagt haben und überhaupt erst dafür gesorgt haben. Wenn ich nur Noah in die Finger kriege …«

»Es ist nicht seine Schuld. Diese Gloria hat ihn verhext. Sie ist die Erbin einer der mächtigsten Hexendynastien und dazu noch eine Bluthexe. Sie hat mir mein Baby genommen und ich werde sie dafür büßen lassen.« Saphir jaulte auf, weil Mama sie offenbar zu fest gedrückt hatte.

Ich sagte nichts zu ihren Anschuldigungen Gloria gegenüber. Ich kannte Noahs fiese Seite seit Jahren, hatte sie nur nicht wahrhaben wollen, genau wie Mama. Es war nur eine Frage der Zeit und der Gelegenheit gewesen, dass er sich zur Dunkelheit bekannte. Hätte ich es früher erkannt, wäre so einiges anders gelaufen.

Ich schnappte mir meine Jacke und wandte mich zur Tür um. Ich sollte mit Mara sprechen. Sie konnte nichts dafür, dass sie mich im falschen Moment erwischt hatte.

»Wo willst du hin?« Mama wartete nicht auf meine Antwort, sondern riss mir die Jacke aus der Hand. Saphir fauchte, sprang aus ihren Armen und verschwand mit erhobenem Schwanz. »Es ist zu gefährlich dort draußen. Hier bist du geschützt.«

»Ich werde in ein paar Tagen siebzehn und bin ein Hexer. Mir passiert dort draußen schon nichts.« Ich hob meinen linken Arm und ließ einen Hauch Magie hineinfließen, um meine Sigille aufleuchten zu lassen. Nur für den Fall, dass sie es vergessen hatte.

»Wage es nicht, meine Anweisung zu missachten.« Ein Schimmer von Magie kroch nun auch von ihrer Sigille aus über den glänzenden Marmor am Boden und weiter die Tür hinauf.

Nicht wagen und *nicht können* waren unterschiedliche Dinge. Hätte ich Noah nicht schon mit jeder Faser meines Körpers für das gehasst, was er getan hatte, dann hätte ich ihn dafür verflucht, dass er aus unserer Mutter eine Helikopterhexe gemacht hatte.

~ 4 ~

CHRIS

Es dauerte den halben Samstag, bis ich es endlich schaffte, die Barriere, die meine Mutter ums Haus gelegt hatte, zu durchbrechen. Der schwierigste Teil war das eingehexte Alarmsystem gewesen. Carina Brand hätte eine perfekte Kerkermeisterin abgegeben. Aber sie hatte mich auch ausgebildet – ich hatte also von der Besten gelernt.

Den Geruch von feuchter Erde hatte ich nie mit Freiheit verbunden. Doch kaum dass ich die dünnste Stelle von Mamas Gefängniszauber vorsichtig wie einen Vorhang auseinandergeschoben hatte und durchgeschlüpft war, fühlte ich mich wahrhaftig befreit. Das Wäldchen rund um unser Anwesen zog sich nordwestlich bis hinüber zu Schloss Falk. Ich folgte dem Trampelpfad zwischen den Bäumen hindurch bis zur Hinrichtungsstätte, die mir wirklich jedes verdammte Mal eine Gänsehaut bescherte. An einem der Bäume baumelte noch immer Tristans Boxsack, von einer dünnen Schicht Moos überzogen und an mehreren Stellen mit Tapes geflickt.

Wie wir Tristan, den *Auserwählten*, behandelt hatten, war alles andere als nett gewesen. Aber es ist immer einfach, auf Schwächeren herumzutrampeln. Ich hatte es immer genossen, wie Noah zu mir aufsah, wenn ich einen neuen Zauber an Tristan ausprobiert hatte. War ich ein so mieses Vorbild gewesen, dass mein kleiner Bruder sich den Dunkelhexen angeschlossen hatte?

Ich sah mich auf der Lichtung um und fixierte dann wieder den Boxsack. Ich würde nie wiedergutmachen können, was ich Tristan angetan hatte, aber ich würde mein Bestes geben. Magie floss in meinen linken Arm, ließ die Sigille erstrahlen, noch während ich auf den Boxsack deutete und einen Reparaturzauber visualisierte.

Blaue Funken schossen aus meinen Fingern hervor wie Irrlichter, hefteten sich an die kaputten Stellen des Boxsackes und schlossen sie. Die vielen Klebebänder fielen ab, sogar das Moos verschwand. Zufrieden betrachtete ich mein Werk, ehe ich weiterging. Aber es würden noch zig weitere Zauber nötig sein, bis ich nur annähernd das Gefühl hätte, dass Tristan mir vielleicht irgendwann verzeihen könnte, was für ein Arsch ich in all den Jahren seit dem Tod seines Vaters gewesen war.

Ich folgte weiter dem Pfad und landete schließlich bei Schloss Falk, das hoch über der Stadt thronte. Etwas darunter gelegen, begann der Schlosspark – für mich der kürzeste Weg in die Stadt, wenn ich zu Fuß unterwegs war.

Ein Schaudern ging durch meinen Körper, als ich den serpentinenartigen Kiesweg neben dem Westturm hinablief. Immer wieder an der hohen Mauer von Schloss Falk entlang, das auf dem Hügel über der Stadt stand und von dem hier, am Fuß der Mauer, nur vereinzelt Dächer der höchsten Gebäudeteile sichtbar waren. Ich sah von unten die dunklen Steine empor, die Rosengitter entlang, die darauf warteten, dass es endlich wärmer wurde, damit die neuen Triebe den Westturm im Sommer zum Rosenturm machen konnten. Das klang zumindest besser als *Hexenturm*. Ein erneuter Schauder durchfuhr meinen Körper und ich eilte rasch den Rest des Weges nach unten. Je weiter ich mich wieder von dem Turm aus Hämatit entfernte, desto besser. Mama hatte Noah und mich von klein auf davor gewarnt, den Turm zu betreten. Er würde unsere gesamte Magie aussaugen – weshalb früher alle Hexen bis zu ihrer Hinrichtung dort untergebracht worden waren. Wenn die Erben der Falks nicht so verdammt eigensinnig wären, hätte Mama den Turm längst abgerissen. Sie hatte alles versucht, um ihn mit Magie zu zerstören, um ihn wegen Baufälligkeit abreißen zu lassen – doch natürlich wurde jegliche Magie einfach in den Stein gesogen. Dann hatte sie versucht, die Falks zu überreden, ihr den Turm oder gar das ganze Schloss zu verkaufen – doch die hatten sich natürlich auch darauf nicht eingelassen.

Ein ganzer Schwarm hungriger Enten folgte mir wie eine Armee zwischen den vielen kleinen Teichen entlang, ehe sie eine Mutter mit Baby entdeckten, die tonnenweise Brot zum Füttern dabeihatte. Während sich die Enten schnatternd um die beiden scharten, verließ ich den Park und ging zum Stadtzentrum von Falkhausen.

Ich kannte von früher noch das alte Stadtbild. Als ich klein war, hatte man hier noch das Alter der Stadt erahnen können. Heute waren fast alle Fachwerkhäuser modernen Gebäuden gewichen. Ich ging über den alten Marktplatz, am Brunnen vorbei, der vor ein paar Wochen das Ziel eines

Dunkelhexenangriffes gewesen war, nach dem ich mitten in der Nacht beim Aufräumen hatte helfen müssen. Seit sich die Brunnenfiguren durch rot schimmernde Magie bewegt hatten, fand ich sie noch gruseliger als zuvor.

Die Frühlingssonne stand schon so hoch, dass sie den Brunnen erleuchtete – und die Person direkt dahinter. Ihr Haar leuchtete durch die eingefangenen Sonnenstrahlen wie ein echter Regenbogen. Ich fing ihren Blick ein, während sie den Brunnen umrundete, winkte ihr zu – und doch lief sie schnurstracks in mich hinein.

»Hey, pass doch auf!«, schimpfte sie und sah zu mir auf, während sie ihre Brille hochschob.

»Du bist in *mich* gelaufen«, erinnerte ich sie. »Ich hab dir sogar gewunken und du hast mich angeschaut.«

Sie blinzelte langsam, rümpfte mehrmals die Nase, um die Brille an die richtige Stelle zu schieben. Ich sah ihr an, wie sehr sie kontern wollte, doch anscheinend hatte sie ihre Schlagfertigkeit verloren.

»Brauchst du eine neue Brille?«, gab ich ihr eine Steilvorlage, aber sie schwieg noch immer, was mir nun tatsächlich Sorgen bereitete. Sie rieb sich ihre Augen, blinzelte, doch ich hatte nicht das Gefühl, dass sie gerade wirklich bei mir war, sondern weit entfernt.

Mara, Tristans bester Freundin, zu helfen, war sicherlich mehr wert als ein paar Zauber und reparierte Boxsäcke. Ich könnte sie nach Hause begleiten. »Soll ich dich …«, setzte ich an, als eine Stimme über den Platz gellte und von den einzig übrig gebliebenen Fachwerkhäusern widerhallte.

»Chriiiiiis!«

Mara zuckte zusammen und sah sich um.

Verdammt! War man nicht einmal an einem Samstag vor Lea sicher?

Diese stakste gerade mit viel zu hohen Absätzen über das Kopfsteinpflaster auf uns zu. Man konnte beeindruckt sein, wie schnell sie das schaffte – wäre man nicht total genervt von ihr.

Als sie bei Mara und mir ankam, warf sie sich mir an den Hals und begrüßte mich mit Wangenküsschen, als hätten wir uns seit Jahren nicht mehr gesehen – und nicht erst letzten Mittwoch bei der Schulaufführung, wo sie und Patricia mich ständig über Noah und »seine neue Freundin« ausgefragt hatten.

Ich schob Lea von mir, bemerkte aber, wie sie sich zielstrebig zwischen Mara und mich schob und mir so immer wieder den Blick versperrte. Indem sie ihre blonden Haare über die Schulter warf, versuchte sie zusätzlich, meine Aufmerksamkeit auf sich zu lenken. Mara war inzwischen zurückgewichen, um nicht Leas Ellbogen ins Gesicht zu bekommen.

»Wie geht es dir, Chris?« Lea hatte dieselbe Singsangstimme wie Patricia, unsere Schülersprecherin. Nur im Gegensatz zu Pat hatte sie keine eigene Meinung, keine Substanz – und keinen Grund für ein so oberflächliches Verhalten. Nicht dass ich Patricia in Schutz nahm, aber sie hatte einiges mitgemacht – im Gegensatz zu Lea. Doch ich war höflich und professionell genug, meine Fans nicht zu vergraulen – schließlich stand Lea bei jedem Auftritt meiner Band in der ersten Reihe. Also versuchte ich, sie so schnell wie möglich freundlich abzuwimmeln, lugte dabei aber immer wieder zu Mara, die sich den Kopf rieb und immer bleicher geworden war. Schweißperlen glänzten auf ihrer Stirn. Ihr ging es nicht gut.

»Ich muss jetzt weiter, Lea«, versuchte ich es nun direkter, aber selbst der Wink mit dem Zaunpfahl half nicht. Bis ich sie endlich mit einem »Wir sehen uns nach den Ferien« abgewimmelt hatte, war Mara bereits verschwunden.

Ich hatte nicht gesehen, in welche Richtung sie gegangen war, vermutete aber nach Hause und folgte daher der Fußgängerzone, die an der Eisdiele begann und an den Schulen vorbeiführte. Ich konnte für Tristan, der sich um Ela kümmern musste, auf Mara aufpassen. Ihm so vielleicht zeigen, wie sehr mir mein Verhalten der letzten Jahre leidtat. Doch leider konnte ich die bunten Strähnen ihrer Haare nirgendwo entdecken. Entweder war sie verdammt schnell oder nicht nach Hause gegangen.

Mehrmals hatte ich das Gefühl, beobachtet zu werden, drehte mich rasch um, weil ich hoffte, dass Mara mich bemerkt hatte und mir einen Streich spielte, doch ich konnte niemanden entdecken. Obwohl es Samstagnachmittag war und die Sonne schien, war die Innenstadt wie ausgestorben. Ließ der Hohe Rat mich überwachen? Wollten sie überprüfen, ob ich weiter Magie in Gegenwart von Unwissenden wirkte?

Ich bog schnell in den Supermarkt ein, anstatt den Fluss zu überqueren, hinter dem das Wohngebiet lag, in dem Mara wohnte. Wenn ich überwacht wurde, wäre sie der denkbar schlechteste Umgang, den ich pflegen konnte. Zumindest, bis ich das Tribunal hinter mir hatte.

~ 5 ~

MARA

Ich hatte seit Tagen immer wieder diesen verfluchten Presslufthammer in meinem Schädel! Zumindest fühlte es sich so an. Es hatte letzten Samstag begonnen und ich hatte mich noch nie so hilflos gefühlt. Meine Sicht hatte sich nicht wie von Dr. Häußler versprochen verbessert. Ganz im Gegenteil. Sie war sogar immer mehr verschwommen, als ich nach einem Spaziergang im Park zurück nach Hause gelaufen war. Ich hatte Chris ernsthaft nicht erkannt, nicht einmal, als ich in ihn hineingelaufen war. Oder er in mich, das konnte ich nicht mit Sicherheit sagen. Erst seine Stimme hatte mir klargemacht, mit wem ich da zusammengeprallt war.

Schlimmer jedoch war die Stimme gewesen, die ich als Nächstes gehört hatte, nachdem Chris gerade versucht hatte, meine Stimmung zu heben. Lea. Ich hasste Lea. Sie klebte seit der fünften Klasse an Chris und Noah wie eine Stechwarze. Ebenso hartnäckig.

Ehe ich mich mit ihr anlegen konnte, hatte ich die Flucht angetreten und hatte es tatsächlich geschafft, mich in der kleinen Stadt, in der ich bereits mein Leben lang wohnte, zu verlaufen. Es war schon dunkel gewesen, als ich ins Haus –

und in Mama – hineingestolpert war. Seither ließ sie mich keine verdammte Sekunde mehr allein, bemutterte mich schlimmer als damals, als ich mir im Volleyballtrainingslager irgendwas eingefangen hatte und das einzige Mal in meinem Leben echt sterbenskrank gewesen war.

Es nervte. So lieb ich Mama hatte, sie hatte sich in den vergangenen Tagen zu einer echten Schlingpflanze entwickelt, die mir mehr und mehr die Luft abschnürte. Vielleicht hatte sie ein schlechtes Gewissen, weil sie mich nach meiner Entlassung nicht umsorgen konnte, aber das war okay gewesen. Viel besser als dieses Erdrücktwerden.

»Hier ist dein Tee, mein Schatz.« Sie nahm meine Hand und drückte den Henkel der Tasse hinein, als wäre ich blind oder so. So ging das schon seit dem Wochenende. Mama hatte sogar Urlaub genommen, um mich betreuen zu können.

»Schon wieder Tee? Wirklich? Wann darf ich endlich wieder Cola trinken? Ich träume nachts sogar schon davon!«, legte ich nach, doch Mama war total unbeeindruckt.

»Es sind Kräutermischungen, die dir helfen«, sagte sie zum x-ten Mal. »Trink, dann helfe ich dir, dich fertig zu machen. Der Termin bei Dr. Räthe ist um zehn.«

»Ich muss nicht zum Arzt. Dr. Häußler hat gesagt, dass es normal ist, wenn man mit geschwollenem Hirn schlechter sieht.« Ich hatte keine Lust, halb blind in der Stadt herumzustolpern. Der Auftritt vor Chris war peinlich genug gewesen. Ich wollte keinen Arzt, ich wollte Tristan – doch der war noch immer nicht zu erreichen. Offenbar hatte auch Chris sein Versprechen nicht gehalten, ihm Bescheid zu geben. Idiot!

»Keine Widerrede, Mara Clementine Rothschild!«, sagte

Mama und beim Erklingen meines schrecklichen zweiten Namens, den ich meiner Urgroßmutter zu verdanken hatte, zuckte ich zusammen. Mama sprach ihn nur sehr, sehr selten aus. Ich ergab mich meinem Schicksal. Wenn es ihr nach einer weiteren Bestätigung, dass die Verschlechterung meiner Sicht völlig normal war, besser ginge, würde sie mich vielleicht endlich in Ruhe lassen.

»Trägst du Urgroßmutters Kette noch?«, fragte sie, als sie mir gerade den Reißverschluss der Jacke zumachte und ich ernsthaft betete, dass Dr. Räthe die Diagnose von Dr. Häußler bestätigte, ehe es noch schlimmer mit Mama wurde.

»Ja. Wie kommst du gerade jetzt darauf?« *Bitte, lass uns nicht zu lange im Wartezimmer warten müssen.* Nicht dass Mama mir noch ein Babyfläschchen reichte oder so.

»Natürlich wegen deines Namens, Mara *Clementine*«, sagte sie leichthin und ich verdrehte die Augen. »Lass uns losgehen, Schatz.«

Wenn mein Gesang nicht alle verscheuchen würde, hätte ich Lobgesänge auf Dr. Räthe gesungen. Er hatte mir vorübergehend eine stärkere Brille verschrieben und nach einem Besuch bei dem direkt unter seiner Praxis gelegenen Optiker war die Welt jenseits meiner Nasenspitze nicht länger ein verschwommenes Aquarell, sondern ich konnte endlich wieder sehen.

»Dann war der Arztbesuch wohl eine gute Entscheidung, hmmm?« Mama grinste so herausfordernd, dass ich schnaubte.

»Ja, Mama«, presste ich hervor, ehe sie mich lachend in den Arm nahm und mir über den Oberarm rubbelte.

»Mamas haben immer recht. Gib's zu«, stichelte sie weiter.

»Ja, Mama«, gab ich grummelnd zur Antwort.

»Das wollte ich hören.« Sie lächelte mich so ehrlich und zufrieden an, dass sie mich damit ansteckte.

Nachdem sie unser Auto in der Einfahrt geparkt hatte, erhielt sie eine Nachricht, die sie erbleichen ließ. Kurz darauf sah sie mich skeptisch an. »Ein … Notfall im Büro. Ich sollte dringend vorbeischauen. Wäre das okay für dich?«

»Ja, klar!«, sagte ich viel zu schnell, was sie noch mehr die Augen zusammenkneifen ließ. »Es ist wirklich okay, Mama. Ich zieh mich um und geh noch ins Parkbad. Im Gruppenchat des Volleyballvereins stand, dass die anderen heute auf dem Sandfeld trainieren. Ich hab sie seit Tagen nicht gesehen.«

»Du darfst aber nicht mitspielen«, erwiderte sie. »Dr. Häußler hat gesagt, du müsstest dich schonen.«

»Ich hab jetzt seit Tagen nur herumgelegen. Das war Schonung genug.« Ich öffnete die Beifahrertür und stieg aus, während Mama überlegte und dabei die Lippen schürzte.

»Okay. Kein Training, nur zuschauen.« Sie stieg ebenfalls aus dem Wagen.

»Willst du mich etwa hineinbegleiten?«, fragte ich über das Auto hinweg.

»Ich brauche noch etwas von meinem Schreibtisch und fahre dann gleich los. Wir treffen uns um sechs zum Abendessen. Ich bringe was vom Chinesen mit.«

»Okay«, sagte ich schnell und wir gingen ins Haus. Während ich auf die Küche zusteuerte, um nach einer Cola zu suchen, ging sie in die andere Richtung und holte irgendwas aus dem Wohnzimmer. Kurz danach rief sie mir noch zum Abschied die Ermahnung zu, ich solle mich nicht überanstrengen, dann hörte ich die Tür zuschlagen.

Im Kühlschrank fand ich einen kläglichen Rest kohlensäureloser Cola, die so tot schmeckte, dass ich sie einfach nicht genießen konnte. Also schnappte ich mir meine Lieblingsjeansjacke mit Rosenprint, zog die Schuhe an und ging mit einer Weitsicht wie lange nicht mehr zum Parkbad.

Rund dreißig Minuten später bekam ich die langersehnte eiskalte Cola. Ich bestellte sie mir im *Lagoa*, das bei mir und allen anderen immer noch »Schwimmbadkneipe« hieß, weil keiner mehr die mindestens einmal jährlich wechselnden Namen durch neue Pächter überblicken konnte. Durch den Hinterausgang gelangte ich auf das Gelände des Parkbades, wo um diese Jahreszeit natürlich kein Badebetrieb herrschte, weshalb der Natursee mit Bauzäunen abgesperrt war, damit ja niemand ins Wasser fiel, wenn kein Bademeister zugegen war. Auf dem Weg über die weitläufige Außenterrasse des *Lagoa* trank ich den ersten Schluck, der nach purem Glück schmeckte. Schon von Weitem hörte ich das Geschrei meiner Teamkameradinnen jenseits der Liegewiesen. In der Sonne glitzerndes Wasser hatte ernsthaft noch nie so hübsch ausgesehen. Man lernte erst zu schätzen, wie klar man sehen konnte, wenn einem die Sicht genommen wurde. Blöder Unfall!

Erst nachdem ich Linda, Pia und Meryema ewig bequatscht und davon überzeugt hatte, dass es mir vom Arzt erlaubt worden war, wieder am Training teilzunehmen, ließen sie mich aufs Feld. Manchmal mussten einfach Notlügen herhalten, ich war ja keine Heilige.

Das Training lief auch echt gut, ich schmetterte einen Ball nach dem anderen übers Netz und nahm selbst die gefürchteten Attacken von Pia an. Einmal legte ich dafür einen sauberen Sturz in den Sand hin, aber ich hatte den Ball angenommen.

Wir lachten, genossen das gemeinsame Training, holten uns zu Mittag Pommes in der Schwimmbadkneipe und überboten uns mit gegenseitigem Lob, das uns immer weiter aufputschte.

Ich konzentrierte mich voll und ganz auf Meryemas legendären Flatteraufschlag. Jeder Muskel meines Körpers war angespannt, bereit, loszupreschen. Ich behielt den Ball von ihrem Schlag an im Auge, fixierte seine zunächst gerade Bahn und berechnete die vermutliche Kurve, die er im letzten Moment nehmen würde, setzte zum Sprung zur Seite an und schnellte hoch. Doch dann verschwamm der bunte Beachvolleyball zu einem Farbklecks vor dem blauen Himmel. Ich blinzelte, um meinen Blick zu klären, meine Augen fühlten sich an, als würden sie gleich aus den Augenhöhlen quellen. Der Klecks wurde immer größer. Im nächsten Moment traf mich der Ball am Kopf und ich klatschte in den Sand. Meine Brille war mir von der Nase gerutscht und ich hörte das verdächtige Knirschen von zerbrechendem Brillenglas, als meine Freundinnen zu mir stürzten.

»Ist alles okay?«, »Keine Tagträume im Training!«, »Tut dir etwas weh?«, »Bist du verletzt?«, »Es tut mir so leid, Mara.«

Ihre Stimmen umkreisten mich, ich sah ihre Gesichter

schemenhaft über mir, während ich mir stöhnend meinen Kopf rieb.

»Macht Platz, sie kriegt ja keine Luft mehr!« Die Stimme gehörte eindeutig nicht meinen Freundinnen, die aber alle auf den Befehl hörten, und ein neues Gesicht schob sich vor den blauen Himmel. Ein hübsches Gesicht, wenn man von dem sorgenvollen Blick mal absah. Ich wollte mich aufrappeln, aber Chris ließ mir keine Chance. Was zur Hölle tat er hier? Hatte er was mit Pia am Laufen? Das Gerücht kreiste seit einiger Zeit im Team.

»Brille«, sagte ich nur und Meryemas zerknirschte Stimme war ganz nah zu hören: »Ich fürchte, sie ist hin.«

Mama würde die Krise kriegen!

~ 6 ~

CHRIS

Ich sah ständig auf die Uhr. Der auf dem Dekret angegebene Zeitpunkt rückte immer näher. Ich hatte mich erneut an Mutters Gefängniszauber – »Es ist doch nur zu deinem Schutz!« – vorbeigeschlichen. Sie machte mich verrückt! In den letzten Tagen war ihre beste Freundin Heloise zu Besuch gewesen, die mich ständig nur angesehen hatte, als wäre ich ein Pflanzensteckling, der kurz vor dem Eingehen war. Es war wirklich übel. Wenn ich Noah in die Finger bekam, würde ich ihn nicht an den Rat ausliefern, sondern ihm eigenhändig den Hals umdrehen.

Inzwischen war ich mir nicht mehr sicher, ob mich der Rat oder meine Mutter beschatten ließ. Das Prickeln in meinem Nacken könnte genauso gut von ihrer Hexerei herrühren. Vielleicht war es ein Trackingzauber. Ich versuchte, es herauszufinden, indem ich quer durch die Stadt rannte und dabei auch kleine Gassen nahm, über den Zaun der Realschule kletterte, anstatt den Weg außen herum zu gehen. Das Prickeln verlor sich bei meiner Flucht immer wieder, kehrte dann jedoch zurück. Ein Trackingzauber wäre konstant zu spüren gewesen.

Nicht mehr lange und ich wäre die Überwachung los. Als ich nach meinem letzten Sprint durch den verwilderten Garten des Gymnasiums, an dem verrottenden Pavillon vorbei, wieder von der Uhr aufsah, fand ich mich bei den Sportanlagen wieder. Ein paar Mitglieder der Leichtathletikmannschaft rannten ihre Runden auf der roten Tartanbahn. Nur noch fünfzehn Minuten bis zum Wirken des Dekrets. Mit schnellen Schritten passierte ich das kleine Stadion auf der Suche nach einem Ort, an dem ich mich ungesehen in Luft auflösen konnte, und bog daher auf den schmalen geteerten Weg zwischen den Zäunen des Sportplatzes und denen des Schwimmbads ein. Es war noch zu kalt, um im Natursee zu schwimmen, also könnte ich dort ungesehen verschwinden. Schließlich wies das Dekret ausdrücklich auf die Beachtung von § 9 hin.

Ich sah gerade dabei zu, wie sich mein Minutenzeiger auf die Zehn schob, als ich mehrere Stimmen hörte, Geschrei und gebrüllte Sticheleien. Eine der Stimmen – das hätte ich bei meiner Sigille beschwören können – gehörte Mara. So viel zum Thema ruhiger Ort. Aber das war mir im Moment egal. Ich musste nach ihrem seltsamen Benehmen vor ein paar Tagen einfach nachsehen, ob es ihr gut ging, und folgte dem Weg den Zaun entlang. Weil mir das *Lagoa* die Sicht versperrte, umrundete ich die an der Ecke liegende Kneipe und die Rückseite der hölzernen, schon fast antiken Umkleidekabinen am Eingang des Parkbads, bis endlich wieder ein verrosteter Zaun kam, durch den ich hindurchspähen konnte.

Mara mit ihren Einhornhaaren war leicht unter all ihren Teamkameradinnen zu erkennen. Sie betrat gerade den

Court und wechselte auf die Position der Annahme. Ihr Blick folgte dem Ball ihrer Gegnerin und sie katapultierte sich nach oben. Doch anstatt den Ball anzunehmen, knallte er direkt gegen ihren Kopf und sie fiel in den Sand.

Meine Magie machte sich selbstständig. Eine Wolke aus weißblauem Licht hob mich wie beim Basketballspielen in der Schule nach oben und über den Zaun hinweg und ich rannte zum Beachvolleyballfeld, wo ich die aufgescheuchten Mädchen beseiteschob.

Maras Gesicht glänzte von der Anstrengung, auf ihrer Nase war der Abdruck ihrer Brille zu sehen.

Auf ihr gekrächztes »Brille« antwortete eine ihrer Teamkameradinnen nur: »Ich fürchte, sie ist hin.«

Nach einem Seitenblick auf meine Uhr, die drei Minuten vor vier zeigte, riss ich dem Mädchen die Brille aus der Hand und wirkte blitzschnell denselben Zauber, mit dem ich bereits Tristans Boxsack repariert hatte. Mara wandte sich direkt ihrer Brille zu. Weil ich hier schnell wegmusste, strich ich ihr die Haare hinters Ohr und schob ihr die Brille auf die Nase. Sie kniff mehrmals die Augen zusammen, schien mich nicht wirklich fixieren zu können und bedankte sich auch nicht. Erneut war sie wie erstarrt – vollkommen fremd.

Nur noch eine Minute bis zum Tribunal. Ich musste hier verschwinden!

Ich sprang so schnell auf, dass Sand aufstob, und rannte schneller, als es ohne Magie möglich sein sollte, wieder Richtung Zaun davon, glücklich über die immergrünen Büsche weiter hinten, die mein Verschwinden verbergen würden.

~ 7 ~

MARA

Durch den Schlag auf den Kopf hatte es mir wohl die Sprache verschlagen. Vielleicht hätte ich auf Dr. Häußler und Dr. Räthe hören und mich schonen sollen, denn im Moment konnte ich trotz Brille so gut wie gar nichts sehen. Eine Brille, die mir Chris eben auf die Nase gesetzt hatte!

Er hatte meine Freundinnen beiseitegeschoben, auf Abstand gehalten, als hätte er ein Exklusivrecht auf Rettungen. Pah! Gerade er! Und was war das für ein Ziehen in meinen Wangen? Ich ertappte mich dabei, dass ich ihn dämlich anlächelte, verdammt! Schnell ließ ich die Mundwinkel fallen, registrierte dann aber so ein dummes Kribbeln und Zupfen in meinem Bauch. Trotz der geringen Entfernung konnte ich ihn nur verschwommen sehen und der Druck auf meine Augen war mörderisch. In seinen stand erstaunlicherweise – sofern ich das richtig erkannte – pure Sorge. Er hatte die Brauen zusammengezogen und sah mich mit seinen dunklen Augen an, als wollte er sich mit seinem Blick in mein Hirn bohren. Vielleicht hatte er diese Superkraft tatsächlich, denn je länger ich ihn anstarrte, desto stärker pochte es hinter meinen Schläfen. Anstatt mich bei ihm zu bedanken, kniff ich meine Augen fest zusammen, um sie wieder an die Brille zu gewöhnen und hoffentlich auch wieder klar denken – und fühlen – zu können.

»Kann ich dir aufhelfen?«, fragte mich Meryema, die an der Stelle in die Hocke ging, wo Chris eben noch gekniet hatte, und mir die Hand reichte. Meine anderen Teamkameradinnen hatten einen Kreis um uns gebildet. Ich rieb mir die Augen unter der Brille, ehe ich Meryemas Hand annahm und mir von ihr hochhelfen ließ. »Ist deine Brille doch nicht kaputt?«, fragte sie noch, doch das ging bereits in dem heftigen Getuschel um uns herum unter.

»Was hatte Christoph Brand hier zu suchen?«, »Ist er nicht mit Noah auf einer Rucksacktour durch Italien?«, »Er sah toll aus!«, »Wie er Mara geholfen hat!«

Ich seufzte. Sie machten ausgerechnet aus Chris einen strahlenden Ritter auf weißem Pferd. Wenn sie ihn genauer kennen würden und wüssten, wie er und Noah Tristan ständig gepiesackt hatten, würden sie nicht so über ihn reden. Aber alle kannten nur den strahlenden Frontsänger, der reihenweise Mädchenherzen zum Schmelzen brachte. Pah! Ich hatte Tristan so oft dazu zu überreden versucht, dass ich wenigstens die Meinung meiner Freundinnen geraderücken durfte, aber er hatte mich gebeten, es nicht zu tun, um es nicht noch schlimmer zu machen. Ihm zuliebe hielt ich also den Mund und grummelte nur still vor mich hin.

»Warum ist er so schnell verschwunden?«, fragte Pia und sah zum Ende der Liegewiese.

War er das? Ich massierte meine Nasenwurzel, um den Druck auf meine Augen loszuwerden, ehe ich mich wieder umsah. Endlich schärften sich die Konturen um mich herum und tatsächlich war Chris nirgendwo zu sehen. Was hatte er hier gewollt?

»Lasst uns eine kurze Pause machen«, schlug Pia vor. »Mara hat uns offenbar einiges zu erzählen.«

Ihr breites Grinsen und das an ein krankhaftes Muskelzucken erinnernde Heben und Senken ihrer Augenbrauen waren eindeutig. Auf einmal sahen mich alle neugierig an und ich stellte fest, dass es sich echt dämlich anfühlte, nur wegen eines Typen im Mittelpunkt zu stehen.

»Ich weiß nicht, was er hier wollte«, sprach ich die Wahrheit aus, aber für die interessierte sich offensichtlich niemand. Die meisten waren schon einen Schritt weiter und diskutierten über Noah und seine neue Freundin aus dem Nachbardorf.

»Habt ihr sie letztens gesehen? Sie hat Noah in der Schule besucht. Patricia sagt, dass sie vielleicht auf unsere Schule kommen will«, sagte Linda gerade und Meryema fügte hinzu: »Mal sehen, ob sie das noch will, wenn sie die Ferien mit ihm verbracht hat.«

Ich hätte am liebsten laut »Danke!« gerufen. Außer mir war sie gefühlt die Einzige, die nicht vollständig dem falschen Charme der Brand-Geschwister erlag. Denn wenn es noch einen gab, der schlimmer war als Christoph Brand, dann war es sein kleiner Bruder Noah, der an purer Bosheit Cinderellas *beiden* Stiefschwestern Anastasia und Drizella in nichts nachstand.

»Ich denke, ich sollte es doch besser etwas ruhiger angehen lassen«, sagte ich in dem wilden Durcheinander zu Meryema, die gleich nickte.

»Ich bin mir auch nicht sicher, ob wir heute überhaupt

noch etwas zustande bringen«, erwiderte sie mit einem Augenrollen. »Soll ich dich nach Hause begleiten? Der Aufprall war ganz schön heftig.«

»Nein, es geht wieder. Ich hab kurz nicht sehr gut gesehen, aber inzwischen ist alles wieder gut. Ich sollte mich nur vor Bällen in Acht nehmen. Oder eher vor deinem gefürchteten Flatteraufschlag.«

Meryema lächelte mit nicht wenig Stolz in den Augen. »Wir schreiben in die Gruppe, wann das nächste Training stattfindet. Bis dann!«

Ich verabschiedete mich noch vom Team, ehe ich mir meine Jacke und meine Tasche schnappte und das Parkbad verließ.

~ 8 ~

CHRIS

Kaum dass ich im Gebüsch des Parkbads in Deckung gegangen war, lud sich die Luft auch schon mit Magie auf. Jene fremde Magie, die über das Dekret in mich geflossen war, brachte die Äste zum Knarzen und zupfte an den Blättern um mich herum. Das heutige Datum und die Uhrzeit prangten nun wieder auf meinem Unterarm wie frisch tätowiert, ehe sie zu leuchten begannen. Das war knapp gewesen.

Der Hexenwind rüttelte weiter an den Ästen der Büsche. Das Leuchten der Magie umhüllte mich und ich schloss die Augen, damit mir nicht wie früher immer schwindelig wurde, während die Welt an mir vorbeirauschte. Bei den ersten Malen hatte ich mich übergeben, was Noah mir noch heute ständig vorhielt. Oder besser vorgehalten *hatte*. Sollte ich ihn irgendwann wiedersehen, würden wir sicher nicht miteinander scherzen.

Erst verstummten die Geräusche jenseits meiner geschlossenen Lider, dann verschwand auch die Schwerkraft. Die Welt wurde aus den Angeln gehoben. Ich spürte den Druck auf der Brust wie bei der Beschleunigung vor dem Start eines Flugzeugs und wartete den Moment ab, in dem es wieder abbremste. Als sich die Welt wieder entschleunigte, öffnete ich langsam die Augen. Die Farbschlieren formten sich gerade zu einer gigantischen unterirdischen Halle. Obwohl ich mit meinem Gleichgewicht zu kämpfen hatte, kam ich im richtigen Moment zum Stehen.

Zahlreiche Hexen in ihren traditionellen Roben erwarteten meine Ankunft im Zentrum des aufleuchtenden Pentagramms, das den Mittelpunkt des Ratssaals darstellte und in dem jegliche Magie unmöglich war. Leider auch ein Verschwinden zu den rund zwölf Trillionen Orten, an denen ich gerade lieber wäre, um der fensterlosen, fünfeckigen Halle mit ihren hohen tragenden Säulen zu entkommen. Ich glaubte, die Last all der Tonnen Erde über unseren Köpfen spüren zu können, während langsam auch das letzte Getuschel auf den Zuschauerrängen erstarb.

Ich drehte mich einmal um die eigene Achse, um mich zu orientieren. Mein Blick blieb kurz an Heloise und meiner Mutter haften, die als Angehörige offenbar einen Platz in der ersten Reihe bekommen hatten – direkt neben der Empore der Mitglieder des Hohen Rates. Die Ratsvorsitzende Calliope erhob sich gerade und ein überwältigendes Rascheln von allen Seiten zeigte, dass alle ihrem Beispiel folgten.

»Bitte setzt euch«, hallte Calliopes dröhnende Stimme zwischen den Säulen wider. Ihre Macht war Furcht einflößend. Obwohl ich mehrere Meter von ihr entfernt auf dem schweren Holzstuhl in der Mitte des Pentagramms Platz genommen hatte, spürte ich ihre Magie wie ein sanftes Pulsieren am Rand meiner Wahrnehmung. Ich hatte noch nie einer Hexe gegenübergestanden, die übernatürlicher wirkte als Calliope. Egal wie lange ich sie anstarrte, sie blinzelte nicht, rührte sich nicht. Gerüchten zufolge konnte sie Emotionen lesen. Vielleicht lag es daran. Mit einem einzigen Blinzeln könnte sie schließlich etwas Wichtiges verpassen. Doch ganz gleich aus welchem Grund: Die Ratsvorsitzende war schlichtweg unheimlich.

Daher richtete ich meinen Blick auf den Mann an ihrer Seite, ihren Stellvertreter Sato. Er schenkte mir ein beruhigendes Lächeln, das offenbar mit einer Spur seiner Magie getränkt war, die nun in einer leichten Brise zu mir wehte. Er hatte den Beruhigungszauber zur Perfektion gebracht und ich entspannte mich merklich.

»Christoph Brand, ich erkläre dein Tribunal für eröffnet.« Keiner wagte es, auch nur zu atmen, wenn Calliope sprach. Ich am allerwenigsten.

»Sato, lies die Anklagepunkte vor«, bat sie an ihren Stellvertreter gewandt, der eifrig ein Schriftstück entrollte, das dem Dekret, das mich hierhergeführt hatte, ähnelte.

Er räusperte sich, ehe er loslegte. »Christoph Brand hat am Abend des 29. April deutscher Ortszeit den Tod einer Unwissenden unter Zuhilfenahme von Magie verhindert. Er wird nun angeklagt, sich wissentlich über § 1 Punkt 2 und Punkt 4 des Gesetzes zum Schutz vor Enttarnung hinweggesetzt und die gesamte Hexenwelt damit in Gefahr gebracht zu haben.«

»Einspruch!«, rief eine Stimme und der gesamte Saal wandte sich meiner Mutter zu.

»Carina?«, fragte Calliope mit scharfer Stimme. »Hast du etwas beizutragen, das wir nicht bereits im Vorfeld erörtern konnten?«

»Es war die Nacht vor der Walpurgisnacht. Mein Sohn konnte nicht davon ausgehen, dass sein Zauber Wirkung bei der Kleinen zeigt.« Ein Teil von mir war tief beeindruckt, dass sich Mama kein Stück von Calliopes blinzelfreiem Starren einschüchtern ließ, während ich unter ihrem sengenden Blick Stück für Stück kleiner wurde.

»Er hat sich auf seine Intuition verlassen, wie es seit jeher jeder Hexe geraten wird«, fuhr meine Mutter energisch fort. »Ich habe jahrelang versucht, ihn zu lehren, auf sein Bauchgefühl zu hören. Doch sein nicht gerade geringes Selbstwertgefühl stand ihm immer im Weg. Er war zu sehr von sich selbst geblendet, um unser wertvollstes Gut zu erkennen.« Sie warf einen kurzen, schon fast abfälligen Blick auf mich, ehe sie Calliope wieder direkt ansprach. »Hätten sich unsere Ahninnen nicht auf ihr Bauchgefühl verlassen und hätten im richtigen Moment gehext, selbst wenn sie sich dabei enttarnten, würde unsere Art längst nicht mehr existieren.«

»Du vergleichst die Rettung dieser Unwissenden mit dem Gebrauch von Magie gegen den mörderischen Mob, der mit Fackeln und Hämatitwaffen auf unsere Vorfahrinnen losging?«

Ich sah, wie meine Mutter auf Calliopes empörte Miene hin schluckte, ehe sie jedoch ihre Schultern wieder straffte und nickte. »Intuition ist unsere mächtigste Waffe. Es gab einen Grund, warum mein Sohn eingegriffen hat und die Folgen der Jagd der flüchtigen Gloria Mescinia verhindert hat.«

Sie betonte das Wort »flüchtigen« und ließ aus, dass Noah gemeinsam mit Gloria die beiden betrunkenen Jugendlichen durch den Wald und über die Straße gejagt hatte.

Vermutlich bedeutete Calliopes erhobene linke Braue, dass sie dasselbe dachte wie ich. Sie hielt sie auch weiter oben, als sie ihr Gesicht wieder mir zuwandte und statische Elektrizität die Luft innerhalb des Pentagramms erfüllte, in dem ich saß. Ich spürte die Magie auf mir wie die feuchte Nase von Roger, der seit Tagen ständig an mir schnupperte. Ich kam mir plötzlich vollkommen entblößt vor.

»Was sagst du dazu, Christoph?«, fragte mich Sato, obwohl ich meinen Blick nicht von Calliope abwenden konnte.

»Ich hatte keine Zeit, über die Konsequenzen meines Zaubers nachzudenken«, bestätigte ich Mamas Aussage. »Ansonsten hätte ich anders gehandelt.« Ich bemühte mich um genügend Überzeugungskraft in meiner Stimme, obwohl ich mir sicher war, dass ich auch dann nicht anders gehandelt hätte. Ich würde niemals dabei zusehen können, wie jemand tödlich verunglückte, wenn ich es verhindern konnte.

Die Ratsvorsitzende prüfte mich, ich fühlte ihren Blick wie Detektoren auf meiner Haut. Zentimeter für Zentimeter tastete sie mich ab. Im Saal herrschte absolute Stille, sodass mein trommelnder Herzschlag bis hoch in die letzten Reihen zu hören sein musste.

Kaum dass sich Calliope endlich ihrem Stellvertreter zugewandt und ihm die Hand auf den Unterarm gelegt hatte, rauschten geflüsterte Gespräche bis unter die hohe Kuppeldecke. Die beiden Ratsmitglieder unterhielten sich stumm, was an den leuchtenden Rats-Sigillen an ihren rechten Handgelenken und vor allem an der Mimik der beiden deutlich zu erkennen war. Sato war der Emotionalere der beiden, Calliopes Miene hingegen verhärtete während ihres stummen Gespräches immer mehr.

Als die Sigillen der beiden erloschen, nahmen sie jegliches Geräusch mit sich.

Calliope und alle anderen erhoben sich wieder.

»Aufgrund der nicht einmal durch unsere Auguren zu überprüfenden Umstände, die zu dem Unfall geführt haben, der dich zu deinem Eingreifen veranlasst hat, sehen wir uns gezwungen, dich von allen Punkten freizusprechen.«

Ich glaubte, mein Herz würde aufhören zu schlagen. Ein Raunen ging durch die Menge, während Calliope hinter sich auf die in Rot, Blau und Gelb gekleideten amtierenden Auguren deutete. Der einzige männliche Augur war Elas Cousin Sebastien, der im Blau der Mescinias gekleidet war und mich unentwegt anstarrte.

»Wir«, betonte Calliope extra und sah zu ihrem Stellvertreter, »sind der Meinung, dass die von Carina Brand betonte Intuition für unser aller Überleben wichtig ist. Ihr allein war es zu verdanken, dass das Walpurgisritual überhaupt durchgeführt werden konnte. Hätte Adela Mescinia nicht allen Vorschriften zum Trotz Tristan Atwoods Sigillenzauber ins Ritualfeuer geworfen, wären wir längst enttarnt worden. Besondere Zeiten bedürfen besonderer Taten.« Sie machte eine kurze Pause und hob ihren linken Arm. Ihre Sigille begann zu leuchten und Magie floss durch ihre Fingerspitzen. »Christoph Brand, der Hohe Rat der Hexen befreit dich von allen Sanktionen durch das Dekret. Du bist frei.« Ihre Magie raste wie eine Welle auf mich zu, prallte am Pentagramm ab und stieg an der unsichtbaren Barriere, die über ihm lag, hinauf, bis sie mich komplett einhüllte. Die Barriere und mit ihr mein magisches Gefängnis zerbarsten und nahmen den Druck von mir, den ich auf das klaustro phobische Gefühl, so tief unter der Erde zu sein, geschoben hatte, während ihre Abschiedsworte durch den Saal hallten: »Bewahre das Erbe. Bewahre die Tradition.«

Ich war frei!

Mama stürmte auf mich zu, umarmte mich und riss mich beinahe von den Beinen. Hinter ihr sah ich überall das Aufleuchten von Magie, als die ganzen Schaulustigen via Sigilenfährte, der Hexenvariante des Beamens, verschwanden.

»Lass uns nach Hause gehen und die Zeit genießen«, schlug Mama vor und ich fragte mich, ob jemand sie verhext hatte. »Die Zeit genießen« klang gar nicht nach ihr. Offenbar stand mir meine Verwirrung ins Gesicht geschrieben, denn sie erklärte: »Wir könnten einen Film schauen oder mal wieder zu Heloise nach Lyon reisen.« Sie sah hinüber zu ihrer grauhaarigen Freundin mit den schwarzen Blocksträhnen, die uns übereifrig zuwinkte.

»Nein danke«, sagte ich so höflich wie möglich. Da wäre ich lieber hier unter der Erde geblieben. Wenn es sich irgendwie vermeiden ließ, hielt ich mich von Heloise fern. Noah hatte sie seit unserer Kindheit »ADHS-Hexe« genannt. Sie war hyperaktiv, redete wirklich ununterbrochen und – was mit das Schlimmste war – sie behandelte uns noch immer, als hätten wir eben erst das Sigillenschreiben gelernt.

Ich sah gerade, dass auch Elas Cousin Sebastien das Pentagramm betrat, nutzte die willkommene Ablenkung und ging auf ihn zu. Während Tristan Ela nicht von der Seite wich, hielt Sebastien mich auf dem Laufenden. Ich wandte mich von Mama ab und eilte zu dem in eine dunkelblaue Robe gekleideten Augur.

»Gibt es etwas Neues von Ela? Ist sie endlich aufgewacht?« In Wahrheit hätte ich gerne gefragt: Wann kommt Tristan endlich nach Hause, damit ich nicht mehr mit meiner Helikopterhexe von Mutter allein zu Hause bleiben muss?

Sebastien schüttelte betroffen den Kopf. »Leider gibt es noch nichts Neues über ihren Zustand. Rein körperlich geht es ihr gut, aber etwas blockiert ihr Erwachen, vermutlich hat sie sich bei dem Ritual übernommen. Wir können nur hoffen, dass die konstante Magie und Tristans Gegenwart sie schnell genesen lassen.«

Wäre es nicht mein Leben und würde Magie nicht durch die Verbundenheit mit dem durch die Sigille bestimmten Lebenspartner stärker werden, hätte ich bei der kitschigen Ansprache die Augen verdreht.

»Und wie geht es mit der Suche nach Gloria und Noah voran?«

Sebastien schüttelte weiter den Kopf. »Wir suchen noch immer nach einer Spur. Selbst für unsere verbundenen Sigillen sind sie nicht zu orten. Aber wir werden sie aufspüren, das verspreche ich dir.« Er hob den Arm, um irgendwem zu signalisieren, dass er gleich kommen würde. »Gratulation übrigens zum Freispruch.«

»Danke. Ich bin wirklich erleichtert«, gestand ich ihm. »Und froh, dass die Überwachung nun ein Ende hat.«

Sebastien erstarrte mitten in der Bewegung. »Welche Überwachung?«

Mama trat neben den Augur. Sie war kreidebleich, schlimmer als zuvor, als ich noch im Anklagepentagramm gesessen hatte.

»Ich dachte …«, stammelte ich, sah dabei aber nur meine Mutter an. Hatte sie mich selbst verfolgt, anstatt einen Trackingzauber anzuwenden? Ich wollte ihr und mir weiteren Ärger ersparen, also schüttelte ich nur den Kopf. »Das Dekret muss mich paranoid gemacht haben.«

Kaum dass Sebastien sich nach einem skeptischen Nicken verabschiedet hatte, konfrontierte ich meine Mutter damit. »Überwachst du mich?«

Die Sorge in ihren Augen war mir Antwort genug. Sie hatte mich nicht verfolgt, hatte aber eine Ahnung, wer es gewesen sein könnte.

»Lass uns nach Hause gehen«, sagte sie und schob noch hinterher: »Dort sind wir in Sicherheit.«

Ich ergriff die mir entgegengestreckte Hand und ließ mich von meiner Mutter via Sigillenfährte nach Hause bringen. So würde zumindest *sie* das Energiedefizit haben und die verbrauchten Kalorien mit dem Inhalt des halben Kühlschranks ausgleichen müssen.

Während sich die Welt hinter meinen geschlossenen Lidern auflöste, schossen mir noch zwei Gedanken durch den Kopf: War es vielleicht Noah, der mich verfolgte? Und falls ja, was wollte er von mir?

~ 9 ~

CHRIS

Meine Mutter war die mächtigste Hexe Süddeutschlands und trotzdem war die Reise mit einer weiteren Person via Sigillenfährte auch für sie so anstrengend, dass sie sich direkt nach dem enorm kalorienreichen, sehr frühen Abendessen mit Saphir im Arm schlafen legte. Perfekt für mich.

Während des Essens hatte sie ständig betont, ich solle daheimbleiben, obwohl ich ihr erzählt hatte, dass mir das Dach auf den Kopf fiel. Aber davon wollte sie nichts hören, befahl mir nur erneut, mich ja nicht aus dem Haus zu wagen, und hatte auf meinen Protest hin nur wieder damit angefangen, dass wir ja Heloise in Lyon besuchen könnten. Daraufhin war ich schnell still gewesen.

Nun lag ich auf der Couch in meinem Zimmer und meine Sigille gab ein schwaches Leuchten von sich, das im einfallenden Licht der inzwischen tief stehenden Sonne kaum sichtbar war. Die Abhörsigille sorgte dafür, dass ich jedes Geräusch aus dem Schlafzimmer meiner Mutter so laut hörte, als wäre ich bei ihr. Ich hörte Saphirs leises Schnarchen, das raschelnde Geräusch, wenn sie sich im Bett umdrehte …

und seit ein paar Minuten Mutters regelmäßige, tiefe Atemzüge. Wurde aber auch Zeit!

Ich wartete noch fünf Minuten ab, dann visualisierte ich eine Sigille, die mich lautlos machte. Den Zauber hatten Noah und ich so viele Male benutzt, dass ich die Sigille, ohne groß darüber nachzudenken, vor meinem inneren Auge sah und nach außen tragen konnte.

Gewappnet für meinen kleinen Ausbruch, zog ich meine Jacke an und schlich den Flur entlang bis zur Galerie, dann weiter die Stufen hinab bis zur Haustür. Doch kaum dass ich die Klinke berührte, verschwand sie vor meinen Augen. Die gesamte Tür folgte und ein Blinzeln später sah die Wand aus, als hätte an der Stelle nie eine Tür existiert. Die Lilienprägung der auf alt gehexten Tapete ging nahtlos ineinander über.

Ich hörte dank Abhörsigille, wie sich meine Mutter regte und Saphir sich daraufhin mauzend beschwerte. Verdammt! Mama hatte diesen Zauber garantiert mit einem Alarm versehen und würde nun jeden Moment aufwachen. Ich sah zum Fenster im Wohnzimmer. Wenn ich es zu öffnen versuchte, würde es garantiert auch verschwinden und meine Mutter endgültig wecken. Mama stöhnte im Schlaf, aufgeschreckt von dem stillen Alarm. Mir blieb keine andere Möglichkeit, als die energiezehrende Sigillenfährte zu nutzen – und zu hoffen, dass Mama nicht einen Schutzkreis um das gesamte Gebäude gezogen hatte. Falls ja, würde ich daran abprallen und hätte nicht so schnell wieder genügend Energie für einen weiteren Versuch.

Ich schloss die Augen und visualisierte mein Ziel, den kleinen Imbiss in der Stadt, um meine Energiereserven sofort wieder auffüllen zu können. Dann wappnete ich mich nicht nur für den Schwindel, sondern auch für die Möglichkeit, gleich mit vollem Tempo gegen eine Wand – Mamas Schutzkreis – zu krachen. Doch der Schmerz blieb glücklicherweise aus.

Ich geriet ins Stolpern und landete auf den Knien. Jedoch nicht auf dem kalten, harten Pflaster in der Gasse hinter dem Imbiss, den ich mir vorgestellt hatte, sondern – ich sah mich schnell um – mitten in einem Gebüsch auf weichem Boden. Es roch nach nasser Erde und vor sich hinmodernden Blättern aus dem letzten Herbst. Feuchtigkeit drang bereits durch meine Jeans und ich stand schnell auf. Zu schnell. Selbst die kurze magische Reise hatte sämtliche aufgenommene Energie verbraucht und mein Kreislauf machte schlapp. Ich hielt mich gerade noch rechtzeitig an einem dünnen Baumstamm fest, um nicht umzukippen. Ich brauchte dringend etwas zu essen. Mein Magen knurrte.

»Chris?«, fragte eine verwirrte, aber mir nur allzu bekannte Stimme und ich sah in die Richtung, aus der sie kam. Direkt hinter dem Busch, der am Fuß des Baumes wucherte, an den ich mich krallte, stand eine Parkbank, auf der Mara sich gerade auf die Knie setzte, um in meine Richtung ins Gebüsch sehen zu können. Sie blinzelte gegen die untergehende Sonne an, die ihr direkt ins Gesicht schien und sich in ihren Brillengläsern spiegelte.

Ich schob mich durchs Gebüsch. Sie folgte mir mit ihrem Blick und setzte sich wieder richtig herum auf die Bank. Sie blinzelte mich noch weiter an, obwohl die Sonne sie nun nicht mehr blenden konnte. Garantiert fragte sie sich, wie ich unbemerkt ins Gebüsch direkt hinter ihr gekommen war. Jeder Hexer checkte mit dem Zauber intuitiv, ob sich Unwissende in der Nähe ihres Zielortes befanden – aber den Teil hatte ich offenbar vor lauter Fluchtgedanken vergessen. Das war dumm von mir gewesen und ich versuchte nun einfach, das Beste daraus zu machen. Ich musste mich erst einmal orientieren. Wir befanden uns zwischen dem kleinen Bach und einem der Ententeiche im vorderen Bereich des Parkes, direkt unterhalb von Schloss Falk.

»Ich hab dich gar nicht vorbeigehen sehen.« Mara rieb sich unter der Brille die Augen. Als diese sich dadurch leicht anhob, sah ich den beginnenden Bluterguss an ihrer Nasenwurzel.

»Kommt das von dem Ball heute Nachmittag?«, fragte ich, um sie auf andere Gedanken zu bringen, und deutete auf ihre Brille, während ich mich neben sie auf die Bank setzte, weil ich mich noch immer unsicher auf den Beinen fühlte.

»Was?«, fragte sie zurück und sah dabei irgendwie gequält aus.

»Der Bluterguss wird richtig mies.« Ich deutete auf ihre Brille. »Du hättest die Stelle besser kühlen sollen.«

»Danke, Mr Schlaumeier«, konterte sie. »Aber jetzt weiß ich auch, weshalb mir mein halbes Gesicht wehtut.« Sie stöhnte auf und ließ sich gegen die hölzerne Lehne der Bank fallen.

»Warst du bei einem Arzt?« Sie sah nicht gut aus und sollte garantiert nicht allein im Park herumsitzen, wenn es bald dunkel wurde.

»Gott, nein!«, sagte sie schnell. Zu schnell. »Meine Mutter würde noch mehr durchdrehen.« Dann ging ein Ruck durch ihren Körper. »Wohin bist du heute Mittag eigentlich so schnell verschwunden?« Ihre rechte Braue schob sich bis über den oberen Brillenrand.

»Ich hatte einen dringenden Termin. Als ich gesehen hab, dass es dir gut geht …« Wo zur Hölle kam das denn her?

»Na dann. Danke fürs Nachsehen«, sagte sie und rieb sich die Schläfen.

Ich überlegte gerade, was ich noch sagen könnte, da knurrte mein Magen so laut, als säße nun ein hungriges wildes Tier hinter uns im Gebüsch.

»Was tust du eigentlich hier?«, fragte ich, während ich spürte, wie meine Wangen warm wurden. Wann war mir zuletzt etwas peinlich gewesen? Ich konnte mich nicht daran erinnern.

»Ich feier eine Party«, gab sie in nun wieder gewohnt bissigem Ton zurück. Damit konnte ich besser umgehen. »Sieht man das nicht?« Sie schob ein kurzes »Yeah« hinterher und riss die Hand nach oben, in der sie eine lila gestreifte Papiertüte hielt, die ich bisher nicht bemerkt hatte.

Mein Magen knurrte erneut, brachte jegliche schlagfertige Antwort zum Scheitern und ich hörte mich sagen: »Darf ich mitfeiern?«

Sie rieb sich die Stirn, als müsste sie überlegen, streckte mir dann aber die gestreifte Papiertüte entgegen, aus der es nach einer chaotischen Mischung aus gebrannten Mandeln und Gummizeug roch. Ich griff zu und mein Magen sandte Dankesgebete an Mara.

»Hast du denn einen Grund zu feiern?«, fragte sie mich und schmunzelte über meine Hungerattacke, während sie sich selbst eine Gummischlange aus der Tüte angelte.

Ich bin frei, wäre die korrekte Antwort, die sie leider nicht verstehen würde – und worüber ich ihr nichts Genaueres erzählen durfte. Ablenkung musste her.

»Die gute Gesellschaft«, sagte ich, während ich mir einen Gummischnuller aus der großen Tüte angelte und das Lächeln aufsetzte, das mir nach Auftritten der Band immer von zig Fotos auf Instagram entgegenstrahlte.

Mara stöhnte auf und das Grinsen wurde zum Augenverdrehen. »Bei mir zieht das nicht«, sagte sie mit vollem Mund, und nachdem sie heruntergeschluckt hatte, wechselte sie das Thema. »Hast du was von Tristan gehört? Ich hab versucht, ihn zu erreichen, aber …«

»Sein Uralt-Handy hat den Geist aufgegeben und er muss sich erst noch ein neues besorgen.« Jetzt war Mamas Geiz gegenüber Tristan wenigstens eine gute Entschuldigung. Er wich Ela gerade nicht von der Seite und die Magie im Palazzo der Mescinias blockierte vermutlich den Empfang. Magie und Technik vertrugen sich nur bedingt.

»Verdammt.« Sie stöhnte auf, aber es klang zu schmerzhaft, als dass sie sich nur darüber ärgern würde.

»Geht es dir gut?«, fragte ich, die Sorge in meiner Stimme war nicht gefakt.

Sie beugte sich nach vorne, griff nach etwas, richtete sich mit einem großen Pappbecher mit Deckel in der Hand wieder auf und sog genüsslich am Strohhalm, ehe sie antwortete und den Geruch nach zuckersüßer Cola in meine Richtung hauchte.

»Der verdammte Druck auf meinen Augen wird schon wieder stärker und macht mich wahnsinnig. Aber es ist okay. Ich gewöhne mich gerade daran. Es fühlt sich nur an, als würden meine Augäpfel gleich aus den Höhlen schießen.« Da sie lachte, schien es nicht allzu schlimm zu sein.

»Dann gib die Süßigkeiten besser mir, bevor sie noch in der Tüte landen«, feixte ich. »Augäpfel vertrage ich nicht allzu gut.«

»Dann hattest du bisher nur nicht die richtigen.« Sie nahm einen weiteren Schluck und reichte mir dann zu meiner Überraschung den Becher. Cola war perfekt als Energienachschub, der Zucker ging direkt ins Blut.

Dank Maras Süßkram ging es mir mit jeder Minute besser und mein Magen klang inzwischen nicht mehr nach angriffslustigem Bären. Die Sonne stand mittlerweile so tief, dass unsere Schatten bis in den Teich auf der anderen Seite des Fußweges reichten. Während wir so dasaßen, fielen mir zwei Dinge auf. Erstens: So viel Spaß mir die Sticheleien mit Mara auch machten – still nebeneinanderzusitzen und auf die Ente zu starren, die mit einer Armee Mini-Enten im Schlepptau den Teich durchpflügte, war mindestens genauso angenehm. Zweitens: Je länger wir hier saßen, desto öfter rieb Mara sich die Augen oder massierte ihr Nasenbein, was zu höllisch lautem Fluchen wegen des Blutergusses führte, wobei ich mich jedes Mal umsah, ob uns irgendwelche Bewohner des nahe gelegenen Seniorenzentrums hören konnten. Hier in der Gegend wuchsen noch immer die meisten mit sonntäglichen Kirchgängen auf und jedes Fluchen hatte finstere Blicke – insbesondere der Älteren – zur Folge.

Mara verfluchte die Welt erneut und wie zur Ermahnung schlugen die Kirchturmglocken jenseits des Parkes an und wir lachten beide los.

Inzwischen war es kühl geworden und ziemlich dunkel. Ich hatte gar nicht bemerkt, wann die Wegbeleuchtung angegangen war. Mara knüllte eben die Papiertüte zusammen, stand auf und warf sie gemeinsam mit dem leeren Getränkebecher in den Mülleimer auf der anderen Seite des bekiesten Wegs. Anschließend stand sie unschlüssig daneben und rieb sich über die Arme.

»Tut mir leid, dass ich den halben Partyvorrat vertilgt habe. Sollen wir noch kurz Nachschub besorgen?«, fragte ich.

Sie sah mich lange an, kaute dabei auf der Innenseite ihrer Wange. »Ich hab sie vom Markt, der sollte inzwischen abgebaut sein«, erwiderte sie. »Ich sollte …«

Etwas sagte mir, dass sie gehen wollte und ich es verhindern musste. Der Gedanke traf mich wie ein Schlag in den Magen. So unvorhergesehen, dass er mich ins Taumeln gebracht hätte, wenn ich nicht gesessen hätte.

»Dann in den Supermarkt? Dort ist es wenigstens warm. Wir könnten beim Bäcker auch noch eine heiße Schokolade trinken.«

Ich blickte sie erwartungsvoll an. Ausnahmsweise musste ich zu ihr aufsehen. Doch anstatt zu antworten, drehte sie sich um und ging mit schnellen Schritten davon.

~ 10 ~

MARA

Kies knirschte unter meinen Füßen. Was für ein dummes Spiel spielte er? Hatte er mit Noah oder seinen Bandkollegen eine Wette laufen oder so?

Zugegeben, es hatte etwas gedauert, bis ich mich aus der von ihm aufgebauten angenehmen Stimmung zwischen uns gelöst und die Sache mit etwas Abstand hatte betrachten können.

Er war mir zu Hilfe geeilt, als ich beim Training gestürzt war – im zu dieser Jahreszeit nur sehr spärlich besuchten Parkbad. Dann war er heute Abend in der hintersten Ecke des Parkes aufgetaucht, wo sich niemand zufällig hinverirren konnte, und hatte sich eingeschleimt. Nein, ich hatte mich einschleimen lassen! Ich war tatsächlich auf die Sprüche reingefallen, über die Tristan und ich immer den Kopf geschüttelt hatten. Was zur Hölle war mit mir los? Dieser hämmernde Kopfschmerz, der vom Druck hinter meinen Augen immer tiefer ins Hirn gewandert war, hatte sämtliche Alarmglocken übertönt. Ich war so dämlich!

Jetzt war mein Hintern gefroren, meine Füße waren die reinsten Eisklumpen und zu allem Unglück hatte ich auch keine Süßigkeiten mehr, die mir über die Kopfschmerzen hinweghelfen würden – so rechtfertigte ich im Nachhinein zumindest den Kauf der halben Auslage des Marktstandes. Zu allem Übel war auch die Cola leer.

»Mara, warte!«

Wie auf einen Befehl hin erstarrten meine Beine. Weitergehen!, schickte ich den stummen Gegenbefehl, doch sie ignorierten mich. Ich knirschte mit den Zähnen. Mit der Lage saurem Zucker, die sich von den vielen Drops darauf abgesetzt hatte, ging das besonders gut.

»Lass mich dich wenigstens nach Hause begleiten, von mir aus über Schleichwege, wenn du nicht mit mir in der Öffentlichkeit gesehen werden willst.«

Ich drehte mich zu Chris um und kniff die Augen zusammen, um ihn im Halbdunkel der schwachen Parkbeleuchtung besser sehen zu können. Er stand außerhalb des Lichtkegels und meine Augen waren schon im Hellen merklich schlechter geworden, im Dunkeln war ich nun fast blind.

»Was bekommst du dafür?«, fragte ich und verwirrte Chris damit offensichtlich. Er gab nur ein geistreiches »Häh?« von sich.

»Was du dafür bekommst, dass du … Babysitter spielst«, brach es aus mir heraus und zu meiner Schande schwang ein Hauch Verletztheit darin mit. »Oder ist es eine dämliche Wette? Mit Patricia oder deinem tollen Bruder? Ich gebe zu, du machst das gut. Ich habe den Nachmittag tatsächlich genossen.«

Sein Gesicht erhellte sich blitzartig und er trat ins Licht der Laterne. Chris strahlte mit einem Mal und schob schnell ein »Ich auch« ein, das mich verwirrte und das geplante

Aber? auf meinen Lippen zerplatzen ließ wie eine Seifenblase.

Ich wusste, dass Christoph Brand hübsch war – das wussten alle und am meisten er selbst –, aber ich hatte ihn nie zuvor so gesehen wie jetzt in diesem Moment. Das schwache Licht der Parklaterne liebkoste seine Wangen, ließ seine Augen besonders dunkel und die Wimpern enorm lang wirken, streichelte seine Kieferpartie und betonte seine Lippen. All das ließ ihn hart, gepaart mit dem ehrlichen Lächeln aber auch gleichzeitig so weich erscheinen, dass es etwas mit mir machte. Mein Magen fühlte sich an wie nach einer ganzen Wagenladung sauren Drops. Überall kribbelte es und ich war nicht in der Lage, etwas dagegen zu unternehmen. Chris kam näher, seine Konturen wurden selbst für eine Blindschleiche wie mich gestochen scharf. Hätte jemand behauptet, dass mich jemals ein verlegenes Grinsen aus der Bahn werfen würde, hätte ich ihn ausgelacht. Als es sich nun aber auf Chris' Lippen zeigte, die er danach zwischen die Zähne zog, während er sich mit den Fingern durch die Haare fuhr, als müsste er sie beschäftigen, strebte mein Körper wie von selbst auf ihn zu. Wir standen gemeinsam im Lichtkegel, die Distanz zwischen uns war leicht zu überwinden. Ich sah, wie sich sein Kehlkopf hob und senkte, als sein Blick zu meinem Mund huschte, ehe er mir wieder tief in die Augen sah und seine Lippen befeuchtete. Es war wie ein Sog, eine Störung der Erdanziehungskraft, ein winziges schwarzes Loch, das mich weiter auf ihn zustreben ließ und in mir den Wunsch weckte, seinen Atem zu teilen und diese Lippen …

Ich wich zurück, verpasste mir einen Schlag auf die Stirn, der hoffentlich mein Hirn wieder sortierte, und rannte davon. Ich hatte ihn küssen wollen! Ich hatte beinahe Christoph Brand geküsst!

Nicht nur versehentlich, weil ich auf ihn draufgefallen war, wie ich Tristan gegenüber immer gescherzt hatte. »Ich würde ihn nicht mal küssen, wenn ich auf ihn fallen würde und mein Mund auf seinem landete«, hatte ich immer voller Überzeugung behauptet. Und nun waren vielleicht noch fünf Zentimeter zwischen unseren Lippen gewesen und ich hatte meinen Kopf in den Nacken gelegt und es gewollt.

Ich. Hatte. Ihn. Küssen. Wollen.

War ich echt so bescheuert wie die Groupies, die sich ihm an den Hals warfen? So leicht zu beeinflussen wie Lea? Offensichtlich schon. Ich hatte mich von seiner charmanten Art einlullen lassen, mich wohlgefühlt. Er hatte mich von den Augenproblemen und den hämmernden Kopfschmerzen abgelenkt, ich hatte Spaß gehabt. Mit Chris! Dem Idioten, der Tristan das Leben zur Hölle gemacht hatte!

Ich war die mieseste beste Freundin der Welt.

»Mara, bleib stehen!«, rief Chris mir hinterher. Doch ich wollte ihn nicht noch einmal ansehen und mich an den Fast-Kuss erinnern. Er hatte mich getäuscht, wie er dem Rest der Welt den supertollen Jungen vorspielte – nur Tristan und ich kannten seine wahre, fiese Seite. Und mit der wollten wir nichts zu tun haben, ganz gleich, was mein Bauch dazu meinte oder die laute Stimme in meinem Kopf, die brüllte, ich solle umdrehen – so laut, dass sie sogar das Hämmern darin übertönte. Ich sprintete los, atmete dabei wie im Ausdauertraining, und erst als mein Atem knapper wurde, wechselte ich in ein schnelles Joggen. Mit jedem Aufprall meiner Schuhe auf dem Pflaster überzeugte ich mich selbst davon, wie widerlich allein der Gedanke an einen Kuss mit Chris war.

I-gitt. I-gitt. I-gitt.

Zu Hause angekommen, schloss ich auf und stürmte direkt die schmale Treppe nach oben in mein Zimmer, warf mich auf mein Bett und knautschte mein Kissen unter dem Kopf zusammen. Zumindest den fiesen Druck hinter den Augen hatte das Laufen weggebrannt. Nur lenkte mich jetzt nichts mehr davon ab, an Chris' volle Lippen zu denken und an den Moment, in dem seine Zunge darübergeglitten war.

Leider war mir nicht bewusst gewesen, dass Mama schon Feierabend gemacht hatte, und nun hallte ein lautes »Mara?« durch den Flur nach oben. Durcheinander, wie ich war, war meine Antwort so leise, dass sie mich unmöglich hören konnte und kurz darauf Schritte auf der Treppe zu hören waren.

Es klopfte an meine angelehnte Tür.

»Schatz?« Pause, dann ein weiteres Klopfen. »Ist alles okay?« Mit einem leisen Quietschen schob sie die Tür auf und der schmale Lichtstreifen fächerte sich zu einem hellen Fleck am Boden auf.

»Ja?«, fragte ich bemüht gut gelaunt und rieb mir dabei über die Wange.

»Hast du … geweint?«

Das war die mieseste Frage überhaupt, wenn man kurz davor stand, von allem überwältigt loszuheulen, und auch jetzt brachte sie den Damm zum Brechen. Schnell verbarg ich mein Gesicht im Kissen.

Die Matratze neben mir senkte sich. Mama setzte sich zu

mir, rieb mir über den Rücken und hörte sich alles über die Verschlechterung meiner Sehfähigkeit an, darüber, wie sehr ich Tristan vermisste und warum zum Teufel er – obwohl ich einen krassen Unfall gehabt hatte – lieber mit seiner Freundin Urlaub in Rom machte, als an meiner Seite zu sein. Gerade jetzt, wo ich so verwirrt und durcheinander war, ständig irgendwo Schmerzen hatte und es noch immer keine logische Erklärung für meine Überzeugung gab, Chris in der Unfallnacht gesehen zu haben.

»Du glaubst, er war dort?« Mamas Miene war unergründlich. Ich konnte nicht sagen, ob sie jeden Moment den Notruf wählen würde, um mich einzuweisen, oder gleich alles mit einem Lachen als übertrieben abtun würde. Dabei rieb sie jedoch weiter mit gleichmäßigen Bewegungen über meinen Rücken.

»Ich bin mir sicher, Mama.« Meine Stimme klang sogar überzeugter, als ich mich tatsächlich fühlte. »Ich habe ihn gesehen und dieses schräge hellblaue Leuchten, das wie ein Lasso aus seiner Hand geschossen ist.«

Mamas Finger blieben mitten auf meinem Rücken liegen. Ich drehte mich auf die Seite und versuchte, in ihrem Gesicht zu lesen. Sie war bleich geworden – aber bei dem Gedanken, die eigene Tochter könnte verrückt werden, lag das wohl nahe.

»Alles wird gut, mein Schatz«, sagte sie, strich noch einmal meinen Rücken hinauf und zupfte dann an der Kette an meinem Hals. Das kleine Medaillon, das knapp über meinem BH baumelte, gab wie immer ein leises Klimpern von sich, als es gegen meine Haut stieß. »Du solltest jetzt schlafen. Morgen sieht die Welt schon viel besser aus.«

Während ich mich umzog, saß Mama noch immer auf meinem Bett. Sie hielt die Decke hoch, ich verkroch mich darunter und sie zog mir die Brille von der Nase. Kurz strich sie mir die Haare aus dem Gesicht, ehe sie mich auf den Scheitel küsste und mir eine gute Nacht wünschte.

»Träum was Schönes, mein Schatz.«

Der ohne Brille nur verschwommene Lichtklecks am Boden wurde immer kleiner und verschwand ganz, als Mama die Tür hinter sich schloss. Ich war entsetzlich müde und die Abwesenheit der miesen Kopfschmerzen aufgrund der Überanstrengung meiner Augen war wohltuender als eine Entspannungsmassage. Und so glitt ich innerhalb kürzester Zeit ins Land der Träume.

~ 11 ~

CHRIS

Die ersten Sonnenstrahlen kitzelten meine noch geschlossenen Lider und ich genoss noch einen Moment lang diesen kaum greifbaren Zustand nach dem Erwachen.

Es gab Dinge, die ich immer für kitschige Film- und Songklischees gehalten hatte. Dieses Tief-in-die-Augen-Geschaue, das Dehnen der Zeit in diesem erwartungsvollen Augenblick vor einem Kuss, das Knistern in der Luft, das nur wenige Schauspieler überzeugend darstellen konnten …

Und dann hatte ausgerechnet *ich* einen solchen Moment erlebt. Mit einem Mal war mein Mund trockener als die Wüste gewesen und jede einzelne Zelle in mir hatte geglaubt – nein, gewusst! –, dass nur ein Kuss gegen dieses Gefühl helfen konnte.

Ich öffnete die Augen, schlug mit der Faust in eins der unbenutzten Kissen, die meine Mutter ständig in mein Bett packte, obwohl kein Mensch so viele Kissen brauchte, und rollte mich anschließend auf den Rücken.

Wenn Tristan auch nur erahnen würde, was ich bis gerade eben geträumt hatte, würde er mir einen Schlag verpassen, der mich bis in den Bodensee schleuderte. Dabei war absolut nichts passiert. Jetzt hatte ich schon einen magischen Moment gehabt und das Mädchen, dessen Kuss ich *wirklich* wollte, war schneller davongelaufen, als ich überhaupt ans Küssen hatte denken können.

Ich stöhnte, rieb mir übers Gesicht und fischte auf dem Nachttisch nach meinem Handy. Mehrere entgangene Anrufe, dabei war es noch nicht mal zwölf und wir hatten Ferien! Ich wollte eben nachsehen, wen ich denn um diese Zeit so oft verpasst hatte, da klingelte es erneut. Ein Video-Anruf von Tristan. Ernsthaft? Um diese Zeit?

Ich nahm ihn an und sah in das viel zu nahe, strahlende Gesicht meines Stiefbruders. So gut hatte er lange nicht mehr ausgesehen. Im Gegenteil. Was nur eins bedeuten konnte.

»Ela ist aufgewacht!«, bestätigte er es mir gerade und sein Glück schwappte durch das Display auf mich über. Tristan strich sich die blonden Haarsträhnen aus dem Gesicht und grinste, dann sah er genauer auf sein Handy. »Liegst du noch im Bett?«

Ich verzog das Gesicht. »Es ist noch nicht mal Mittag«, rechtfertigte ich mich. Tristan war eines dieser magischen Wesen, die selbst in den Ferien sehr früh aufstanden.

»Ich … Wir waren sogar schon unterwegs.« Tristan schüttelte den Kopf. »Was gibt es zu Hause Neues?«

Ich stemmte mich hoch und lehnte mich gegen das gepolsterte Kopfende meines Bettes, während ich darüber nachdachte, ob ich mit Tristan über Mara sprechen konnte, ohne dass er in der nächsten Sekunde via Sigillenfährte vor mir stehen und seine Jiu-Jitsu-Theorien in die Praxis umsetzen würde.

»Wie heißt sie denn?«, fragte Tristan und sein Gesicht wurde größer, als er mich genauer ansah.

Instinktiv hielt ich das Handy etwas auf Abstand, setzte schnell ein Pokerface auf, grinste dann mit wackelnden Augenbrauen und sagte: »Du weißt doch, was ein Gentleman so tut.«

»Schon, aber du doch nicht. Aber egal.« Tristan winkte ab, nun wieder in vernünftigem Abstand zur Kamera. »Wie geht es Mara? Hast du irgendwas von ihr gehört?«

Ich sah automatisch Maras von der Parklaterne erhelltes Gesicht vor mir, so nah, dass ihre vollen Lippen den Mittelpunkt des Universums bildeten.

»Das ist jetzt nicht dein Ernst, oder?« Tristans Brüllen ließ die Handy-Lautsprecher vibrieren, während ich mich in der Ecke des Displays, die mir mein Bild zeigte, erröten sah wie ein Dreizehnjähriger, unfähig, darauf zu reagieren.

Das war auch gar nicht nötig, denn Tristan schimpfte direkt weiter. »Ich wollte nie etwas von dir oder …«, er sprach Noahs Namen nicht aus, aber ich hörte ihn durch den Äther rauschen. »Ich habe nie etwas von dir verlangt. Aber lass Mara in Ruhe, verstanden?!«

In diesem Moment hasste ich Tristan für seinen Beschützerinstinkt, weil es sich anfühlte, als würde er mir etwas wegnehmen. Ich presste fest die Zähne zusammen, um nichts zu sagen, was die in den letzten Tagen hoffnungsvolle Beziehung, ja vielleicht sogar aufkeimende … Freundschaft zwischen ihm und mir wieder vollkommen zerstören würde. Außer ihm hatte ich niemanden mehr.

»Gibt es Neuigkeiten von Noah oder Gloria?«, fragte ich zur Ablenkung und Tristan schüttelte den Kopf. Seine Augen waren noch immer so weit zusammengekniffen, dass ich das Blau darin kaum sehen konnte.

»Die Auguren sind unentwegt mit Visionen beschäftigt, schleppen allerhand Dinge von Gloria und Noah zusammen, um deutlicher sehen zu können, aber die beiden sind wie vom Erdboden verschluckt.«

»Tristan?«, erklang eine Frauenstimme aus dem Hintergrund und Tristans Gesicht verwandelte sich binnen Sekunden, wurde wieder weich und strahlend. Ein Leuchten trat in seine Augen, das ich noch nie an ihm gesehen hatte.

»Ich bin gleich da«, sagte er über sein Telefon hinweg zu Ela, dann sah er wieder direkt in die Kamera. »Ela hat hier noch ein paar Dinge zu klären, dann reisen wir zurück nach Falkhausen. Offiziell wird sie ihren Gastaufenthalt am Grimm-Gymnasium nach den Ferien fortsetzen und weiter bei Ingrid wohnen.«

»Und du?«, fragte ich.

»Ich komme nach Hause«, erwiderte er noch, wobei das *nach Hause* klang wie *Scheiterhaufen*, ehe das Display schwarz wurde und mit ihm all die Gedanken an die von mir gewünschte gute neue Beziehung zu meinem Stiefbruder. Aber das hatte ich in den letzten Jahren wohl versaut.

Weil ich es eh nicht mehr schlimmer machen konnte, wollte ich bei Mara vorbeischauen und mich vergewissern, dass es ihr wieder gut ging. Das war zumindest die Ausrede, die ich ihrer Mutter Tanja erzählte, als sie mich mit mörderischem Blick von der Haustür ein paar Stufen über mir aus anfunkelte.

»Ich habe sie gestern im Schlosspark getroffen und ihr schien es nicht gut zu gehen. Sie hatte üble Kopfschmerzen und deshalb wollte ich nach ihr sehen.« Nein, ich *musste* nach ihr sehen, *sie* sehen. Es war wie ein verfluchter innerer Zwang!

»Das ist nicht nötig.« Tanjas Stimme wurde mit jedem Wort kälter, sodass ich erschauderte. »*Ich* bin bei ihr. Sie braucht Ruhe, niemanden wie dich.«

Dann schlug sie mir die Tür vor der Nase zu.

~ 12 ~

MARA

Von meiner Mutter auf dem Sofa im Wohnzimmer auf mehrere Kissen und den Temperaturen nach unter hundert Decken gepackt, war mein Körper bereits halb gar – und mein Kopf vermutlich schon gut durch. Denn immer und immer wieder kehrten meine Gedanken zu Chris zurück und zu den Überlegungen, warum er gestern hier aufgetaucht war und Mama ihn abgewimmelt hatte. Mir war nicht einmal klar gewesen, dass er wusste, wo ich wohnte, auch wenn Tristan jeden freien Nachmittag hier verbrachte, weil er es zu Hause nicht aushielt.

Mama war trotz Urlaub heute früh zur Arbeit gefahren, weil schon wieder ein dringender Termin anstand, wollte anschließend aber sofort wieder zurückkommen – mit spätem Mittagessen, damit ich ihre Küche schonte und es nicht wagte, die dort herrschende Ordnung zu zerstören.

Mir war so langweilig, dass ich ernsthaft überlegte, Mamas Bitte nachzugehen, die Schrankwand abzustauben, wenn ich mich fit genug dazu fühlte. Mein Blick glitt vom Fernseher darin über die zahlreichen kleinen Fächer rundherum und blieb an einem mit Büchern hängen. Irgendwas war anders, da war ich mir ziemlich sicher. Aber ich konnte nicht ausmachen, was es war. Hatte Mama umgeräumt? Das viele Nachdenken brachte mich von der Idee ab, den Staubwedel zu holen, und so gammelte ich weiter auf dem Sofa vor mich hin und ließ mich vom Fernseher berieseln, als trainierte ich für eine Binge-Watching-Meisterschaft – und das Beste daran: Ich konnte das Bild – zumindest mit der neuen Brille – gestochen scharf sehen, ganz ohne Druck auf den Augen. Die von Mama geforderte Ruhe hatte tatsächlich geholfen. Ich fühlte mich sogar so gut, dass ich mehrere Male über den Fast-Kuss von vorgestern nachdachte und erörterte, was bei allen Geistern mich dazu gebracht hatte. Leider hatte ich keine logische Erklärung dafür und alles, wirklich alles, was mir als Antwort in den Sinn kam, war kitschiger als die kitschigsten Serien oder als Tristan dabei zuzusehen, wie er Ela anschmachtete. Ich kam zu dem bedauerlichen Schluss, dass meine Hormone Verräter waren und meinen Körper in Geiselhaft hielten.

Als es klingelte, brauchte ich ewig, bis ich mich aus den vielen Decken gestrampelt hatte, und rannte dementsprechend abgehetzt barfuß zur Tür, nur um den Schock meines Lebens zu bekommen. Chris stand so dicht dahinter und spähte durch das rautenförmige kleine Milchglasfenster, dass er mir praktisch entgegenfiel, als ich die Tür öffnete.

Ich wich zum Glück schnell genug zurück und beobachtete zufrieden, wie er mit den Armen ruderte.

»Was willst du hier?«

»Ich ...«, er fuhr sich durch die Haare und sein Blick flog wie gehetzt hin und her, als müsste er nach seinem Gleichgewicht nun auch seine Sprache wiederfinden. Dann endlich sah er mir ins Gesicht. So intensiv, dass ich mich unwohl fühlte, mir der vom Herumgammeln chaotischen Haare und meines Schlabberlooks nur allzu bewusst wurde. Meine Wangen brannten. »Ich wollte sichergehen, dass es dir gut geht. Vorgestern …«, sagte er dann zu dem Teppich unter unseren Füßen. »Ich habe mir Sorgen gemacht.« Er runzelte die Stirn, als würde er sich über seine eigenen Worte wundern.

Währenddessen wunderte ich mich darüber, dass mir nicht gleich schlecht wurde und ich auch nicht auf einer Schleimspur ausrutschte, sondern ganz im Gegenteil. Ein mieser, verräterischer Teil in mir, der direkt in meinem Bauch saß, schreckte eine Horde Schmetterlinge auf.

»Mir geht es gut«, sagte ich mit einer mir vollkommen unbekannten Stimme. So unbekannt und viel zu hoch, dass Chris vom Teppich aufsah und sich unsere Blicke erneut trafen. Sie trafen sich nicht nur, nein, sie hingen zusammen ab, hielten Händchen und machten Babys. Zeit genug dafür wäre definitiv gewesen.

Im Flur war es inzwischen so kühl wie draußen und langsam, aber sicher fröstelte ich barfuß in meinen dünnen Leggins und dem ärmellosen Longshirt, die beide unter Mamas vielen Decken vollkommen ausgereicht hatten.

»Dir ist kalt«, sagte Chris mit belegter Stimme und mir wurde sengend heiß, als ich bemerkte, wie er darauf kam – weil er mir auf die Brust starrte!

»Was zur Hölle …«, begann ich, verschluckte mich aber beinahe daran und verschränkte dann nur schnell die Arme vor der Brust. Chris schloss die Tür hinter sich, was die Sache nicht weniger peinlich machte. Ich sah, wie er tief durchatmete, ehe er sich wieder zu mir umdrehte – und dabei den Blick kein einziges Mal nach unten wandern ließ.

»Tristan hat sich gemeldet. Er kommt bald zurück. Ich dachte, du würdest es wissen wollen.«

Mein Herz machte einen Satz. Endlich würde ich nicht mehr allein sein. Dann wurde mir klar, dass es bei Chris alles andere als erfreut geklungen hatte.

»Hast du etwas dagegen?«, fragte ich und machte mich bereit, meinen besten Freund wie immer zu verteidigen.

Chris lächelte nur schwach. »Nein, ich freue mich, dass er zurückkommt, nur …«

»Nur was?« Meine Stimme war pures Misstrauen. Etwas stimmte nicht mit Chris.

»Zwischen uns hat sich einiges … verändert.«

»Wie meinst du das?« Ich rubbelte mir über die Arme, um sie ein wenig zu wärmen, und grub die Zehen in den Flickenteppich.

»Dir ist immer noch kalt. Du solltest dir mehr anziehen, sonst wirst du noch krank.«

»Ja, Mama«, erwiderte ich eingeschnappt. »Du klingst wie Tristan.« Ich verdrehte die Augen. »Danke, dass du mir Bescheid gegeben hast, dass er sich gemeldet hat. Du hättest mir aber auch einfach eine Nachricht schicken können.«

»Ich hab nicht mal deine Nummer.«

Warum klang er dabei so vorwurfsvoll, als wäre es allein meine Schuld, dass er sein Leben lang ein solcher Idiot gewesen war?

Ich reagierte nicht, also schob er nach. »Das sollten wir ändern.« Es klang mehr nach einer vorsichtigen Frage als nach einer Aufforderung. Was dann aber für ein Kribbeln in meinem Magen sorgte, war der schüchterne Augenaufschlag, den er mir anschließend schenkte.

Und woraufhin ich mich sagen hörte: »Willst du mit reinkommen?«

So begannen Geschichten mit Vampiren, die mit blutleeren Leichen endeten, und ich wollte das Angebot zurückziehen, ehrlich. Aber das Glücksgefühl, das bei Chris' Lächeln über mich schwappte, entwaffnete mich völlig und riss jegliche Verteidigungsmöglichkeit mit sich.

Daher saßen wir kurz danach mit Cola und Keksen vor uns gemeinsam auf der Couch im Wohnzimmer und starrten auf den kleinen, in ein Regalfach zwischen Bücher und Dekokram gepressten Fernseher, nachdem wir unsere Nummern ausgetauscht hatten. Ich konnte nicht einmal sagen, was inzwischen lief, weil erstens dieser fiese Druck auf meinen Augen wieder zugenommen hatte und ich mir zweitens mehr als bewusst war, dass auf dem Zweisitzerschenkel der Couch, den ich immer allein besetzte und auf dem sich nun auch Chris niedergelassen hatte, niemals genügend Abstand zwischen uns sein konnte, als dass ich seine Nähe nicht hätte spüren können. Und zu meiner Schande musste ich gestehen, dass sie sich irgendwie ... gut anfühlte. Wir redeten tatsächlich über alles Mögliche, über seinen Geburtstag in drei Tagen, den er tatsächlich mit Tristan feiern wollte, oder über das erste Ziel, an das wir reisen würden, wenn wir könnten. Er sagte mit wenig Begeisterung, begleitet von einem Schulterzucken: »Vielleicht New York City?«, während ich mein Handy vom Tisch angelte und die Bildergalerie durchging. Endlich hatte ich das Bild gefunden. Eine unberührte Wüste, eine Person mitten in der Unendlichkeit vor einem Sonnenuntergang, der die Schatten der Dünen verlängerte. Nirgendwo waren Fußspuren zu sehen, die arme Person musste ewig dort gesessen haben, bis alle vom Wind weggetragen worden waren.

Chris sah mich lange an. So intensiv, dass ich nicht wegsehen konnte und ich erst mit Verzögerung mitbekam, was er sagte. »So wunderschön.«

Ich sah hinab auf mein Display, das inzwischen erloschen war, und lächelte, als ich es aktivierte und mit dem Finger über das Bild strich. »Nicht wahr?«

Weil er nicht reagierte, wandte ich mich wieder ihm zu, seine Miene war unergründlich. Etwas Unausgesprochenes hing zwischen uns, verdickte die Luft, was mich irritierte.

»Hast du schon wieder Kopfschmerzen?«, fragte Chris irgendwann, nachdem er sich geräuspert und einen Schluck aus seinem Glas genommen hatte, während ich mir wieder ständig über den glücklicherweise bereits abklingenden Bluterguss vom Brillenabdruck rieb. »Gib mal her.«

Er stellte das Glas direkt neben der zusammengefalteten Tageszeitung ab, die Mama vor ihrem hastigen Aufbruch dort hatte liegen lassen. Die Schlagzeile war so groß, dass ich sie sogar brillenlos lesen konnte und sie mich ansprang wie schon am Morgen: *Weiteres Mädchen verschwunden.*

Während ich darüber nachdachte, wie unwahrscheinlich es in unserer so ruhigen Kleinstadt war, dass mehr als eine Person einfach so verschwand, nahm Chris mir die Brille von der Nase und starrte hindurch. Seine dunklen Augen blinzelten mich dahinter an. Sie waren riesengroß, ich erkannte wie unter einer Lupe jede einzelne seiner langen Wimpern und mein eigenes Spiegelbild.

»Mit der Brille könnte ich auch nichts sehen«, sagte er, zog den Saum seines engen T-Shirts nach oben und polierte damit tatsächlich meine Brillengläser. Ich starrte nur hinab auf das nun frei liegende Stück gebräunter Haut, bis er mich in den Oberarm pikte und ich ertappt und mit glühenden Wangen, weil ich beim Starren erwischt worden war, zum Fernseher sah, auf dem sich gerade Wellen im Sand brachen. Ich liebte Ultra HD. Man sah jedes einzelne Sandkorn, das aufgewühlt wurde.

Moment!

»Was ist los? Du bist kreidebleich.« In Chris' Stimme schwang ein nervöser Unterton mit. »Wenn dich der Blick auf das Stück nackte Haut von mir schon erbleichen lässt, sollte ich mich besser nie ganz vor dir ausziehen.« Die Worte kamen zu gepresst, als dass man sie schlagfertig hätte nennen können. Sie waren eher Wattebällchen als Schläge. Aber selbst wenn, hätte ich jetzt gerade nicht reagieren können, denn …

»Ich kann sehen«, stammelte ich nur, warf dabei aber noch einmal einen prüfenden Blick auf besagte Haut – die leider wieder unter dem T-Shirt verschwunden war.

»Damit vermutlich noch besser.« Er reichte mir die Brille und ich schob sie auf die Nase. Sofort wurde alles unscharf und im Bemühen, meine Augen an die Gläser zu gewöhnen, quollen mir fast meine Augäpfel aus den Höhlen. Schnell nahm ich die Brille wieder ab.

»Ich kann wieder richtig sehen. Also so richtig, richtig.« Meine Finger kribbelten vor Aufregung. Seit dem Volleyballcamp vor Jahren hatte ich nicht mehr ohne die dicken Brillengläser sehen können. Das Gefühl raubte mir schlichtweg den Atem und ich quiekte eher atemlos, anstatt zu sprechen. »Meryemas Ball gegen meinen Schädel vorgestern hat wohl mein Sehproblem gelöst. Hätte ich das mal früher gewusst. Dann hätte ich sie schon eher darum gebeten.« Das Lachen stieg aus der Tiefe meines Bauches nach oben, aber der miesepetrige, abweisende Chris war offenbar zurück, denn er starrte mich nur mit regloser Miene an, anstatt sich mit mir zu freuen. »Ich kann es kaum erwarten, Tristan davon zu erzählen. Wann, hast du gesagt, kommt er zurück?«

»Morgen, denke ich«, erwiderte Chris, ließ mich dabei aber keine Sekunde aus den Augen. Es lag kein Funkeln mehr darin, stattdessen verband eine kleine Falte seine Brauen.

»Das erklärt auch den fiesen Kopfschmerz seit dem unfreiwilligen Kopfball von Meryema. Wenn du meine Brille tragen müsstest, würdest du auch Kopfweh bekommen.« Er reagierte noch immer nicht. »Sorry, jetzt hast du deine Brillensprüche umsonst auswendig gelernt.« Ich zuckte mit den Schultern und versuchte, den anderen Chris irgendwie wieder hervorzulocken, aber mein Gegenüber war geistig meilenweit entfernt.

»Erde an Chris!«, versuchte ich es weiter. »Das Wunder sollten wir feiern. Wie wäre es mit einem Milchshake im Palmencafé?«

»Was?« Er runzelte die Stirn, schüttelte dann den Kopf. »Nein, das geht nicht. Ich muss los.«

Dann sprang er schon auf, stieß dabei gegen den Couchtisch, sodass mein Löffel in der leeren Kaffeetasse von heute Morgen klapperte, und rannte so schnell davon wie ich vorgestern Abend aus dem Park.

~ 13 ~

CHRIS

Ich lief so schnell los, wie ich die lange Strecke durchhalten würde. Kurz überlegte ich sogar, über einen der Zäune vor den Reihenhäusern im Wohngebiet zu springen und via Sigillenfährte nach Hause zu reisen. Doch vielleicht würde ich meine Energie noch brauchen.

Ich glaubte nicht an Wunder, auch wenn Mara es offensichtlich tat. Was auch immer mit ihr geschehen war, hatte mit Magie zu tun. Keine Hexe trug eine Brille oder war jemals krank, denn wir konnten alles innerhalb von Sekunden mit Magie heilen, wenn nicht Magie die Ursache für die Erkrankung war wie bei Ela. Ich musste mit meiner Mutter sprechen, sie fragen, ob es in Maras Familie irgendwelche Hexen gab.

Ich rieb mir über den kribbelnden Nacken. Das Echo meiner Schritte hallte durch die schon fast geisterhaft leere Straße. Nein, nicht mein Echo, sondern ebenso hastige Schritte hinter mir. Wurde ich schon wieder verfolgt? Ich bog auf die Hauptstraße des Wohngebietes ab und wartete direkt hinter der Ecke. Schritte näherten sich, dann rollte ein langsamer Bus durch die Tempo-30-Zone, wodurch ich nichts mehr hörte. Also lugte ich um die Hecke des Eckgrundstücks und versetzte Alex Foster den Schock ihres Lebens.

»Sorry, Alex«, sagte ich schnell, während Elas Freundin mit offenem Mund dastand und mich anstarrte. Zu ihren Füßen lagen ein paar schmale Bücher und ein Collegeblock, an dessen Seiten der Fahrtwind eines viel zu schnell vorbeirauschenden Autos riss.

»Chris?« Alex hatte ihre Sprache wiedergefunden und sah mich nun mit zusammengekniffenen Augen an. »Ich wusste nicht, dass du meinen Namen kennst«, schob sie hinterher und erinnerte mich daran, was für ein Arsch ich die letzten Jahre gewesen war. Danke!

»Wir kennen uns seit der Grundschule«, verteidigte ich mich, aber sie ging nicht darauf ein, sondern sah in die Straße zurück, aus der wir gekommen waren.

»Warst du bei Mara?«, schloss sie und musterte mich mit gerümpfter Nase.

»Was dagegen?«

»Nein, aber ... Weiß Tristan davon?«

Bei aller Dunkelmagie! Alex reizte wirklich alles aus. Ich ballte die Hände und unterdrückte den Drang, etwas Fieses zu kontern. »Warum sollte er?«

Sie starrte mich sekunden- oder vielleicht sogar minutenlang an. Ich hatte keine Zeit für den Unsinn, sondern musste klären, was mit Mara los war, verdammt!

Ich wollte mich gerade umdrehen und gehen, da schürzte sie ihre Lippen. »Du weißt es noch nicht, oder?«

Mein verwirrter Ausdruck war ihr wohl Antwort genug. Noch ehe ich nachhaken konnte, hob sie die Hand. »Ich mische mich da nicht ein. Sprich mit Tristan. Dringend!«

Dann drehte sie sich um und ging den Weg zurück, den sie mir eben gefolgt war.

Noch während ich mein Handy aus der Tasche zog, lief ich los. Tristan ging nach dem ersten Klingeln ran.

»Was ist passiert?«, fragte er anstatt einer Begrüßung. Ich drückte gerade den Knopf der Fußgängerampel.

»Ich habe eben Alex Foster getroffen und sie meinte, ich solle dringend mit dir sprechen!«

Stille am anderen Ende der Leitung. Ich nahm mein Handy vom Ohr, um nachzusehen, ob die Verbindung noch bestand.

»Tristan?« Die Ampel wechselte auf Grün und ich überquerte eilig die Hauptstraße und nahm gegenüber die Abkürzung durch labyrinthartige Gassen und kleine Höfe, um schneller nach Hause zu kommen.

»Ich … ich wollte eigentlich erst mit dir sprechen, wenn wir wieder in Falkhausen sind, aber …«

Plötzlich war die Luft statisch aufgeladen und eine blass leuchtende Brise zupfte an meiner Jacke. Meine Sigille lud sich auf und ich sah mich konzentriert um, sodass ich Tristan kaum hörte. »Es gibt da etwas, das du dringend wissen solltest. Ich hätte es dir bereits sagen sollen, aber … Die Sache mit Ela …«

»Was zur Hölle ist los? Bist du gerade hierhergereist?« Ich sah mich erneut um, glaubte, ihn gleich um den hohen Lattenzaun kommen zu sehen.

»Nein, Quatsch. Warum sollte ich?«

Mein Herzschlag beschleunigte sich. Ich drehte mich immer schneller um die eigene Achse. Suchte nach demjenigen, der den Hexenwind verursacht hatte.

»Ich dachte, jemand hätte hier gerade Magie gewirkt«, sagte ich leise ins Telefon.

»Geh sofort nach Hause. Ich hole Ela und wir kommen heute noch.«

»Quatsch, reist offiziell an wie geplant«, sagte ich in so ruhigem Ton wie möglich. Ich wollte mich nicht lächerlich machen, indem ich ihm von meiner neuerlichen Paranoia erzählte.

»Wenn du meinst«, sagte er langsam. »Aber falls irgendetwas ist, melde dich sofort!«

»Geht klar. Bis morgen!«, verabschiedete ich mich und bereute das Beenden des Gespräches in dem Moment, in dem ich auf das rote Hörersymbol getippt hatte.

»Na, wenn das nicht mein großer Bruder ist«, sagte eine Stimme direkt hinter mir. Ich wandte mich sofort um und hob meine bereits blau leuchtende linke Hand, bereit, mich zu verteidigen. Mit der anderen versuchte ich, Tristan erneut anzurufen.

»Und mein Fast-Schwager«, sagte eine weibliche Stimme nun wieder direkt hinter mir und ich ließ das Handy fallen. Es landete mit einem Knacken auf dem geteerten Gehweg und ich konnte nur hoffen, dass der Anruf gerade aufgebaut wurde.

»Noah, Gloria!«, rief ich laut, damit Tristan es hören könnte und hoffentlich gleich hier auftauchen würde – sofern das Handy überhaupt noch ganz war. Doch anstatt meines Stiefbruders sah ich aus den Augenwinkeln nur ein grellrotes Leuchten aufblitzen, das es mir unmöglich machte, mich zu bewegen. Dann trat Noah auf mich zu, in den Händen hielt er einen kleinen Glasflakon ohne Inhalt. Er lief unten so spitz zu, dass er damit nur leicht meinen Finger berühren musste. Sofort trat Blut hervor. Was bei aller Magie …

Meine Gedanken wurden träge, ich hatte Mühe, die Augen offen zu halten, und ohne den Zauber, der mich auf den Beinen hielt, wäre ich zu Boden gegangen und direkt eingeschlafen. Ich hörte noch, wie Gloria Noah befahl, mein Handy mitzunehmen, damit es niemand für einen Suchzauber verwenden könne, da berührte mich jemand am Oberarm und ich spürte den Strudel einer Sigillenfährte.

~ 14 ~

MARA

Schon kurz nach Chris' Aufbruch färbte die Sonne das Wohnzimmer orangerot und ging dann hinter den Nachbarhäusern unter. Meine Cola war inzwischen schal. Ich hatte nicht einmal bemerkt, wie spät es mittlerweile war, weil ich die Zeit mit Chris tatsächlich genossen hatte und nun ununterbrochen grübelte, warum er so plötzlich abgehauen war. Das Fernsehbild wurde sekündlich wieder mehr zum Aquarell. War dieses Hin und Her bei einer Gehirnerschütterung auch normal? Meine Sicht wurde erst wieder klarer, als ich meine Brille aufsetzte. Die Brille, die Chris geputzt hatte, was ja irgendwie … süß gewesen war.

Ich rappelte mich auf, ehe es noch ganz dunkel werden und ich draußen noch schlechter sehen würde, zog mich hastig an und verließ das Haus, um Chris zu besuchen. Ich musste einfach wissen, was mit ihm los war. Der Nachmittag war nett gewesen, es hatte keinerlei Grund gegeben, so hastig aufzubrechen – schließlich waren wir nicht erneut in die schräge Situation geraten, dass ich ihn hatte küssen wollen.

Der direkte Weg zum etwas außerhalb von Falkhausen

gelegenen Atwood-Anwesen führte durch ein auf einer Anhöhe liegendes Viertel, das irgendwie vom Rest der Stadt abgeschnitten war und vor dem es mich als Kind bei jeder Durchquerung unterwegs zur Schule gegruselt hatte. Einmal hatte ich mich in den labyrinthartigen Wegen zwischen hohen Sichtschutzwänden sogar verlaufen. Auch heute machte ich einen Bogen darum, ging lieber durch die Innenstadt und folgte der Langen Straße, die ihren Namen definitiv verdient hatte. Irgendwann passierte ich das Bauernhaus, in dem Ela während ihrer Zeit als Austauschschülerin gewohnt hatte, und ging immer weiter und weiter, bis die Gebäude seltener und durch mehr und mehr Bäume ersetzt wurden. Schließlich ging ich den Radweg entlang und anschließend durch das kleine Wäldchen von Falkhausen, in dem das Atwood-Anwesen lag. Inzwischen war es dunkel und ich war froh über jede der viel zu weit auseinanderstehenden Straßenlaternen. Bei jedem Wechsel von Licht ins Dunkel wuchsen die Schatten um mich herum und jedes Rascheln und Kratzen der Äste verursachte mir eine Gänsehaut. Ich zog mein Handy aus der Tasche, wählte Chris' Nummer, doch es klingelte nur endlos.

Die Zufahrtsstraße zum Anwesen war noch schlechter beleuchtet und ich war froh, als endlich das Herrenhaus in Sicht kam. Es lag vollkommen dunkel da und die hohen Bäume drum herum warfen lange Schatten, sodass es auch als Kulisse eines Gruselfilmes hätte dienen können. Erst als ich näher kam, aktivierten Bewegungsmelder die zwei Lampen neben der Haustür.

Ehe ich klingelte, suchte ich das Gebäude nach Lebenszeichen ab, doch nirgendwo war Licht zu sehen. Das Haus war aber riesig, weswegen ich mein Glück trotzdem versuchte und einfach klingelte.

Der Gong hallte durch das Gebäude und gefühlt durch den gesamten Wald. Plötzlich wurde es hinter den in die Tür eingelassenen, matten Scheiben blendend hell und das Licht warf durch die Fenster daneben Vierecke auf den Boden rechts und links von mir. Dann öffnete sich die Tür und ich bemerkte, dass ich mir früher hätte überlegen sollen, was ich zu Chris sagen würde.

Doch er war es nicht, der die Tür aufriss und mich finster anstarrte, sondern Carina, Tristans Stiefmutter.

»Ja?« Nur zwei Buchstaben, in denen aber sehr deutlich mitschwang, was sie von mir hielt und davon, dass ich vor ihrer Tür stand. Ich hatte sie nie leiden können und sie mich genauso wenig, ein weiterer Grund, weshalb Tristan immer mich besucht hatte und nicht ich ihn.

»Ich wollte zu Chris«, sagte ich mit piepsiger Stimme, die so gar nicht nach mir klang.

»Er ist nicht da.«

»Wissen Sie, wann er zurückkommt?« Immerhin klang meine Stimme nicht mehr ganz nach Maus auf Helium.

»Er ist … Noah nachgereist.«

»Was?« Ich hätte ja mit allem gerechnet, aber *damit*? Doch noch ehe ich meine Verwunderung kundtun konnte, schlug mir Carina die Tür vor der Nase zu.

Für ein paar Wimpernschläge stand ich noch wie erstarrt da, dann rannte ich davon und zog währenddessen wieder mein Handy aus der Tasche. Weil es so dunkel war, aktivierte ich die Taschenlampe, um mir den Weg vor meinen Füßen zu erhellen.

War Chris seinem Bruder nachgereist, weil …? Ich hatte keine Ahnung. Nach schier endlosem Klingeln ging die Mailbox an. Ich versuchte es wieder und wieder. Als ich irgendwann wieder vom Display aufsah, war ich mitten im Wald. Ich war nicht die Lange Straße entlanggegangen, sondern hatte, ohne es zu merken, den Trampelpfad durch das Wäldchen genommen, der zu Schloss Falk führte. Es war stockfinster und ohne mein Handy hätte ich nicht einmal den Weg erkennen können, aber umkehren würde ich jetzt auch nicht mehr.

Meine Atmung ging schneller. Panik mischte sich in die Überanstrengung vom Rennen. Ein dunkler Wald war nicht gerade der angenehmste Ort, um allein zu sein.

Der Weg zog sich viel länger hin, als ich ihn in Erinnerung hatte. Meine Sicht verschwamm immer wieder, während ich einen Fuß vor den anderen setzte, jenseits eines Radius von anderthalb Metern um mich herum nichts als Dunkelheit. Ich musste jemanden sprechen, musste eine Stimme hören, um mir sicher sein zu können, dass ich nicht der letzte Mensch auf der Welt war. Ich versuchte es bei Tristan, doch bei ihm ging wieder direkt die Mailbox an. Verdammt, Tristan! Wann besorgst du dir endlich ein neues Handy?

Der Lichtklecks unter mir wackelte hin und her, weil ich inzwischen so stark zitterte. Die Unebenheiten zu meinen Füßen wurden dadurch unsichtbar und ich stolperte immer öfter.

Endlich lichteten sich die Bäume und in einiger Entfernung waren Straßenlaternen zu sehen. Ich rannte noch einmal los, auf den letzten Metern verhakte sich mein Schuh in einer Wurzel und ich ging auf die Knie. Ich stand jedoch gleich wieder auf und rannte weiter.

Kaum raus aus dem Wald, lehnte ich mich keuchend gegen die Überreste der Schlossmauer und rutschte daran zu Boden. Meine Hand landete schlapp neben mir – direkt in den Dornenranken eines Rosenstockes, der bereits erste zarte Triebe zeigte.

Schnell zog ich meine Hand zurück und sah mir mit der Taschenlampe das Blut an, das aus einer winzigen Wunde quoll. Das hatte gerade noch gefehlt!

Seit wann wurden auch außerhalb des Rosengartens von Schloss Falk, der nur einmal im Jahr seine Pforten öffnete, um mit seiner Pracht anzugeben, Rosen gepflanzt? Hier konnte sie ja jeder bewundern.

Aus Richtung des Schlosscafés drangen leise Stimmen und Lachen zu mir. Die Gewissheit, nicht länger allein zu sein, wärmte mich wie ein Umhang, während ich das Blut von meinem Finger an meiner Hose abwischte.

»Mara? Was tust du hier?«

Direkt angesprochen zu werden, riss den warmen Umhang sofort wieder weg.

»Willst du mich zu Tode erschrecken?«

Alex Foster trat aus dem Schatten des alten Durchganges in der Schlossmauer, hinter dem das Café lag und an dem ebenfalls Rosenranken hinaufkletterten. Ihre dunklen Haare flatterten im Wind. Sie hatte ich am wenigsten hier erwartet.

»Das hatte ich nicht vor«, sagte sie bar jeder Emotion. Alex war schon immer so distanziert und verschlossen gewesen. Sie hatte sich immer von allen ferngehalten, selbst von mir, obwohl wir in derselben Straße wohnten. »Hast du geweint?« Auch jetzt schwang keinerlei Mitleid oder Ähnliches in ihrer Stimme mit, nur so etwas wie höfliche Neugier.

Ich wischte mir über die Augen. Offenbar hatte sie recht. Dann überraschte mich Alex, sie setzte sich neben mich auf den kühlen Boden und lehnte sich gegen die Mauer.

»Vermisst du ihn?«, fragte Alex und schlang ihre armeegrüne Jacke enger um sich.

»Natürlich nicht«, sagte ich viel zu schnell, sodass sich Alex nach vorne beugte und mir direkt ins Gesicht sah. Ihre Brauen wanderten nach unten.

»Ich vermisse Ela«, sagte sie und runzelte dann die Stirn. »Aber sie hat mir geschrieben, dass sie den Rest des Schuljahres am Grimm-Gymnasium bleiben wird.« Ihre Augen leuchteten dabei kurz auf. Eine ungewohnt emotionale Reaktion, die mich so irritierte, dass ich erst mit Verzögerung begriff, dass sie nicht von Chris sprach, nicht von ihm sprechen konnte, weil sie gar keine Ahnung von ihm und mir hatte, sondern von Tristan. Schnell warf ich sämtliche Bilder von Chris mitsamt dem Kribbeln in meinem Magen hinter die Schlossmauer.

»Habt ihr denn schon miteinander gesprochen?«, fragte sie dann, den Blick wieder auf die Bäume gerichtet, zwischen denen ich hervorgestolpert war und die ich nur noch als Ansammlung dunkelgrüner und brauner Flecken wahrnahm, selbst wenn ich die Augen zusammenkniff. »Seit dem Unfall, meine ich.«

Ich holte tief Luft, um meine Stimme so ruhig wie möglich zu halten, auch wenn sich beim Gedanken an Tristan Wut mit Enttäuschung und einer Portion Eifersucht mischten. Ich dachte zum ersten Mal seit Tagen wieder an den

Unfall. Und dass Chris dort gewesen war – oder die Medikamente es mir zumindest eingeredet hatten. »Nein. Ich erreiche ihn nicht. Er und Ela wollen aber morgen zurückkommen, hat Chris erzählt.«

»Also vermisst du ihn doch?«

»Klar vermisse ich Tristan, aber ich dachte ...« Wie zur Hölle sollte ich ihr denn das erklären?

»Du dachtest *was*?« Alex war wahnsinnig klug, das half ihr jedoch nicht bei sozialen Interaktionen. Mama hatte früher immer gesagt, dass ihre Empathie nicht mit ihrem Wissen gewachsen sei und ich deshalb deutlich sein müsse, weil sie nicht wie ich zwischen den Zeilen lesen könne.

»Ich dachte, du sprichst von Chris«, stieß ich mit einem Seufzen hervor und spürte dabei, wie meine Wangen warm wurden, weshalb ich schnell zur Seite sah. War der Rosenstock neben mir etwa gewachsen oder hatte ich die Knospe vorhin einfach nur übersehen?

»Warum sollte ich?«, fragte Alex und musterte mich so durchdringend, als könnte sie meine Gedanken aus meinem Kopf ziehen. Sie bemerkte nicht, dass es mir unangenehm war, und gab daher nicht auf.

»Er war heute bei mir, dann ... ist er aufgesprungen, abgehauen und seine Mutter sagt, dass er Noah nachgereist sei. Ich ... ich mache mir Sorgen. Irgendwas stimmt hier nicht.«

»Wem sagst du das«, erwiderte Alex und überging mein verblüfftes Aufkeuchen. »Seit zwei, drei Wochen ist etwas anders. Ich habe das Gefühl, mein Gehirn prallt ständig gegen eine Mauer, wenn ich an bestimmte Sachen denke.«

»An was denn zum Beispiel?« Ich hatte seit Jahren nicht

mehr so viele Worte mit Alex gewechselt, stellte aber fest, dass es mir Spaß machte – und mich ablenkte.

»Ich träume eigentlich nie«, sagte sie und verzog das Gesicht. »Doch, natürlich träume ich, jeder Mensch träumt, im Schnitt vier- bis sechsmal pro Nacht. Aber ich gehöre zu den fünfundzwanzig Prozent, die sich eigentlich nie an ihre Träume erinnern können. Aber seit ein paar Wochen …« Ich konnte Alex, obwohl sie direkt neben mir saß, zwar nur schemenhaft erkennen, aber die Angst stand ihr deutlich ins Gesicht geschrieben. »Seit ein paar Wochen träume ich wirres Zeug. Zum Beispiel, dass die hässlichen Bronzefiguren vom Brunnen auf dem alten Marktplatz sich bewegen und Leute in weißen Roben sie mit weißblau leuchtenden Händen einfangen.« Sie schüttelte den Kopf, sodass ihre braunen Haare umherpeitschten.

»Weißblaues Leuchten?« Ich sah wieder Chris vor mir, aus dessen Hand dieses Leuchten schoss.

Alex nickte. »Schräg, oder? Und dann die Sache mit Tristan und dir.«

»Was meinst du?«

Alex riss ihre Augen so weit auf, dass ich rund um ihre Iris das Weiß erkennen konnte. »Ich … Du solltest mit Tristan sprechen.«

»Ich erreiche ihn nicht, das habe ich doch schon gesagt. Warum soll ich mit ihm sprechen?«

Alex wirkte vermutlich zum ersten Mal in ihrem Leben verunsichert. Sie schob ihren Unterkiefer hin und her, kaute auf der Innenseite ihrer Wange herum und ließ mich dabei keinen Moment aus den Augen.

»Alex, wenn du irgendetwas weißt, dann sag es mir.«

»Ich habe herausgefunden, wer Tristans Mutter ist«, stieß sie so schnell hervor, dass ich sie kaum verstehen konnte.

»Warum?« Etwas kroch über meine Hand und schnell zog ich sie zurück. Es war eine Dornenranke, die vermutlich vom Wind bewegt worden war. Ich rückte etwas näher zu Alex.

»Ela hat mich darum gebeten. Aber das ist auch nicht der springende Punkt, sondern …« Ich hasste dramatische Pausen und Alex übertrieb es damit. Ich war drauf und dran, sie zu schütteln, da ließ sie die Worte heraus, die mir die Luft aus den Lungen pressten und meine Welt ins Wanken brachten: »Er ist dein Bruder, Mara. Dein Zwillingsbruder.«

~ 15 ~

MARA

Er ist dein Bruder, Mara. Dein Zwillingsbruder. Die beiden Sätze kreisten unentwegt in meinem Kopf herum.

Ich hatte Alex sitzen lassen und war wieder einmal davongerannt. Es war so ... absurd! Vollkommen absurd, und doch fühlte ich ganz tief in mir, dass es die Wahrheit war. Unsere Geburtstage lagen nur ein paar Tage auseinander, was aber vermutlich daran lag, dass die Geschichte, die Tristan mir erzählt hatte – dass er als Baby auf der Türschwelle seines Dads abgesetzt worden sei –, doch einen wahren Kern enthielt und sein Alter deshalb wahrscheinlich nur geschätzt worden war.

Ich erinnerte mich an Tausende Nachmittage zurück, die Tristan bei mir verbracht hatte, und daran, wie rührend sich meine Mutter – *unsere* Mutter! – um ihn gekümmert hatte.

Was mich von Unglaube und Entsetzen zu purer Wut brachte, als Mama endlich nach Hause kam.

»Tristan ist mein Zwillingsbruder?«, überfiel ich sie noch auf der Türschwelle und sie ließ vor Schreck ihren Schlüssel fallen, der dumpf auf dem Flickenteppich landete.

Erst sagte sie nichts. Sah mich an und ich glaubte sogar,

dass ihr Tränen in den Augen standen. Aber da ich eh wieder nur verschwommen sah, könnte es auch bloß die Reflexion des Lichtes aus dem Wohnzimmer sein.

»Es ist nicht, wie du denkst«, setzte sie dann an und ich konnte nicht anders, als hysterisch aufzulachen.

»Das ist der unangebrachteste Satz überhaupt. In jeder Situation!«, schrie ich, unfähig, den Gefühlssturm in meinem Inneren länger zu bändigen.

Ganz muttermäßig hob sie eine Hand, um mich zu besänftigen, aber ich wich zurück, bis ich gegen die Kommode stieß, auf der wir immer die Schlüssel ablegten.

»Lass uns in die Küche gehen«, schlug sie vor. Ihre Stimme klang gepresst. Ich drehte mich um, ging direkt in die Küche und ließ mich dort auf einen Stuhl sinken. Mama setzte sich mir gegenüber, nahm sich eine der Servietten aus dem Spender und zwirbelte sie zusammen, ohne etwas zu sagen.

Ich konnte nicht länger schweigen und schlug mit der flachen Hand auf die Tischplatte. »An diesem Tisch haben wir so oft mit Tristan gesessen, Kekse gegessen, Quatsch gemacht. Und dir ist nie in den Sinn gekommen, dass du uns vielleicht aufklären könntest?« Meine Stimme überschlug sich und Mama riss vor Schreck die Serviette entzwei. Dann kam mir ein zwar absurder, aber echt widerlicher Gedanke. »Was wäre, wenn wir uns … ineinander verliebt hätten?« Ein bitterer Geschmack legte sich auf meine Zunge.

»Das wäre nie passiert«, sagte meine Mutter viel zu gelassen, während ich immer noch gegen das Bittere anschluckte.

»Warum ist das so abwegig? Er sieht ganz nett aus«, ich

rümpfte die Nase bei dem Gedanken, dass ich das gegenüber meinen Teamkameradinnen auch schon etwas detaillierter geäußert hatte. Igitt! »Er ist nett, höflich und …«

»Es wäre nicht so weit gekommen, glaub mir einfach. Wie geht es ihm denn? Er war schon ewig nicht mehr da. Zuletzt hab ich von ihm gehört, nachdem du den Unfall hattest.«

»Lenk nicht ab!«, unterbrach ich sie. »Erzähl mir von Tristans – unserem! – Vater und dir. Du hast immer gesagt, mein Vater hätte uns direkt nach meiner Geburt verlassen, du hast dabei wohl vergessen zu erwähnen, dass er auch Tristans Vater ist. Wie … Die beiden sind doch aus Amerika hierhergezogen, wie kann das alles wahr sein?« Ich hörte meine eigene Verzweiflung in jeder verdammten Silbe. Ich hatte Tristans Vater – meinen Vater – sogar gekannt. Mein Vater war seit acht Jahren tot, ohne dass ich es gewusst hatte. Beim Blinzeln kullerten nun wirklich Tränen über meine Wangen.

Mama rutschte auf den Stuhl zwischen uns und reichte mir eine Serviette. »Es war wie im Märchen«, sagte sie dann ganz leise. »Wir waren jung, Liams Eltern hatten hier gerade die Zweigstelle ihres Pharmaunternehmens eröffnet und Leute gesucht.«

»Biosys gehört Tristans Großeltern?« *Unseren* Großeltern, aber ich musste es nicht erneut erwähnen. Mama arbeitete dort noch immer.

Sie nickte, als antwortete sie auf meine Gedanken. »Liam kam zusammen mit den amerikanischen Leuten, die uns einarbeiten sollten, und so ist es … passiert.« Ich beugte mich näher zu ihr und kniff die Augen zusammen, nur um sicherzugehen, dass sie tatsächlich einen bisher nie da gewesenen Glanz in den Augen hatte.

Sie hatte ihn geliebt. Das war eindeutig. Dieses Wissen spülte die Wut auf sie weg wie eine Welle eine Sandburg.

»Was kam … dann?« Ich flüsterte nur noch, aus Angst, meine Stimme könnte brechen.

»Ich habe … Wir haben nicht zusammengepasst«, sagte sie ausweichend und richtete sich wieder auf. Dabei hielt sie die beiden Teile ihrer gezwirbelten Serviette so fest, dass die Sehnen an ihren Händen hervortraten. »Wir haben uns getrennt und danach habe ich erfahren, dass ich schwanger war. Direkt nach eurer Geburt ist Liam mit Tristan zurück zu seiner Familie gegangen.« Sie senkte den Blick auf ihre Hände, aber ich sah die Träne trotz schlechter Augen.

Mit einem Mal wurde ich wieder wütend. Aber nicht auf sie, sondern auf meinen Vater. »Warum hast du es mir … uns nie gesagt? Und warum ist er zurückgekommen und hat … Carina geheiratet?« Mir fielen so einige bessere Bezeichnungen für sie ein als *Carina*, aber ich verkniff sie mir.

»Gefühle sind undurchschaubar«, sagte sie, als zitierte sie den Spruch aus einem Glückskeks. Ich versuchte, das Gefühlschaos in mir zu sortieren, schob dann aber einfach alles beiseite. Mama war immer für mich da gewesen. Für Tristan und mich. Es würde länger dauern, genau zu erörtern, was ich wirklich von dieser Lüge hielt. Doch Mama unterbrach meine Gedanken.

»Weiß Tristan Bescheid?«, fragte sie und richtete ihren Blick wieder auf mich. »Woher weißt du es überhaupt?«

Ich berichtete ihr so emotionslos wie möglich von Alex, die von Ela um diesen Gefallen gebeten worden war, und dem Rest der Geschichte. Mama wurde nervös. Bis ich zu Ende erzählt hatte, lag ihre Serviette als Konfettihaufen zwischen uns.

»Ela ist diese Austauschschülerin aus Rom, oder?«

Ich nickte, stieß dann ein ironisches Lachen aus. »Tristans große Liebe, für die mich *mein Bruder* im Krankenhaus allein gelassen hat.« Es kam genauso heraus, wie ich mich fühlte. Warum gab es auf einmal zig Menschen mit einem Grund, wütend auf sie zu sein? »Und zu allem Unheil habe ich nun Chris an der Backe, weil dem offensichtlich allein zu Hause langweilig ist oder so.« Ich verdrehte die Augen, stellte dann aber fest, dass Mama nicht auf meinen Versuch, diese drückende Stimmung zwischen uns etwas aufzulockern, ansprang.

»Christoph Brand?«, hakte sie nach.

»Er ist überall, taucht plötzlich auf, drängt sich auf wie der weiße Ritter, als ich den Ball gegen den Kopf bekommen habe, steht plötzlich hinter mir im Gebü…«

»Welchen Ball?«

Verdammt!

Ich nuschelte ein »Volleyballtraining«.

»Du solltest nach deiner Kopfverletzung nicht spielen, Mara Clementine Rothschild!«

»Mir ging es doch gut und mit der neuen Brille … Wir müssen da übrigens noch mal hin. Irgendwas stimmt mit der Stärke nicht.«

»Aber Tristan geht es gut?«, wiederholte sie noch einmal ihre Frage, statt auf meine Probleme einzugehen. Kaum hatte ich einen Bruder, musste ich auch schon mit ihm konkurrieren!

»Ja, ich denke schon. Er und Ela wollen morgen wieder zurückkommen. Warum?«

»Nur so«, wich sie der Frage und dann auch meinem bohrenden Blick aus.

»Da ist noch mehr, oder?« Eigentlich war es keine Frage. Ich war mir ziemlich sicher.

»Hat unsere Familie noch mehr Geheimnisse? Hab ich noch eine Schwester oder …« Ich fummelte an meinem Ausschnitt herum und zog den blöden Anhänger, das *Erbstück der Familie*, hervor und ließ ihn zwischen unseren Köpfen baumeln, sodass reflektiertes Deckenlicht über Mamas Gesicht tanzte. »Gibt es noch weitere Lügen, die du aufklären könntest?«

Mama schüttelte langsam den Kopf, achtete zu akribisch darauf, mir nicht in die Augen zu sehen.

Verdammt, ich hatte keine Lust mehr darauf, angelogen zu werden, sprang so schnell vom Stuhl, dass er umkippte, und rannte nach oben in mein Zimmer. Die ganze Zeit über hatte ich das Medaillon fest in meiner Faust gehalten, jetzt riss ich voller Wut daran und der Verschluss der dünnen Kette gab nach einem scharfen Brennen im Nacken nach. Ich schleuderte das verfluchte Ding in die Ecke und warf mich aufs Bett.

Über dem sisyphosmäßigen Versuch, Fakten und Gefühle zu trennen oder sie überhaupt erst Personen zuzuordnen, die mich allesamt belogen hatten, schlief ich irgendwann ein.

~ 16 ~

MARA

Aus Chris' leuchtender Hand schoss auch dieses Mal ein weißblauer Strahl, schlang sich um mich und warf mich zur Seite. Erst im nächsten Moment, da war ich mir inzwischen absolut sicher, knallte der große SUV auf meinen Roller, schleifte ihn ein paar Meter weit mit und presste ihn in den quer auf der Straße stehenden silbernen Mercedes.

Hätte Chris mich nicht gerettet, wäre da nicht nur ein Abdruck meines geliebten Rollers in der Fahrertür des Mercedes gewesen, sondern auch ein Mara-Abdruck. Bittere Galle stieg meine Speiseröhre empor und ich schlug die Augen auf.

Die Welt drehte sich, als hätte ich einen Tag lang in einem Karussell gesessen. Ich war klitschnass geschwitzt, mein Schlafshirt klebte an mir wie eine feuchte zweite Haut. Die Temperatur unter meiner Bettdecke glich einem Feuchtbiotop. Nur mit Mühe schaffte ich es, meinen Fuß aus dem Bettdecken-Kokon herauszuschieben. Die Kraft, die dazu nötig war, raubte mir die letzten Reserven und ich konnte nur wieder die Augen schließen und schwer atmen, als hätte ich das härteste Volleyballturnier meines Lebens hinter mir. Von dem Schwindelgefühl wurde mir übel und ich schaffte es gerade noch, mich zur Seite zu rollen und mich auf das Laminat neben dem Bett zu übergeben.

Unter meinem Stöhnen verkrampfte sich mein Magen immer weiter, während jemand die Treppe herauftrampelte. Die Tür wurde aufgerissen.

»Mara?« Mamas Stimme klang panisch. Sie murmelte irgendwas, ihre Schritte donnerten durch den Raum.

Ich stöhnte zur Antwort.

Die Matratze senkte sich, dann legte sich mir eine eiskalte Hand auf die Stirn, fühlte meinen Puls am Hals und zuckte dann zurück.

»Wo ist die Kette?« Sie erhob sich wieder von der Matratze, während ich noch immer nicht die Augen aufbekam.

»Keine Ahnung«, stöhnte ich. »Ich habe sie …« Gott, war das anstrengend!

»Mara!«, meine Mutter schüttelte den Mara-Kokon und mein Kopf fiel hin und her. Haare landeten in meinem Mund und ich atmete sie ein, was mich wieder würgen ließ. »Wo ist das Medaillon?«

»Ecke«, sagte ich, damit sie mich endlich in Ruhe ließ. Ich wollte schlafen, schaffte es nicht einmal zu gähnen. Zu anstrengend. Mamas Schritte hallten dumpf im Zimmer wider, dann waren da plötzlich ihre kalten Finger, die meinen Hals betasteten und etwas noch Kälteres auf die Stelle pressten, an der mein Puls flatterte. Obwohl ich wusste, dass das Metall des Medaillons kalt war, fühlte ich sengenden Schmerz, als hätte sie mir ein Brandmal verpasst.

Ich schrie, bäumte mich auf, doch Mama presste das glühende Ding weiter gegen mich. In meinem Kokon war ich unfähig, ihr zu entkommen.

Doch dann ... Es schien, als würde das Etwas die Hitze aus mir heraussaugen, anstatt mich zu verbrennen. Ich war noch immer klatschnass geschwitzt, aber der Schmerz ließ nach und ich fühlte mich nicht länger fiebrig-matschig. Mein Puls beruhigte sich, ich konnte wieder normal atmen und zuletzt sogar endlich die Augen öffnen.

Meine Mutter beugte sich noch immer über mich, hielt mich fest, um ein weiteres Aufbäumen zu verhindern. Ihre blonden Haare fielen auf mich herab, ihre Augen bestanden aus zwei saphirblauen Klecksen, die roten Lippen waren zu einem Strich verzogen.

Auf diese Details reduziert, weil ich keine Brille auf der Nase hatte, war sie Tristan so ähnlich! Warum war mir das nie aufgefallen?

»Geht es dir besser?« Ihre Lippen blieben selbst nach dem Sprechen entspannt. Sie strich mir mit der freien Hand die klebrigen Strähnen von der Stirn und aus dem Mund.

»Ja«, erwiderte ich wahrheitsgemäß. »Wie hast du das gemacht?«

Ich wollte mich aufsetzen, aber Mama war noch immer direkt über mir und machte es mir unmöglich.

»Einen Moment noch«, sagte sie, drehte meinen Kopf zur Seite, sodass sie die Stelle, auf die sie die ... Medizin presste, genau sehen konnte.

Mit einem erleichterten Atemzug richtete sie sich zufrieden auf. Mir ging es wieder erstaunlich gut. Ich kämpfte mich aus der Bettdecke und richtete mich auf.

»Du hättest es nicht abnehmen dürfen«, sagte Mama und

hielt mir das Medaillon so dicht vor die Nase, dass sogar ich es sehen konnte.

»Warum? Ist da irgendeine schräge Medizin drin?« Ich angelte nach meiner Brille auf dem Nachttisch und konnte zumindest wieder etwas mehr sehen – auch wenn es immer noch nicht gerade viel war.

»Nein«, sagte meine Mutter, nahm den breiten Armreif ab, den sie, seit ich sie kannte, noch nie abgenommen hatte, und legte ihn auf die Bettdecke zwischen uns.

»Was …«

Weiter kam ich nicht, denn Mamas linker Unterarm begann … zu leuchten. Ihre Adern schimmerten in einem weißblauen Licht, verzweigten sich wie ein Geflecht aus Alienblut, ehe das wirklich Gruselige geschah: Das Licht schob sich an ihrem Handgelenk zusammen, tauchte aus der Haut nach oben und hinterließ ein gleißendes Symbol direkt auf den Pulsadern.

Ich wollte es berühren, musste wissen, ob es heiß war oder eiskalt, es zog mich an wie ein Magnet. Doch Mama riss ihren Arm schnell weg und das Leuchten erlosch. Zurück blieb ein hässliches Tattoo aus unregelmäßigen Zickzacklinien.

Ich starrte darauf, dann ins Gesicht meiner Mutter. Meine Mutter, die ich offenbar gar nicht kannte. Die mir meinen Zwillingsbruder und ihren Alienarm verheimlicht hatte.

Ich wollte etwas sagen, doch mir fiel nichts Passendes ein. Oder doch.

»Bin ich … sind Tristan und ich auch Aliens?«

»Wie bitte?« Meine Mutter verschluckte sich an der Frage.

Ich deutete auf ihren Arm, der jetzt vollkommen normal aussah.

»Du hast Alienblut wie in den Marvel-Filmen«, erklärte ich, dann dachte ich darüber nach. »Ich habe aber rotes Blut.«

»Ich habe auch rotes Blut und hier ist niemand ein Alien.« Mama rieb sich übers Gesicht. »Es ist … unsere Familie ist …« Sie schüttelte den Kopf und stieß ein lautes Seufzen aus.

»Unsere Familie ist *was*?«

Anstatt zu antworten, hob Mama nur ihren linken Arm leicht an und sah auf das Laminat vor meinem Bett hinab. Ich zuckte zurück, als das Tattoo erneut aufleuchtete und das Licht aus ihrer Hand schoss, direkt auf den Boden zu.

Ich konnte mich nicht schnell genug nach vorne beugen, um es zu sehen, doch kaum war das Licht erloschen, war die Stelle, auf die ich mich kurz zuvor übergeben hatte, sauber, als wäre nie etwas passiert.

Ich starrte auf den Boden.

Starrte dann auf meine Mutter, die zumindest jetzt einen entschuldigenden Blick aufgesetzt hatte. Dann auf den Arm, an dem das Leuchten noch kurz in ihrer Handfläche zu sehen war, ehe es vollständig erlosch. Nun nahm sie meine Kette von der Decke, auf der sie neben Mamas Armreif lag. Ich verfolgte atemlos, wie sich das Licht um die kaputten Glieder schlang und sie wieder zusammenfügte, als hätte ich sie mir nie vom Hals gerissen. Ich rieb mir über den Nacken, nur um den Kratzer zu spüren, den das Abreißen verursacht hatte. Um sicher sein zu können, dass es real war. Anschließend verblasste das Leuchten und die reparierte Kette ruhte in Mamas Hand. Sie beugte sich vor, legte sie mir wieder an, nahm dann meine Hand und sah mir tief in die Augen.

»Wir sind Hexen, Mara.«

Ich ließ den Satz sacken, dachte daran, wie sehr ich mich immer darüber ärgerte, wenn in Büchern und Filmen alle so schockiert über derartige Offenbarungen waren, statt einfach mal die positiven Seiten zu sehen und zu akzeptieren, dass es auf der Welt mehr gab – und sie ein Teil davon waren. *Ich* war ein Teil davon! Mein Hirn spuckte sofort Trillionen von Dingen aus, die man mit Magie tun konnte, außer den Fußboden zu putzen oder Ketten zu reparieren. Ich müsste nie wieder mein Zimmer aufräumen, könnte fliegen oder …

»Was können wir alles?«

Mama runzelte die Stirn. Vermutlich hatte sie etwas mehr Gegenwind auf die Offenbarung hin erwartet, aber zur Hölle! Wir waren Hexen! Ich konnte zaubern wie Bibi Blocksberg oder Sabrina! Ich zupfte an einer der unteren lilafarbenen Haarsträhnen, die noch immer an meinem Hals klebten. Ich könnte mir jeden Tag andere Haare zaubern, könnte essen, was immer ich wollte, meinen Roller reparieren …

»Unsere Familie hat sich vor Jahrhunderten von der Magie und den Zirkeln losgesagt.« Mama schloss den breiten Armreif wieder um ihr Handgelenk. Das gruselige Ding brachte ihren Unterarm zum Leuchten, sog alles Licht in sich auf und ließ meine Mutter mit einem schmerzhaften Gesichtsausdruck zurück. Sie atmete gepresst, bis das Licht vollkommen in den Armreif gesogen und erloschen war.

»Aber …«, wandte ich ein und starrte noch immer auf ihr Handgelenk hinab.

»Kein Aber!«, erwiderte sie kühl, schluckte mehrmals und wich meinem Blick aus.

»Du kannst mir nicht erzählen, dass wir zaubern können, und dann behaupten, wir täten so etwas nicht. Das ... Das geht verdammt noch mal nicht!«

»Es ist zu gefährlich, wenn man uns entdeckt. Punkt.« Mama stand von meinem Bett auf, ihre rechte Hand umgriff den breiten silbernen Armreif, der das Licht eingesogen hatte.

»Aber ...«, wollte ich mich weiter beschweren, doch Mama sah auf meinen Wecker auf dem Nachttisch und schrak zusammen.

»Ich muss los. Ich bin schon zu spät dran!«

»Du kannst mir nicht so was erzählen und dann abhauen! Ich hab tausend Fragen, Mama!«

Sie blieb kurz an der Tür stehen und drehte sich um. »Heute Nachmittag, okay? Bleib bis dahin bitte zu Hause. Die verschwundenen Mädchen ...« Ihr Blick war so intensiv, dass ich ihn auf mir spürte. Details ihres Gesichtes waren auf die Entfernung nicht auszumachen. »Und versprich mir, dass du das Medaillon umbehältst, in Ordnung?«

Direkt auf mein miesgelauntes Nicken hin rauschte sie aus dem Zimmer, rannte die Treppe hinab und nur Sekunden später hörte ich die Haustür zuschlagen.

Ich ließ mich auf den Rücken fallen und versuchte, einen Grund zu finden, warum man etwas so unfassbar Cooles verheimlichte. Nein, nicht nur verheimlichte, wie es sowieso alle in Fantasy-Büchern und -Filmen immer taten, sondern ... Mama hatte gesagt, dass sich die ganze Familie *von der Magie losgesagt* habe. Warum machte man denn so was?

Während mir unter der Dusche das heiße Wasser ins Gesicht prasselte, sah ich hinter geschlossenen Lidern wieder und wieder das Leuchten aus Mamas Arm vor mir – und dann die Bilder aus meinen Träumen. Gestochen scharf, wie ich es nie selbst würde sehen können.

Es war eindeutig dasselbe Leuchten. Chris war ebenfalls eine Hexe. Ein Hexer. Oder ... Zauberer? Während ich noch über die korrekte Bezeichnung nachdachte, traf mich die viel wichtigere Erkenntnis wie ein Blitz: Chris hatte mir in der Nacht des Unfalles tatsächlich das Leben gerettet. Hätte er mich mit seinem magischen Licht-Lasso nicht zur Seite geschleudert, wäre ich jetzt ebenso platt wie mein Roller.

Wie bedankte man sich bei einem Hexer für seine Lebensrettung? Als ich mir einen Kaffee machte, entdeckte ich direkt neben dem Vollautomaten ein Foto von mir, das in einem alten Bilderrahmen steckte. Hatte Mama es von seinem Platz in der Schrankwand im Wohnzimmer geholt, um sich einzureden, dass ich noch immer die süße kleine Mara war? Ich brachte es zurück an seinen Platz, ehe ich mich in der Küche an den kleinen Tisch setzte. Während ich meinen Kaffee trank und appetitlos in meinen Toast biss, wurde ich von der aufgeschlagenen Tageszeitung abgelenkt und sofort waren Mamas Worte wieder in meinem Kopf.

Ich las den Bericht über den ersten verschwundenen Jungen, dann den vermuteten Bezug zu den bislang drei vermissten Mädchen im Einzugsgebiet der Zeitung. Es gab keinerlei Verbindung zwischen ihnen, sie waren zwischen vierzehn und sechzehn Jahre alt, stammten aus komplett unterschiedlichen Ortschaften und sozialen Schichten und die Polizei suchte nach möglichen Verbindungen, rief dazu auf, sich sofort zu melden, sollte jemand einen der Jugendlichen irgendwo sehen. Ich scannte mit dem Handy den abgebildeten QR-Code zu einer Bildergalerie und weiteren Artikeln. In den Kommentaren darunter gingen die Theorien von gelangweilten Teenagern, die abgehauen waren, bis hin zu geheimen Testlaboren bei Biosys.

Ich verdrehte darüber nur die Augen, legte das Handy beiseite und widmete mich wieder meinem eigenen verrückten Leben. Ich war eine Hexe und musste mich noch bei einem Typen für meine magische Rettung bedanken. Mir gingen zig schräge Szenarien durch den Kopf. Von einem coolen »Danke für das Leucht-Lasso, das mich vor dem Zerquetschen bewahrt hat« bis hin zu einem wütenden »Warum verdammt noch mal hast du mir nicht gleich die Wahrheit erzählt?«. Ich steigerte mich immer weiter hinein und beschloss, dass mir Antworten wichtiger waren als Mamas übertriebene Sorge.

So blinzelte ich kurz darauf in die Frühlingssonne und verließ das Haus. Laufen hatte mir schon immer beim Denken geholfen, also ging ich einfach los, strich kitschige Dankesbekundungen direkt aus meinem Kopf und entschied, dass ich mich wohl an die Wahrheit würde herantasten müssen – ungefähr so wie durch die Stadt. Inzwischen war meine Sicht trotz Brille auf der Nase wieder auf etwa zwei Meter geschrumpft, was mir mehrmaliges Hupen und eine Beschimpfung einbrachte, weil ich mit einem Fußgänger zusammenprallte, der quasi aus dem Nichts aufgetaucht war.

Vermutlich aus Selbstschutz landete ich im fahrzeugfreien Schlosspark und setzte mich dort auf die hölzerne Brücke gegenüber dem Teich unterhalb des Westturms von Schloss Falk. Die Bank, auf der ich normalerweise saß, war inzwischen von einem Rosenbusch überwuchert. Die Gärtner der Falks hatten es in diesem Jahr ehrlich übertrieben. Oder im letzten Herbst? Ich hatte keine Ahnung, wann man Rosen pflanzte, aber mir kamen sie inzwischen vor wie Unkraut.

Auf dem Geländer der Brücke sitzend, beobachtete ich die Entenküken, die eben über den schmalen Grasstreifen um den Teich auf das Wasser zusteuerten. Es war total entspannend, ihnen zuzusehen, dem Plätschern zu lauschen, das sie und ihre Mutter beim Hineinspringen verursachten, und je mehr ich mich entspannte und tiefer durchatmete, desto klarer konnte ich sehen.

Hatte meine Sehschwäche einen psychischen Grund? Vielleicht war das bei Hexen ja normal und die Schulmedizin galt für sie nicht. Weil meine Mutter so knapp angebunden war, musste ich mir eine andere Informationsquelle suchen und wählte daher Chris' Nummer. Erneut sagte mir die Frauenstimme, dass der Teilnehmer nicht erreichbar sei.

Etwa zehn Versuche – zwei davon bei Tristan – später beschloss ich, dass herumzusitzen und meinen Akku zu verschwenden nichts brachte. Ich sprang vom Geländer und blieb mit der Hose an einer Dornenranke hängen, die zu dem Rosenstock gehörte, der am dem Schloss zugewandten Ufer wucherte, doch ich ignorierte das und machte mich auf den Weg zum Atwood-Anwesen. Bei Tag war der Trampelpfad durch den Wald sogar ganz hübsch und vom Duft der Natur, dem feuchten Waldboden und von altem Laub umhüllt, entspannte ich mich sogar.

»Was willst du schon wieder hier?«, fragte mich Carina

mit einem Gesicht, das in mir den Drang auslöste, davonzurennen und mich wieder im Wald zu verstecken.

Doch heute hatte sie damit keine Chance, weil ich mir eine Theorie zurechtgelegt hatte. Ich war eine Hexe, meine Mutter oder die ganze Familie waren Hexen, was bedeutete, dass – wenn Chris zaubern konnte – auch Carina eine Hexe sein musste.

»Ich weiß, dass du eine Hexe bist.«

Wie gerne hätte ich Carinas entgleisende Gesichtszüge mit dem Handy aufgenommen und sie Tristan gezeigt, der sein halbes Leben lang unter dieser Frau hatte leiden müssen.

»Wie bitte?«, entgegnete Carina mit viel zu schriller Stimme, die eine fiese, sadistische Seite in mir wachrüttelte und mich grinsen ließ.

»Chris hat mich in der Unfallnacht mit Magie gerettet. Ich habe es für einen Traum gehalten, aber heute hat mir meine Mutter gesagt, dass ich eine Hexe bin – eine Hexe wie mein Zwilling Tristan.«

Carinas Gesicht hatte inzwischen die Farbe der weiß getünchten Außenfassade angenommen. »Tristan ist dein *Zwilling*?«

Ich nickte verwirrt. Sie wusste es nicht? »Mein Zwilling, ja. Meine Mutter hat mir alles erzählt. Deshalb gibt es keinen Grund mehr, mir noch irgendwas zu verheimlichen, daher: Wo. Ist. Chris?«

Nun überraschte mich Carina doch noch, denn sie brach in Tränen aus, schluchzte so laut, dass ich nicht wusste, was genau ich tun sollte, dann schlug sie mir die Tür vor der Nase zu. Ganz gleich, wie oft ich noch klingelte oder wie viele blaue Flecken am Handballen ich mir zuzog, weil ich gegen die Tür hämmerte: Sie blieb geschlossen.

War Chris etwas zugestoßen? War er ebenso verschwunden wie die anderen vermissten Jugendlichen? Ich mochte Carina nicht, aber im Gegensatz zu ihrem Stiefsohn Tristan liebte sie ihre eigenen Söhne, und dass sie geweint hatte, verursachte mir schlimme Bauchschmerzen. Einzelne Absätze des gelesenen Berichtes erschienen vor meinem inneren Auge.

Spurlos verschwunden.

Vom einen zum nächsten Moment weg.

Im Kino nicht mehr von der Toilette zurückgekehrt.

Das Handy am Ohr, mit dem ich versuchte, Tristan zu erreichen, hämmerte ich weiter auf die Tür ein. Ohne Erfolg. Wie lange konnte es dauern, sich ein neues Handy zu besorgen?

~ 17 ~

MARA

Atemlos von dem Spurt über die ganze Strecke vom Atwood-Anwesen zurück in unsere Straße starrte ich vom Gartentor aus den schmalen, gewundenen Weg vor dem Reihenhaus der Fosters entlang. Wenn ich Tristan nicht anrufen konnte, gab es vermutlich nur eine Möglichkeit, ihn zu kontaktieren.

Mit jedem Schritt über das unebene Pflaster, vorbei an noch recht kargen Blumenrabatten, in denen seltsame rostige Skulpturen an Stäben steckten, schälten sich mehr und mehr Details aus der Tür, die aus der Entfernung für mich nur als dunkelgrünes Rechteck zu erkennen gewesen war.

Kurz nach dem Klingeln öffnete Alex und sah mich irritiert an.

»Du musst Ela anrufen. Sofort«, sagte ich noch immer atemlos.

»Was ist denn los?« Sie strich sich die braunen Haare aus dem Gesicht.

»Bitte, mach es einfach. Es ist wichtig«, drängte ich.

»Okay, okay. Schon gut. Komm rein.«

Ich folgte ihr die paar Schritte über helle Fliesen in die

Wohnküche. Dort komplimentierte sie mich auf einen Barhocker am Tresen, der das Esszimmer von der Küche trennte, während sie ihr Handy vom Tisch holte.

»Tristan?«, sagte Alex kurz darauf verwirrt. »Hier ist Alex. Ist … Ela da?«

»Nein!«, rief ich schnell, sprang vom Barhocker auf, sodass dieser umkippte und Alex erstarrte, und riss ihr ohne Gegenwehr das Handy aus der Hand.

»Tristan?«, begrüßte ich ihn so laut, dass ich selbst erschrak.

»Mara? Was ist los?«, fragte er und ich konnte die Sorgenfalte zwischen seinen Brauen genau vor mir sehen.

»Ich weiß alles«, sagte ich nur knapp. »Von dir, mir … uns. Alex hat …« Ich sah zu Alex hinüber, die mich schon wieder emotionslos wie ein Roboter anstarrte.

»Das ist … Ich wollte es dir …«, begann Tristan, doch ich unterbrach ihn sofort.

»Das ist jetzt alles egal. Ich kann Chris nicht finden und Carina speist mich nur mit Ausreden ab, aber sie hat geweint, als ich nach ihm gefragt habe. Und hier verschwinden seit Anfang Mai Jugendliche. Ich … mache mir Sorgen.« Meine Stimme brach.

»Warte, wir kommen sofort.« Das Gespräch endete, ehe ich noch etwas sagen konnte.

»Was ist los?«, fragte Alex und ich glaubte, dass ein Hauch Sorge in ihren Worten mitschwang. »Was ist mit Chris und wieso …«

Die Luft in der gesamten Wohnküche lud sich statisch auf und ein Windstoß fegte den langen Flur entlang. Offenbar hatte ich vergessen, die Eingangstür hinter mir zu schließen.

Meine Haut kribbelte und nicht nur die winzigen Härchen auf meinen Unterarmen richteten sich auf. Im nächsten Moment klingelte es.

Alex runzelte die Stirn, eilte Richtung Eingang und erstarrte, als sie Tristan und Ela auf dem einsamen Treppenabsatz vor der Tür stehen sah. Weil ich ihr direkt gefolgt war, konnte ich das weißblaue und inzwischen nur allzu bekannte Leuchten noch kurz sehen, das Tristan und auch Ela umgab, ehe mir das letzte Aufbäumen der Böe Alex' Haare entgegenschleuderte.

»Seid ihr nicht …« Alex schüttelte ungläubig den Kopf.

Tristan kam zu mir und umarmte mich, während Ela mit schnellen Schritten auf Alex zuging, die zurückwich und gegen den Garderobenschrank prallte. Ich wollte zu ihr, drehte mich schon um, doch Tristan hielt mich fest und flüsterte mir zu: »Es ist alles okay.« Wenn seine Worte beruhigend wirken sollten, hatte er sein Ziel so was von verfehlt.

Mir wurde trotz Tristans Gegenwart immer kälter.

Ela sah aus, als würde sie am liebsten davonlaufen, aber Tristan nickte ihr zu und sie straffte ihren Körper. Dann griff sie nach Alex' Hand.

Was Ela daraufhin Alex zuflüsterte, konnte ich nicht hören. Aber ich sah, wie Elas Tattoo aufflammte und das Licht ihre Hand hinab auf Alex zukroch und in deren Hand einsickerte. Jemand schrie. Vermutlich ich, denn Tristan legte einen Arm um mich und drückte mich an sich.

Nur wenige Augenblicke später trat Ela zurück und ich beobachtete Alex, die ausdruckslos blinzelte.

»Danke, dass ihr vorbeigekommen seid, um euch zurückzumelden. Wir telefonieren, okay?«

Alex hatte ein empathisches Defizit und ich war es gewohnt, dass sie emotionsloser reagierte als andere. Die Alex jedoch, die jetzt vor mir stand, hatte wirklich keinerlei Mimik und glich einem Androiden mit Alex-Hülle. Ich bekam am ganzen Körper Gänsehaut.

»Was hast du mit ihr gemacht?«, schrie ich Ela an und wehrte mich mit aller Kraft gegen Tristan, der mich zur Haustür hinausschob. Ich musste nach Alex sehen, die noch immer paralysiert im Flur stand!

»Sie vergessen lassen, dass sie eben Zeuge eines Zaubers wurde«, sagte Ela. Ihre Stimme klang so traurig, dass ich nicht anders konnte, als meinen Blick von Alex zu lösen und Ela anzusehen. Sie hatte den Mund zu einem Strich verzogen und ihre Augen glänzten.

»Lass uns zu dir gehen«, schlug Tristan vor. »Dort erzählen wir dir alles. Wirklich alles.« Er deutete die Straße entlang, wo wegen meiner geringen Sicht unser Haus mit den Nachbarhäusern verschmolz. Ich sah noch einmal zu Alex zurück, die zur Tür kam, um sie zu schließen. Sie winkte uns zu und verschwand dann hinter dem grünen Fleck.

Auf dem Weg zum Gartentor erklärte mir Ela auf meine stumme Frage hin, dass Alex nichts passiert und sie schon in ein paar Minuten wieder die Alte sei. Ich konnte nur hoffen, dass sie die Wahrheit sagte.

Wenig später standen wir bei mir vor der Tür und ich versuchte, den Schlüssel ins Schloss zu kriegen. Weil ich mich weigerte, mir von Tristan helfen zu lassen, wurde die Tür von innen aufgerissen, ehe ich erfolgreich war.

»Mara Clementine Rothschild! Wo. Warst. Du?« Mama klang panisch, tastete mich ab, sodass sie erst verzögert bemerkte, dass ich nicht allein war. Sie richtete sich auf und strich ihre Bluse glatt, als sie den Blick auf die Personen hinter mir richtete.

»Tristan?« Sie schaute ihn an wie immer. Voller Zuneigung und Liebe. Mir war nur nie aufgefallen, dass sie ihn mit demselben Lächeln und demselben Glanz in den Augen ansah wie *mich*.

»Tanja«, begrüßte Tristan sie und wirkte mit einem Mal vollkommen verändert, irgendwie befangen. Er sah Mama nicht länger an wie die Mutter seiner Freundin, sondern wie seine eigene.

Mama standen Tränen in den Augen, als sie ihn an sich riss und fest drückte. Sie ließ ihn nicht los, während sie rückwärts immer weiter ins Haus ging und den viel größeren Tristan stolpernd mit sich zog wie einen Zehnjährigen. Ich ließ Ela passieren und wir folgten Mama und Tristan in die Küche. Dort stellte Tristan Ela erst einmal kurz vor, ehe Mama die Gastgeberin heraushängen ließ und mit bebenden Fingern Kekse auf einem Teller arrangierte, während wir uns setzten. Tristan zog seine Jacke aus und hängte sie wie immer über die Lehne. Und doch hatte sich alles total verändert. Ich konnte nur auf sein seltsames Tattoo starren. Ela hatte ihre Ärmel wieder weit genug nach unten geschoben, sodass ihres nicht mehr zu sehen war.

Mama drehte sich eben mit noch immer roten Augen um, einen Berg von Keksen auf dem Teller in ihrer Hand und ein Strahlen auf den Lippen. »Wollt ihr vielleicht noch einen Tee oder Kaffee zu den Kek…«

Der Teller glitt aus ihren Händen. Mit Entsetzen in den Augen starrte sie auf die ineinander verschränkten Hände von Tristan und Ela auf dem Tisch. Ich hörte das Klirren des auf den Fliesen zerspringenden Porzellans.

»Wie … Du hast …«, Mama drängte sich zwischen Tristan und Ela, die sofort Tristans Hand losließ. »Du wurdest initiiert?«, formulierte sie endlich einen vollständigen Satz und strich über Tristans linkes Handgelenk. Ihre Hände zitterten. »Wann?«

Tristan zog seinen Arm zurück und musterte Mama skeptisch, sah dann zu Ela und lieferte sich ein kurzes Blickduell mit ihr.

»Beim Walpurgisritual«, sagte Ela leise und sah auf die Tischplatte hinab. Ich konnte trotzdem erkennen, wie sie schluckte.

»Das ist über zwei Wochen her.« Mama schüttelte ungläubig den Kopf. »Geht es dir denn gut?«

Weil Tristan Ela anlächelte, als wäre sie der alleinige Grund dafür, und vollkommen in ihren Anblick versunken war, während er mit einem Ja antwortete, bemerkte er nicht, wie Mama mit jeder Sekunde bleicher wurde, wie ihr Blick hin und her huschte, als suchte sie voller Panik nach einem Ausweg.

~ 18 ~

MARA

Das einsame Brummen des Kühlschranks gab Mamas Panik etwas Skurriles und war eine Ewigkeit lang das einzige Geräusch im Raum, weil Tristan und Ela in einer anderen Welt versunken schienen. Oder auf Wolke sieben. Frisch verliebte Paare waren echt ätzend.

»Mama? Was hast du?«, fragte ich und machte mir inzwischen ernsthaft Sorgen. Weil sie nicht reagierte, rüttelte ich an ihrem Arm. Endlich schaffte es auch mein Bruder, von seiner großen Liebe aufzusehen, und bemerkte Mamas erschrockenen bis sorgenvollen Ausdruck.

»Geht es dir gut, Tanja?« Er schluckte und ich registrierte, wie er über ihren Namen stolperte. Sicher fragte er sich, ob er sie nun auch Mama nennen sollte.

Lautes Magenknurren ließ meine Mutter zusammenzucken. Ela presste sofort peinlich berührt die Hände auf den Bauch und murmelte leise: »Sigillenfährte.«

»Du hast ihn via Fährte hergebracht? Du musst dringend etwas essen!« Sie sah auf den Boden neben dem Tisch, wo etliche zerbrochene Kekse inmitten der Porzellanscherben lagen, und griff sich dabei an ihren Armreif.

»Ich kann das machen«, sagte Ela, die schnell begriff, dass sich Mama unwohl fühlte. Diese nickte Ela dankbar zu und schon floss Licht aus Elas Hand heraus, legte sich um Scherben und Krümel und setzte alles wieder zusammen, ehe der reparierte Teller mit den wieder perfekt arrangierten Keksen von einer Hand aus purem Schatten getragen zu uns schwebte und mitten auf dem Tisch landete.

»Danke!«, sagte meine Mutter, die sich nun endlich auch setzte. Oder sich eher vollkommen erschöpft auf den letzten freien Stuhl fallen ließ.

Mit Blick auf die Kekse knurrte nun auch Tristans Magen wie ein Raubtier und Mama schreckte zusammen, als stünde ein solches direkt vor ihr auf dem Tisch.

»Ich bin die Sigillenfährte noch nicht gewohnt«, entschuldigte er sich.

»Du bist selbst gereist?«, fragte Mama begleitet von einem erstickten Atemzug.

Tristan nickte unsicher, wie auf frischer Tat ertappt.

»Willst du uns jetzt vielleicht mal erklären, was los ist?«, fragte ich noch einmal, weil Tristan und Ela damit beschäftigt waren, einen neuen Rekord im Kekse-Verschlingen aufzustellen, als hätten sie seit Tagen nichts gegessen.

Mama beobachtete Tristan dabei, wie er sich einen Keks nach dem anderen in den Mund schob und sie dabei unmöglich gut genug zerkauen konnte, so schnell, wie er schluckte. »Du bist selbst via *Sigillenfährte* gereist?«, wiederholte sie, was auch immer eine Sigillenfährte sein mochte.

Tristan nickte nur und schob sich den nächsten Keks in den Mund.

»Und dir geht es wirklich gut? Keine … Probleme oder Beeinträchtigungen … in irgendeiner Form?«

»Nein, warum fragst du?«, wollte Tristan zwischen zwei Bissen wissen. Ela verfolgte den Wortwechsel neugierig, pausierte das Essen dabei aber kein einziges Mal.

»Ich kann es nicht glauben«, sagte meine Mutter eher zu sich selbst als zu uns. »Es gibt … Der Zwillingsfluch …« Sie schüttelte den Kopf. »Offenbar ist er mehr Legende und Gerücht als Wahrheit.«

»Könntest du allen, die nicht in deinen Kopf sehen können, vielleicht auch erklären, wovon du sprichst?«, fragte ich. Meine Stimme klang erstaunlich fest, obwohl das Wort *Zwillingsfluch* wie eine Leuchtreklame in meinem Kopf aufblinkte.

Mamas Lachen klang gekünstelt. Sie lehnte sich schon fast entspannt zurück und strich sich die blonden Strähnen aus dem Gesicht. »Seit langer Zeit, seit sich unsere Ahninnen von der Magie abgewandt haben«, sie hob ihr Handgelenk mit dem breiten Armreif hoch, »geht das Gerücht um, dass diese Abkehr an dem Fluch lag, der besagt, dass alle Zwillinge der Familie Rothschild an der Magie erkranken und sterben werden. Und wir haben sehr viele Zwillinge in der Familie!«, schob sie erklärend hinterher.

Wie ein Spiegelbild wandten Tristan und ich uns von Mama ab und sahen einander an.

»Aber offenbar war es wirklich nur ein Gerücht.« Ein weiteres heiseres Lachen, aber ihre Hände zitterten noch immer. »Tristan wurde initiiert, er wirkt Magie, reist sogar via Sigillenfährte, einem der energiezehrendsten Zauber überhaupt.« Mama schüttelte noch immer voller Unglauben den Kopf, aber ihr breites Lächeln zeugte von purer Erleichterung. »Und ich habe schon befürchtet, die Magie in deinem Blut würde dich krank machen«, fügte sie mit dem typischen sorgenvollen Blick einer Mutter hinzu, mit dem sie nun mich musterte.

»Krank?«, hakte Tristan nun nach. »Geht es dir nicht gut?«

Also brachte ich Tristan und Ela auf den neuesten Stand. Ich beendete meinen Bericht mit dem Grund für den Anruf von Alex bei Ela. »Chris ist verschwunden und es steckt garantiert mehr dahinter als ein Ausflug zu Noah.«

»Noah?« Tristans Finger ballten sich so fest um den Keks, dass es Krümel auf die Tischplatte regnete. »Er und Elas Schwester Gloria werden von allen Hexen der Welt gesucht. Sie haben sich den Dunkelhexen angeschlossen und sind verschwunden, nachdem Gloria das Walpurgisritual sabotieren wollte. Chris würde *nie* zu ihnen gehen!«

»Nur wo steckt er dann?«, fragte ich, aber Tristan hatte offenbar keine Antwort für mich und zuckte nur mit den Schultern.

Stattdessen hatte Ela einen Vorschlag: »Aus deinen Erzählungen entnehme ich, dass euch irgendwas *verbindet* …«

Ich hatte nichts von dem Fast-Kuss erzählt, nur Fakten aufgezählt, dennoch schoss mir bei ihrer seltsamen Betonung Hitze in die Wangen und ich untersuchte schnell meine Fingernägel etwas genauer.

»Wir könnten dich initiieren, damit du via Sigillenfährte zu ihm reisen kannst«, schlug Ela vor.

»Nein, es ist zu gefährlich. Wenn dort draußen wirklich Dunkelhexen sind …!«, mischte sich Mama ein, aber ich hatte nur den Wunsch im Kopf, Chris zu finden. Nein, nicht nur den Wunsch, es war schon eher ein ... Zwang. Ich *musste* ihn finden.

»Wir werden sie beschützen!«, sagte Ela. »Ich bin ausgebildete Jägerin und Tristan hat sich in der Walpurgisnacht auch nicht schlecht geschlagen.« Sie schenkte ihm ein Lächeln, das die Sonne in seinen Augen aufgehen ließ. Tristan sah so glücklich aus, dass es eigentlich schon kitschig war. Da regte sich plötzlich etwas in mir und ich wünschte mir, auch so angesehen zu werden. Der Gedanke malte ein Bild von tiefdunklen braunen Augen in meinen Kopf. Ich vertrieb es mit einem lauten Schnauben – was die Aufmerksamkeit der anderen auf mich lenkte.

»Sind Jäger nicht Menschen, die Hexen jagen?«, fragte ich schnell zur Ablenkung.

»In den Büchern der Menschen vielleicht«, erklärte Ela mit einem Schulterzucken. »Diejenigen, die in ihren Büchern Hexenjäger genannt werden, nennen wir Henker. Aber in unseren Kreisen sind Jäger speziell ausgebildete Kämpfer, die Dunkelhexen jagen und vor das Tribunal stellen.«

Tristan reagierte mit einem finsteren Blick und Zähneknirschen auf die Erklärung und ich zählte eins und eins zusammen.

»War dein ... unser Vater ein Dunkelmagier?«

Ela griff nach Tristans Hand. »Er wurde der Dunkelmagie angeklagt und beim Tribunal vorschnell schuldig gesprochen und hingerichtet.« Sie schluckte und Tristan fuhr an ihrer Stelle fort.

»Dad wurde inzwischen offiziell rehabilitiert, was jedoch nichts daran ändert, dass er ...« Er blinzelte ein Schimmern aus seinen Augen und sah auf seine mit Elas verschränkte Hand hinab. Ich hatte Liam kaum gekannt, aber ich liebte Tristan und sein Schmerz über den Verlust war immer auch meiner gewesen. Ich beobachtete meine Mutter. Sie hatte den Blick gesenkt und die Lippen zwischen die Zähne gezogen. Genauso machte ich es auch, wenn ich mir verbot, loszuheulen. Je fester man draufbiss, umso besser lenkte es ab.

Ela räusperte sich. »Ich kann im Moment nicht direkt wieder nach Rom reisen, um deine Sigillenvergabe dort durchzuführen.« Sie sah sich in der Küche um, während ich überlegte, wie cool es sein musste, innerhalb von Sekunden irgendwohin auf der Welt zu reisen. Welches Ziel würde ich als Erstes wählen? Die unendliche Weite der Wüste wie auf dem Foto, das ich Chris gezeigt hatte? Oder einen Städtetrip nach New York, London oder Dubai? Wie viel Zeit man damit sparen konnte!

»Wärst du einverstanden, wenn wir das Ritual hier durchführen?«, wandte sich Ela an meine Mutter, die sich jede Minute unwohler zu fühlen schien.

»Ich sollte eigentlich alles von den Dingen dahaben, die wir für die Sigillenvergabe brauchen. Außer weißen Salbei zur Reinigung. Aber dafür habe ich entsprechende Duftkerzen«, schob sie mit einem erzwungenen Lachen hinterher.

Mama holte eine große Porzellanschüssel, die wir sonst für Salate verwendeten, und kramte nach ihren sehr intensiv riechenden, selbst gegossenen Kerzen in einer der Küchenschubladen. Das weiße Wachs war mit irgendwelchen Pflanzenteilen durchwirkt. Sie stellte alles auf den Tisch. Tristan hatte inzwischen einen Kugelschreiber und einen Block Notizzettel geholt und platzierte beides vor mir auf dem Tisch.

Während Tristan Tassen, Servietten und Keksteller vom Tisch räumte, hatte ich das Bedürfnis, die Rollläden der Küche zu schließen, ließ es dann aber doch. Vermutlich entsprach mein Hexenwissen aus Büchern und Filmen nicht unbedingt der Realität und so saß ich weiter untätig auf meinem Stuhl und beobachtete mit zusammengekniffenen Augen, um wenigstens einigermaßen etwas erkennen zu können, wie Tristan und Ela die zusammengetragenen Utensilien auf dem Tisch positionierten.

Mama sah an die Küchenzeile gelehnt zu.

Als Ela so weit war, fragte sie meine Mutter: »Wurden Sie …«

»*Du*. Bitte«, unterbrach Mama sie direkt und Ela nickte.

»Du wurdest initiiert, obwohl sich eure Familie von der Magie losgesagt hat?«

Das war eine interessante Frage, die Mama mit dem Kopf hin und her wippen ließ, ehe sie sich hinter den Stuhl neben mir stellte.

»Die Familie Rothschild hat sich losgesagt, aber die Nachkommen haben trotzdem eine wichtige Aufgabe, für die hin und wieder Magie vonnöten ist.« Sie krallte ihre Finger um die Rückenlehne des Stuhles. »Seit den Hexenverfolgungen überwachen wir die Gegend von der Alb bis zum Bodensee und beschützen diejenigen, die noch immer mit der Magie leben, sich aber nicht mit Zirkeln verbunden haben«, erklärte sie.

»Ihr seid *Wächter*?« Ela sah aus, als hätte sie eben ein Einhorn entdeckt, und Mama bestätigte die Sichtung mit einem schwachen Nicken.

»Seit über fünfhundert Jahren. Deshalb brauchen wir die

Magie. Für Notfälle.« Sie zog den Stuhl zurück und setzte sich wieder.

Ich kam mir vor wie ein Kind, das ein Gespräch von Erwachsenen belauschte, und wollte schon nachfragen, doch Tristan war schneller: »Was sind Wächter?« Er runzelte die Stirn, während er sich gegen die Küchenzeile lehnte.

»Du hast nie von ihnen gehört?«, fragte ihn Ela.

»Sonst würde er nicht fragen«, verteidigte ich meinen Bruder und konnte mir mein Augenverdrehen nicht verkneifen.

»Sorry«, sagte Ela pikiert, »aber er ist unter Hexen aufgewachsen, er …«

»Ich aber nicht«, sagte ich schnell, wobei das offensichtlich eine Lüge war. Den kurzen Seitenblick zu Mama konnte ich mir nicht verkneifen. »Du weißt, was ich meine. Klär mich auf. Du hast auf jeden Fall ausgesehen, als hätte Mama dir den Heiligen Gral vor die Nase gehalten.«

Auch Tristan kam neugierig näher und setzte sich auf den Stuhl Mama gegenüber. Sein Kinn auf die Hand gestützt, beobachtete er sie so genau, als müsste er sich jedes Detail ihres Gesichtes einprägen.

»Wächter sind …«, erklärte Ela hinter mir, ehe sie sich hinter Tristan stellte und meine Mutter nun ebenso musterte wie er. »Niemand kriegt sie je zu Gesicht, niemand weiß, wer die Hexen schützt, die in Not geraten, weil sie vielleicht enttarnt wurden. Sie greifen schneller ein, als Meldungen beim Rat eingehen. Sie sind …«

»Einhörner«, sprach ich meinen Vergleich von zuvor aus, was Ela mit offenem Mund innehalten und die Stirn runzeln ließ.

»Ja, ungefähr wie Einhörner«, bestätigte Ela dann mit einem Lachen.

»Wir haben ein Einhorn zur Mutter.« Ich stieß Tristan mit der Schulter an und er grinste. Seit er zurück war, das erste Lächeln, das nicht Ela galt.

Auch meine Mutter grinste. Ihre Augen leuchteten. Offenbar liebte sie ihre Arbeit. Weit mehr als den Job bei Biosys. Der Gedanke brachte mich ins Stocken.

»Diese … Notfälle in den letzten Tagen«, begann ich und musste weiter ausholen, weil Ela und Tristan natürlich nichts davon wussten und mich fragend ansahen. »Mama musste ständig zu ›dringenden Terminen‹, obwohl sie Urlaub hat.« Ich fixierte wieder meine Mutter. »Waren das … Wächter-Aufgaben?«

Mama überlegte offenbar, inwieweit sie offen sprechen konnte – vor Ela, die als Einzige noch immer stand und nun sorgfältig die Kerzen entzündete, woraufhin sich sofort ein schwerer Geruch in der Küche ausbreitete. Tristan sah sie ermutigend an und nach einem Seufzen legte Mama los. »Auch die Einzelgänger, unregistrierte Hexen, brauchen hin und wieder jemanden, der ihnen zur Seite steht. Doch in den letzten zehn Jahren zusammen wurde die Notruf-Sigille nicht so oft gewirkt wie in den vergangenen Wochen.«

»Es gibt unregistrierte Hexen?«, unterbrach ich sie. Es war verdammt scheiße, unter Menschen zu sitzen, die seit Jahren ein Geheimnis teilten, und dabei die einzige Ahnungslose zu sein.

Es war Ela, die mir antwortete. »Nicht jeder hält den Hohen Rat, das ist die Regierung der Hexen, für … geeignet.« Ela sah aus, als würde sie jedes einzelne Wort genau abwagen, um politisch korrekt zu bleiben. »Es gibt Hexen, die einfach ihre Ruhe haben, ohne Sanktionen und Strafen leben wollen, nur hin und wieder kleine Zauber für sich selbst wirken. Sie haben sich – wie deine Familie – der Überwachung durch den Rat entzogen. Es ist ein Prozess über mehrere Generationen – nur möglich, wenn man die Geburt eines Hexenkindes verbirgt.« Ihr Blick ruhte lange auf Tristan, kehrte dann zu mir zurück. »Der Rat sucht sie, geht Nachrichten in den Klatschzeitungen nach, die von seltsamen Vorkommnissen in offiziell von Hexen unbewohnten Gebieten berichten – wie reichen Ernten in Dürreperioden oder Ähnlichem.«

»Aber warum?«, warf ich ein. »Sie tun doch offensichtlich nichts Schlechtes.«

Es war Mama, die sich räusperte und fortfuhr. »Weil der Rat behauptet, dass sie sich der Blutmagie bedienen.«

Ela richtete sich auf. »Die meisten Dunkelhexen entstammen unregistrierten Familien!«

Die Blicke, die zwischen Mama und Ela hin- und herschossen, waren gefährlich. Ich war froh, nicht in der Schusslinie zu stehen.

»Das tun sie nicht«, sagte Mama entschlossen, ihre Hand auf dem Tisch war zur Faust geballt. »Nur wird das gerne behauptet, um der Hexenbevölkerung Sicherheit vorzugaukeln. Es ist schwerer zuzugeben, dass nach außen hin ratstreue Hexen aus Unzufriedenheit zur Blutmagie greifen, als die Vorkommnisse einfach denen unterzuschieben, die sich aus Angst vor Enttarnung ihres geheimen Lebens nicht wehren können.«

Die Luft in unserer Küche war zum Schneiden dick, was

nicht nur an den Duftkerzen lag. Alles in mir drängte danach, zum Fenster zu rennen und es aufzureißen. Aber vermutlich würde ich dorthin waten müssen.

Tristan räusperte sich, ihm war der Streit zwischen unserer Mutter und seiner Freundin sicher noch unangenehmer als mir. »Ich finde es gut, dass die Einzelgänger jemanden haben, der für sie sorgt.«

Ich nickte eifrig, dankbar für seinen Deeskalationsversuch.

Ela lächelte ihn schwach an, ehe sie einen Schritt zurücktrat, als müsste sie mit etwas Distanz kontrollieren, ob alles am richtigen Fleck war.

»Es ist alles bereit. Willst du der Ritualpate sein, Tristan?«, fragte Ela und Tristan schüttelte so schnell den Kopf, dass ihm seine halblangen blonden Haare um den Kopf peitschten. »Setz dich aufrecht hin«, wies sie mich an und umrundete den Tisch. Ich folgte der Aufforderung. Mein ganzer Körper kribbelte vor Anspannung.

»Du musst erst das Medaillon abnehmen und eine Reinigungs-Sigille zeichnen«, mischte sich Mama ein.

»Hämatit?«, hörte ich Elas Stimme hinter mir und spürte sogleich ihre warmen Hände an meinem Nacken. Sie nahm mir das Medaillon meiner Urgroßmutter ab. Als sie sich über mich beugte, um es auf den Tisch zu legen, achtete sie akribisch darauf, das Medaillon selbst nicht zu berühren.

»Wegen des Fluches mussten wir eure Magie binden«, erklärte Mama, während Ela irgendwas machte, das dazu führte, dass ich mich wie in der Sauna fühlte. Anfangs war die Wärme angenehm, dann begann ich zu schwitzen. Es wurde immer wärmer, dann so glühend heiß, dass ich aufstöhnte. Ich konnte nur noch gepresst atmen, jede kleinste Regung versengte mich weiter.

Aus meiner Haut stieg nun ein schwach glimmender, dunkler Nebel auf, der sich in der Luft sofort verflüchtigte, während Mama weiter erklärte: »Liam ist damals mit Tristan zu seiner Familie in die USA zurückgekehrt, um nach einem Gegenzauber für den Zwillingsfluch zu suchen, der offenbar gar nicht existiert. Als einzige Möglichkeit blieb uns, die Magie in eurem Blut mit Hämatit zu fesseln. Du hattest das Medaillon, Liam hatte es schwerer, weil Tristan alles abgelehnt hat. Schmuck, coole Armbänder – egal, in welche Form er den Hämatit gebracht hat, Tristan ist ihn losgeworden, sobald er dazu fähig war.« Ich hörte das Lächeln in ihrer Stimme, während ich stur auf den Tisch starrte, Schweiß in ganzen Sturzbächen meinen Körper entlanglief und die letzten Nebelfetzen von meiner Haut aufstiegen. »Also hat Liam Tristan den Hund behalten lassen, der ihm zugelaufen war, und hat den Hämatit in seinem Halsband versteckt.«

»Das war Dad?«, fragte Tristan entsetzt. »Wir haben gedacht, Noah hätte damit meine Magie blockieren wollen!«

»Nein, das waren wir. Und wie es aussieht, haben wir euch völlig umsonst euer Leben lang leiden lassen. Es tut mir so leid.« Nun klang ihre Stimme erstickt und ich war sehr froh, dass Ela mir weitere Anweisungen gab.

»Nimm den ... Kugelschreiber.« Sie stockte bei dem Wort und erklärte: »Normalerweise nehmen wir für solch wichtige Rituale immer Federkiel und Tinte, aber es wird auch so gehen.« Ich presste meine Fingerspitzen fest um den Kugelschreiber. »Jetzt schreib deinen kompletten Namen und dahinter Atwood auf das Papier. Vergiss nicht, dass das hier ein Ritual ist, du musst deine Gedanken also voll und ganz auf das fokussieren, was du erreichen willst. In deinem Fall deine ureigene Sigille, die deine Magie im Blut nach außen tragen kann.«

Ich tat wie geheißen und fluchte, weil der Kugelschreiber anfangs keine Tinte aufs Papier brachte und ich so fest drücken musste, dass sich die Buchstaben ins Papier und vermutlich die fünf Blätter darunter gruben. Ela ermahnte mich zur Konzentration. Irgendwann stand dann endlich in unregelmäßigen Buchstaben da:

MARA CLEMENTINE ROTHSCHILD ATWOOD

»Jetzt streich alle doppelten Buchstaben durch.«

Akribisch genau prüfte ich mehrmals, ob der Buchstabenhaufen tatsächlich richtig war.

MARCLENTIOHSDW

»Nun übertragen wir die Buchstaben der Reihe nach auf das Hexenrad.«

Sie riss den Zettel mit meinem Namen ab und legte ihn zur Seite, ehe sie mit leuchtender Fingerspitze kurz auf den Block tippte, auf dessen oberstem Blatt sofort eine Illustration erschien. Mit etwas Fantasie konnte die Abbildung tatsächlich ein Rad zeigen, das aus einem kleinen Kreis in der Mitte und zwei größeren Ringen bestand, die alle in einzelne Segmente eingeteilt waren. Auf dem äußersten Ring befand sich oben das A, danach folgten im Uhrzeigersinn die weiteren Buchstaben des Alphabetes bis hin zum M. Die noch übrigen Buchstaben verteilten sich auf die inneren Segmente.

»Jetzt ist es äußerst wichtig, dass du dich noch mehr fokussierst und konzentrierst«, wiederholte Ela. »Der Großteil eines Zaubers beginnt im Kopf.« Sie tippte mir an die Schläfe und ich erschrak. »Du musst beim ersten Buchstaben deines gekürzten Zaubers beginnen. Zeichne einen kleinen Kreis in das M.« Das tat ich und bemühte mich sogar um einen schönen Kreis, aber der Kugelschreiber vereitelte meinen Versuch und ich musste mehrmals ansetzen und drückte dabei immer fester zu. »Jetzt fährst du, ohne abzusetzen, von deinem Punkt aus zu jedem einzelnen Buchstaben deines Zaubers.«

Ich fuhr mit zittrigen Linien, weil ich den Stift so fest drückte, im Zickzack über das Papier. Schön war anders, aber es würde doch genügen, oder?

»Konzentrier dich, Mara!«

Ich zuckte bei der weiteren Ermahnung zusammen und bemühte mich wirklich, an nichts als die Buchstaben vor mir zu denken, bis meine Arbeit beim W beendet war.

»Sehr gut. Schließ die Sigille nun mit einem kleinen Strich ab, damit die Magie nicht hinausfließt.«

»So?« Mein früherer Mathelehrer hätte mir für den Abschluss der Geraden ein Sternchen verliehen, Ela hingegen würdigte ihn kein bisschen.

»Jetzt übergeben wir den Zauber den Elementen, in unserem Fall dem Feuer.« Sie deutete auf die Kerzen, deren Flammen sich inzwischen immer weiter durch das Wachs gefressen hatten und zischelnd die Kräuter darin verbrannten.

»Halt das Papier in die Flamme, bis es anfängt zu brennen, und leg es dann in die Schale.«

Ich riss das Blatt vom Block. Jedes einzelne Nervenende

in meinem Körper feuerte Signale ab, sodass ich irgendwo zwischen Hibbeln und dem Bedürfnis, mich zu kratzen, festhing. Die Flamme verschwamm vor meinen Augen, als ich das Papier fokussierte und es anbrennen ließ. Ich verfolgte fasziniert, wie das Feuer am Papier leckte, es erst ankokelte, dann Stück für Stück auffraß.

Dann riss Ela an meiner Hand. »In die Schale!«

Schnell ließ ich das Papier hineinfallen. Rauch stieg aus der Schale auf, vermischte sich mit dem der Kerzen und kroch unter meine Brille, in Mund und Nase. Ich konnte den Hustenreiz nicht unterdrücken. Es war schlimmer als der Weihrauch beim Krippenspiel in der Kirche und mir brannten bereits die Augen, sodass ich gerade noch erkennen konnte, wie meine gezeichnete Sigille auf dem Papier aufleuchtete, als die Flamme sich zu ihr durchgebissen hatte. Doch anstatt zu verbrennen, stieg sie in der Schale auf, schwebte auf mich zu und kroch in meine Hand, die sofort brannte, als hielte ich sie direkt in das Feuer.

Jemand legte mir eine Hand auf die Schulter, der Schmerz ebbte etwas ab. Es war dennoch pures Höllenfeuer, das sich durch meine Adern arbeitete und an der empfindlichsten Stelle meines Handgelenkes in die Haut fraß wie Säure. Ich konnte keine Details mehr sehen, weil meine Augen vom Schmerz und Rauch unentwegt tränten. Wenn das Aufleuchten immer so wehtat, konnte ich total verstehen, dass sich meine Familie von der Magie abgewandt hatte. Ernsthaft.

Dann war es irgendwann einfach vorbei. Der Schmerz war weg, nicht einmal mehr ein kleines Brennen war übrig und ich wischte mir schnell die Tränen aus den Augenwinkeln und von den Wangen, wo sie sich am Brillenrand gesammelt hatten. Dann sah ich auf die Innenseite meines Handgelenkes hinab, wo sich unter einem kleinen, nur mit Fantasie als Kreis erkennbaren Tintenklecks ein wilder Zickzack aus ungleichmäßigen, zittrigen Linien befand. Ein exaktes Abbild meiner wirklich unsauber gezeichneten Sigille. Argh! Ich hätte wohl doch etwas schöner malen sollen, verdammt! Aber egal. Schließlich zählte das, was ich damit anstellen konnte. Ich schob den linken Ärmel meines Shirts etwas nach oben, um die nagelneue Sigille – meine Magie! – zu schützen wie ein frisch gestochenes Tattoo.

»Und jetzt … kann ich zaubern?«, fragte ich mit kratziger Stimme und sprang von Aufregung erfüllt vom Stuhl auf. Zumindest versuchte ich es, denn mein Körper schien sich noch an den Schmerz zu erinnern und mahnte mich mit Schwindel, es ruhig angehen zu lassen. Ich sackte zurück auf den Stuhl und atmete tief durch.

Mama kippte gerade ein Glas Wasser über die noch glimmenden Papierfetzen in der Schale und pustete die stinkenden Kerzen aus. Magie roch einfach furchtbar!

»Ganz so leicht ist es nicht«, sagte Tristan und setzte sich wieder zu mir an den Tisch. »Du musst die Sigillen praktisch erst auswendig lernen. Stell dir einfach immer den Zauber vor, kürze ihn und zeichne die Sigille, ehe du ihn rauslässt.«

Ich stöhnte. »Wir müssen das«, ich deutete auf den Block vor mir, »jedes Mal machen, wenn wir etwas zaubern wollen?«

Tristan lachte, was ihm einen bösen Blick von Ela einbrachte. Danke! »Du kannst das im Kopf machen«, sagte er dann in versöhnlichem Ton. »Bei mir ist es so, dass ich die leuchtenden Buchstaben meines Zaubers vor mir sehe, die sich dann von selbst übereinanderschieben und auf das Hexenrad fließen.«

»Aber es ist bei jedem anders«, sagte Ela dann. »Aufwendigere Zauber wie die Sigillenvergabe oder das Ritual in der Walpurgisnacht funktionieren nur, wenn man sie an Feuer, Wasser oder Erde übergibt, bei den meisten Zaubern reicht aber die Übergabe an die Luft, indem du sie über deine Sigille nach außen trägst. Wenn du also eine Sigille kennst, kannst du sie direkt visualisieren und an die Luft übergeben.« Sie sah sich kurz um, holte dann eine der Servietten, die in ihrem Spender auf der Küchenzeile standen, und legte sie vor mir ab.

»Nimm den einfachen Befehl ›Komm‹. Gekürzt ist er nur ein K-o-m. Sieh dir das Hexenrad an« – sie tippte wieder auf den Block und die Abbildung erschien erneut – »und zeichne in Gedanken die einfache Sigille. Links ist das K, denk dir dann die Linie nach rechts zum O im zweiten Kreis und dann weiter hoch zum M.«

Das war wirklich einfach. Ich sah die Sigille praktisch über der Abbildung des Hexenrads schweben.

»Jetzt halte sie in Gedanken fest, leite sie zu deiner Sigille am Handgelenk und übergib den Befehl an das Element Luft. Konzentrier dich dabei auf die Serviette.«

Ich starrte auf das Hexenrad, folgte mit den Augen noch einmal dem Zickzack vom K über das O zum M und stellte mir vor, wie die Sigille an die Luft gelangte. Mein Arm begann zu kribbeln, als meine Sigille anfing zu leuchten, was ich nur aus den Augenwinkeln sah, weil ich die Serviette anstarrte wie bei diesem blöden Blinzel-nicht-Spiel im Kindergarten.

Ich spürte meinen Herzschlag bis in den Magen und kam vor Spannung fast um. Dann schoss weißblaues Licht aus meinem Handgelenk heraus. Ich zuckte zusammen, mein Fokus rutschte von der Serviette auf die Porzellanschüssel dahinter, die dann auch sogleich vom magischen Leuchten erfasst wurde und meinem Befehl folgte.

Die schwere Salatschüssel schoss auf mich zu und ging klirrend zu Bruch. Ein Teil von mir registrierte noch, dass ich begleitet von Scherben vom Stuhl kippte, ehe alles um mich herum schwarz wurde.

~ 19 ~

MARA

Ich erwachte mit dem dringenden Bedürfnis, mich zu übergeben. Schon wieder. Wenn das zum Hexendasein dazugehörte, wollte ich keine sein. Ganz egal, wie schnell man von A nach B kam, dass man alles reparieren konnte oder nie wieder von Hand putzen musste. Das war es echt nicht wert. Garantiert nicht.

Ich schluckte immer wieder konzentriert gegen den Speichel an, der sich in meinem Mund sammelte, und atmete dabei tief durch die Nase.

Da fiel mir wieder ein, dass ich mir unsere große Salatschüssel selbst gegen den Schädel gedonnert hatte. Toll gemacht, Mara! Die Magie war offenbar nicht das Problem. Zumindest nicht direkt. Ich war es. Ich konzentrierte mich zu wenig und ließ mich zu leicht ablenken. Zur Strafe hämmerte es nun in meinem Schädel, das Echo vibrierte durch meinen ganzen Körper und ich stöhnte.

»Sie wacht auf!«, hörte ich Tristan sagen. Etwas raschelte. Ich hörte Schritte. Mein Körper geriet in Schräglage, und als ich vorsichtig die Augen öffnete, kam gerade eine Hand auf mich zu, die mir dann sogleich eine klebrige Haarsträhne aus dem Gesicht strich. Dahinter sah ich die Umrisse meiner Mutter. Es hätte ohne Brille auch eine lebensgroße Barbie sein können, wäre da nicht ihr süßes Parfum gewesen, das sie schon trug, seit ich mich erinnern konnte.

Ich lag offenbar in meinem Bett, Mama saß neben mir auf der Matratze. Schon wieder!

»Wie fühlst du dich, mein Schatz?« Mama tastete mir über die Stirn, erwischte die Beule und ich zuckte zusammen, was das Hämmern in meinem Kopf unerträglich machte. Der Schwall an Flüchen, um den Schmerz zu vertreiben, führte nicht wie sonst zu einem vorwurfsvollen Blick meiner Mutter. Stattdessen sah ich nun die tiefen Sorgenfalten auf ihrer Stirn und die dunklen Schatten unter ihren Augen, sogar ohne Brille.

»Wir müssen die Grimoires und Tagebücher weiter durchgehen«, sagte sie dann über meinen Kopf hinweg. »Wir haben Aufzeichnungen über wirklich alles, was Hexen zustoßen kann. Dort muss sich doch etwas finden, das Mara helfen kann.«

»Wir gehen sofort«, sagte Tristan. »Komm!«

Ich hievte mich mühsam auf die Unterarme und blinzelte in mein Zimmer. An meinem Schreibtisch am Fenster saß eine dunkelhaarige Person. Aus meiner Perspektive sah sie in der Morgenröte aus, als würden ihre Haare in Flammen stehen.

»Wir werden etwas finden«, versprach Ela meiner Mutter und erhob sich. Sie ging zu Tristan und beide verließen mein Zimmer.

»Wie lange war ich denn k. o.?«, fragte ich und suchte nach der Wasserflasche, die sonst immer neben meinem Bett stand. Mama reichte sie mir und die Kohlensäure vertrieb den widerlichen Geschmack auf meiner Zunge.

»Es ist kurz nach sieben. Wir haben alles versucht, dich aufzuwecken, aber dein Körper hat selbst auf Elas Magie nicht angesprochen, was sehr ungewöhnlich ist, weshalb sie und Tristan nun in den Aufzeichnungen unserer Familie nach einer Lösung suchen. Es ist offensichtlich, dass du anders auf Magie reagierst als andere Hexen und sie dich krank macht. Deine Sehschwäche war nur der Beginn. Deine Initiation hat es nur schlimmer gemacht. Vielleicht …« Ich hörte sie schlucken. »Vielleicht ist an den Gerüchten über den Zwillingsfluch doch was dran, aber er …«, ihre Stimme zitterte, »betrifft nur einen Zwilling.«

Hätte sich mein Magen nicht gerade umgestülpt und meine gesamte Konzentration beansprucht, hätte ich vermutlich Angst bekommen. Doch stattdessen gab es nur den Kampf gegen die Übelkeit.

»Wir könnten deine Magie wieder fesseln«, sagte Mama dann so leise, dass ich sie kaum verstand. »Das kleine Medaillon wird nicht länger ausreichen, aber der hier«, sie hob ihre linke Hand hoch und ihr Armreif funkelte im Schein der Deckenlampe.

»Ja«, presste ich nur hervor. Ich wollte alles an Magie loswerden, keine Hexe mehr sein. Nicht, solange ich praktisch nur die negativen Seiten zu spüren bekam.

Mama holte tief Luft, dann löste sie den Verschluss des breiten Metallreifes und erneut leuchtete Magie auf, ehe sich an der Innenseite ihres Handgelenkes die Sigille abzeichnete.

»Bist du dir sicher?«, fragte sie und drehte dabei den Armreif hin und her. »Es tut weh.«

Ich war mir nicht sicher, wie viel mehr an Schmerz nötig war, um meinen Schädel endgültig zu sprengen, aber ich stimmte zu.

Warme Finger griffen nach meiner Hand und das kühle Metall legte sich um mein Handgelenk. Als ein leises Klicken ertönte und Mama den Reif losließ, sodass er in Kontakt mit meiner Haut kam, bäumte sich mein Körper auf. Wie bei Mama leuchteten meine Adern auf und Mamas leises Wimmern ging in meinem Schreien unter. Ich hatte nicht länger die Kraft, irgendwas davon zurückzuhalten. Als der Armreif das letzte Licht in sich aufgesogen hatte, ebbte der Schmerz ab.

Ich war schweißnass, fühlte mich jedoch so viel besser, dass ich mich komplett aufrichten konnte und nach meiner Brille suchte. Sehr viel brachte sie nicht, aber zumindest konnte ich auf die kurze Distanz die geröteten Augen von Mama sehen. Und rund um sie herum tanzten graue Flecken, als hätte jemand dort etwas wegretuschiert – was nicht nur an der sowieso verschwommenen Sicht rund um die Brillengläser lag. Ich schätzte, dass das alles andere als normal oder ein gutes Zeichen war, wollte Mama damit aber nicht noch zusätzlich belasten.

»Du könntest kurz duschen, dann fühlst du dich sicher besser. Ich würde dich ja mit Magie frisch machen, aber dein Körper reagiert so anders darauf.« Sie tätschelte meine Hand, die sie noch immer festhielt, ehe sie von meinem Bett aufstand. »Ich gehe schon mal zu den anderen in die Bibliothek.«

»Du kannst das Haus nicht verlassen!« Meine Stimme klang nach verängstigtem Kleinkind und wie ein solches krallte ich mich auch an der Hand meiner Mutter fest. »Was, wenn es wieder schlimmer wird?«

»Schatz, jede Wächterfamilie hat ihre eigene Bibliothek.« Mamas Mundwinkel hoben sich zu einem schmalen Lächeln.

Ich nickte, dachte dabei aber nur daran, dass sie das Bücherregal im Wohnzimmer noch nie Bibliothek genannt hatte. Es bestand größtenteils aus Mamas blutigen Thrillern und kitschigen Liebesgeschichten. Ob die nur Tarnung waren und sich darin uralte Bücher befanden? Warum hatte ich die Bücher nie aus dem Regal genommen und genauer angesehen?

Während ich über all das nachdachte, schob ich mich aus dem Bett und lief auf wackligen Beinen zu meinem Kleiderschrank. Mama beobachtete mich, befand mich dann offenbar für fit genug, um mich allein zu lassen. An meiner Zimmertür drehte sie sich noch mal kurz zu mir um: »Wenn du etwas brauchst, ruf mich einfach, okay? Ansonsten sehen wir uns gleich im Wohnzimmer.«

Frisch geduscht, fühlte ich mich tatsächlich halbwegs wie ein normaler Mensch. Die Beule an meinem Kopf war noch da, aber solange ich nicht wie beim Haarewaschen dagegenstieß, war es gut auszuhalten. In bequemen Leggins und T-Shirt stieg ich die Treppe hinab. Je weiter ich nach unten ging, desto stärker richteten sich die Härchen auf meinen Unterarmen auf. Beim offenen Durchgang zum Wohnzimmer wurden aus dem sanften Prickeln dann einzelne Nadelstiche. Nicht zum Davonlaufen schmerzhaft, aber definitiv an der Grenze zu unangenehm.

Unangenehm wie die Tatsache, dass Mama mich offenbar angelogen hatte. Denn im Raum war niemand. Mir gegenüber stand der kleine Schreibtisch samt Stuhl, direkt daneben der Dreisitzer-Teil des Ecksofas unter den Fenstern, der kurze Schenkel der Couch führte an der Wand entlang weiter zur den Fenstern gegenüberliegenden Seite, die komplett von der Schrankwand mit Fernseher und Büchern eingenommen wurde – aber keine einzige Person. Ich rieb mir über die Arme, um den Nadelstichen etwas entgegenzuwirken, ehe ich ein lautes »Mama?« durchs Erdgeschoss rief und mich wieder in Richtung Flur wandte.

»Oh, du bist fertig«, antwortete ihre Stimme hinter mir im Wohnzimmer und mein Herz blieb kurz stehen. »Ich habe dich gar nicht runterkommen gehört.«

Ich drehte mich blitzschnell um und da stand meine Mutter, mitten in der Schrankwand. Da war kein freies Fach oder eine Geheimtür im Regal wie in Filmen, nein. Sie stand einfach mittendrin, ihr Kopf steckte in einem der langen Regalbretter aus hellem Ahornholz mit Büchern, direkt neben ihrer Taille erkannte ich noch die halbe Vase mit einem der dekorativen Trockenblumensträuße, die nahtlos in sie überzugehen schien.

»Komm mit. Endlich kann ich dir zeigen, welchen Schatz unsere Familie seit Jahrhunderten hütet! Jetzt, wo das Regal dich als Hexe erkennt, kannst du eintreten.« Sie lächelte mich an, drehte sich dann um hundertachtzig Grad und wurde anschließend von Büchern, Trockenblumen und weiterem Dekokram verschluckt.

Ich ging langsam auf die Schrankwand zu, von der ich geglaubt hatte, jede Maserung, jede Schramme, jede Einkerbung zu kennen. Mein Leben lang hatte ich in diesem Haus gewohnt, hatte auf der Couch an der Wand gegenüber gesessen und Stunden mit Fernsehen verbracht, hatte immer mal wieder Mamas Bücher durchstöbert, war mit den Fingern über die Buchrücken gefahren, um zu gucken, ob sie endlich mal einen guten Geschmack zeigen würde und etwas für mich dabei wäre ... Sie hatte mich sogar oft zum Staubwischen des Regals verdonnert! Dabei war all das – ich tastete gerade nach dem größten Trockenblumenstrauß und meine Hand glitt hindurch – nur ein magisches Hologramm?

Meine Fingerspitzen kribbelten und ein ganz schwaches Leuchten breitete sich aus – das leider wieder die offensichtliche Abneigung meines Körpers gegen Magie zum Vorschein brachte und meine Schläfen pochen ließ, ehe Mamas Armreif sie absaugte wie ein Zahnarzt die störende Spucke. War das die Hexenprüfung des Regals gewesen? Schnell schob ich meinen Arm komplett hinein, machte einen Schritt nach vorne und stieß dabei gegen den Fernseher, der ins Wanken geriet. Ich packte ihn und hielt ihn davon ab, sich in den Tod zu stürzen, als mir Tristan von irgendwo jenseits der Schrankwand zubrüllte: »Pass auf den Fernseher auf, die Portalmagie wirkt nicht auf Technik!«

»Danke für die frühzeitige Warnung!«, rief ich dem Regal zu, ehe ich *neben* dem Fernseher komplett in die Schrankwand tauchte.

~ 20 ~

MARA

Selbst wenn meine Kopfschmerzen wieder so stark geworden wären wie heute Morgen, hätte ich sie vermutlich nicht beachtet. Denn was hinter der massiven Schrankwand aus Ahornholz lag, hätte jeden wirklich alles vergessen lassen. Im einen Moment stand ich noch in unserem Wohnzimmer, die Nase erschreckend nah an den eingestaubten Trockenblumen, im nächsten – noch ehe der Staub einen Niesreiz auslöste – befand ich mich in einer an ein gigantisches Kirchenschiff erinnernden Höhle. Sie bestand aus mehreren offenen Galerien, die ein Loch in der Höhlendecke hoch über mir einrahmten. Das einfallende Tageslicht tanzte über Tausende Bücher und andere Schätze in den etlichen steinernen Grotten an den Wänden und brachte die Metalladern im helleren Gestein zum Funkeln. Keine einzige der unzähligen Etagen besaß ein Geländer oder eine sonstige Absturzsicherung. Ein Albtraum für Akrophobiker.

Je weiter ich in den Raum ging, das Atrium dieser schrägen Bibliothek betrat und näher an die ersten steinernen Grotten gelangte, desto stickiger wurde die Luft. Offenbar reichte das kleine Stück Himmel, das ich nun sehen konnte, nicht zur ausreichenden Belüftung. Zum Glück roch es aber auch nicht so feucht und modrig, wie ich es von den Höhlenwanderungen mit der Schule auf der Schwäbischen Alb kannte.

In den ersten dunkelgrauen Abteilen standen zig Bücher und eine Ansammlung von … Ich musste näher rangehen, um den Berg weißer Gegenstände zu erkennen, und wich hastig zurück. Knochen! Da lagen direkt neben in Leder gebundenen Büchern mit unlesbaren Buchrücken große und kleine Knochen und sogar ein Schädel!

Offenbar hatte ich einen peinlichen Laut ausgestoßen, denn Tristans Lachen hallte durch die Höhle. Es war unmöglich, seinen Standpunkt zu orten.

Doch da tauchte sein blonder Schopf bereits am Rand einer der unteren Galerien auf und er winkte mir zu, tänzelte dabei an der Kante herum. Mir sackte das Herz in den Magen. Gab es so etwas wie Fremdschämen auch bei Höhenangst? Fremdphobien?

»Idiot!«, rief ich dann nur in seine Richtung, woraufhin meine Mutter ein »Mara!« zischte, ehe sie aus einer anderen, schmaleren Einbuchtung trat. Ich erkannte gerade noch so die unregelmäßigen steinernen Stufen, die hinter ihr begannen und nach oben führten.

»Willkommen in der Bibliothek der Wächter!«, sagte meine Mutter nicht ohne eine große Portion Stolz in der Stimme und deutete mit einer ausladenden Geste auf die Höhle. »Meine Großmutter hat immer gesagt, dass hier drin die Antwort auf jede meiner Fragen und die Lösung für jedes Problem auf mich warteten.« Ihr Blick verharrte lange auf mir und ihr Lächeln verblasste.

»Und wo fangen wir an zu suchen?«, fragte ich, erschlagen von der Größe der Bibliothek und der Masse an Möglichkeiten, ein Heilmittel für was auch immer mein Körper gegen Magie hatte zu finden.

»Hexen folgen immer ihrer Intuition. Also lass dich einfach treiben, dein Gespür führt dich früher oder später dorthin, wo du sein sollst.«

Es klang einfach, aber …

Ich legte meinen Kopf in den Nacken. »Ich bin mir nicht sicher, ob ich Höhenangst habe oder nur Angst davor, über ungesicherte Steinkanten zu fallen.«

»Wegen Letzterem brauchst du dir keine Sorgen zu machen. Tristan, komm mal näher.«

Tristan kam direkt wieder direkt an die Kante hoch über uns und machte noch einen weiteren Schritt.

Mein lautes »Nein!« gellte nach oben, wo Tristan gerade über das Nichts lief, anstatt über die ungesicherte Kante zu stürzen und sich das Genick zu brechen.

»Die Bibliothek besteht aus vielen geschlossenen Etagen übereinander. Ein Zauber sorgt dafür, dass das Licht durch jede einzelne hindurch bis nach unten dringt, ebenso wie durch Fels und Erde über uns.« Meine Mutter legte den Kopf in den Nacken und verfolgte Tristan, der nun auf der anderen Seite der Galerie angekommen war. »Der Zauber lässt aber nur Licht durch, keine Luft, weshalb es hier auch etwas stickig ist.«

»Sind wir noch in Falkhausen?«, war mein erster Gedanke.

»Natürlich. Wenn du auf der Rasenfläche hinter dem Haus sitzt, sehe ich das von hier aus.« Sie deutete mit dem

Finger auf das große leuchtende Rechteck über uns, das vermutlich der Fläche unseres Gartens entsprach. Und sie lächelte, als erinnerte sie sich gerade an einen solchen Moment.

»Deshalb durfte ich dort nie einen Baum pflanzen oder ein Schwimmbecken aufstellen«, grummelte ich. Aber die Wahrheit hätte ich vermutlich noch weniger akzeptiert als Mamas Begründung, dass der Rasen sonst nicht genügend Licht bekomme. »Wir können hier keinen Baum pflanzen, sonst kann ich in meiner geheimen magischen Bibliothek hinter der Schrankwand nicht genug sehen.« Ich kicherte bei der Vorstellung und Mama sah mich mit geneigtem Kopf an. Vermutlich dachte sie, ich würde gleich überschnappen.

Sie schob mich zur Treppe und legte eine Hand auf meine Schulter.

»Schließ am besten die Augen, konzentrier dich auf das Problem, auf die Frage, dann folge deiner Intuition.« Ich war noch nie so oft aufgefordert worden, mich zu konzentrieren, wie in den letzten vierundzwanzig Stunden. Aber ich versuchte es trotzdem, dachte an das zumindest im Moment gut auszuhaltende Pochen hinter meinen Schläfen und machte einen Schritt nach vorne. Mamas Hand glitt von meiner Schulter, als ich den Sockel erreichte und mich vorsichtig mit geschlossenen Augen vorantastete. Ich stieg eine Treppenstufe nach der anderen nach oben, spürte aber absolut nichts. Dann kamen die Zweifel wie kurz nach dem Aufstehen. Ich, oder besser gesagt meine fehlende Konzentration, war das Problem. Ich dachte an zu viele andere Dinge. Ich versuchte, die ablenkenden Gedanken einzufangen. Da kreiste beispielsweise gerade die Überlegung durch meinen Kopf, wie Magie das Gestein durchsichtig machen konnte und ob es dadurch noch ebenso fest war wie Gestein oder eher brüchig wie Glas. Die Gedanken sprangen weiter und ich fragte mich, ob es auf elementarer Ebene nun eher Glas oder Gestein entsprach oder Magie etwas vollkommen Neues hervorbrachte. Ganz ehrlich, ich hatte nicht erwartet, dass ich in Chemie doch so viel von Herrn Brenners einschläfernden Vorträgen behalten hatte. Es war schwer, sich auf etwas zu konzentrieren, das man nicht greifen konnte, auf nur einen dieser zig Gedanken in meinem Kopf. Ich bemühte mich, sagte stumm immer wieder vor mich hin, dass ich eine Lösung für meine … Magie-Unverträglichkeit finden musste – doch sobald ich mit dem Mantra aufhörte, huschte schon eine neue Theorie in meinen Kopf. Es war zum Verrücktwerden – wenn ich das nicht schon war.

Auf der siebten oder achten Stufe spürte ich dann tatsächlich einen Ruck, als hätte man eine Schaukel mitten im Schwung angehalten.

»Das ist es«, flüsterte Mama ganz nah an meinem Ohr. Sie musste mir vollkommen geräuschlos gefolgt sein – oder ich hatte sie unter all dem Still-vor-mich-hin-Murmeln nicht gehört. »Du kannst die Augen nun öffnen und ich lass dich allein, damit ich dich nicht ablenke. Halte an dem Gefühl fest, folge ihm und lass dich leiten.«

Hier im Treppenhaus der Bibliothek war es stockdunkel, da hätte ich die Lider ebenso gut geschlossen lassen können. Aber wenigstens erhellte das einfallende Licht den Treppenabsatz der ersten Etage über mir ein wenig und so arbeitete ich mich darauf zu. Ich wollte schon aus der Treppenhöhle treten, da hielt mich wieder etwas zurück. Kein so starker

Ruck wie zuvor, aber ein sanftes Ziehen irgendwo in der Bauchgegend wie eine flatternde Berührung. Ich musste der Treppe weiter nach oben folgen. Also lief ich immer weiter, bis ich schon gar nicht mehr wusste, wie viele Etagen ich schon erklommen hatte. Dem Brennen in meinen Oberschenkeln nach zu viele.

Dann endlich durfte ich aus dem Treppenhaus treten. Mit langsamen Schritten ging ich die Regale entlang und spürte tatsächlich irgendwann ein weiteres sanftes Ziehen, das mich sofort anhalten ließ.

Im Regal auf Höhe meiner Augen standen zig eingestaubte verkorkte Flakons in verschiedenen Größen, tönerne Tiegel, deren Korken offenbar mit Wachs versiegelt waren, und … vor ein paar alten Wälzern eine graue Katze, die mich zu Tode erschreckte, als sie die Augen öffnete.

»Da ist eine Katze!«, rief ich so laut, dass mich alle hören mussten. Das Echo warf das Wort Katze noch etliche Male im Gewölbe umher.

Es war Mama, die mit erschreckender Gelassenheit in der Stimme antwortete: »Das ist Kringel, die Katze der Meissners von nebenan. Sie kommt ständig hierher.« Ihre Stimme hallte von allen Seiten wider, sodass ich nicht sagen konnte, ob sie über oder unter mir war.

»Die Katze der Meissners weiß von unserer verborgenen und streng geheimen Hexenbibliothek?« Meine Stimme klang etwas hysterisch und durchgeknallt. So hörte es sich zumindest für mich an, als die Worte von den Höhlenwänden zu mir zurückgeworfen wurden.

»Sie ist eine Katze. Die haben seit jeher ein besonderes Verhältnis zur Magie und können verborgene Pfade aufspüren, über die auch Kringel hier reinkommt«, erwiderte Mama, als wäre es Allgemeinwissen, während ich mir ein Blickduell mit Kringel lieferte, die nicht amüsiert darüber schien, dass ich sie hier störte. Aber das Ziehen hatte mich hierhergeführt, und ob es der Katze passte oder nicht, ich musste wissen, was in den Büchern stand, vor denen sie sich ihren Schlafplatz gesucht hatte. Im Stein neben dem buschigen Schwanz waren etliche Kratzer, die, wenn man lange genug draufstarrte – wie auf Wolkenberge, weil man etwas darin erkennen *wollte* –, an einen unfertigen, deformierten Stern erinnerten.

Ich streckte einen Arm in Kringels Richtung aus, die mich daraufhin anfauchte, das Fell sträubte und dabei einen Geruch nach Maiglöckchen verströmte, als hätte sie sich in ihnen gewälzt. Wäre Kringel dazu in der Lage, würde sie vermutlich auch Feuer spucken. Sie hütete die Bücher wie einen Drachenschatz. Ich griff trotzdem über sie hinweg nach dem dicksten Wälzer, zog ihn begleitet von einem Fauchen aus dem Regal und hätte ihn beinahe fallen lassen – und mir vermutlich damit den Fuß gebrochen! –, als plötzlich jemand direkt hinter mir stand.

»Hast du etwas gefunden?«, fragte meine Mutter und Kringels miese Stimmung richtete sich nun mit einem weiteren Fauchen gegen sie.

»Das Ziehen in meinem Bauch hat mich hierher geführt.«

Mama starrte erst Kringel nieder, dann fuhr sie mit den Händen die Buchrücken neben der Katze entlang und sie pustete den Staub von den Fläschchen und Tiegeln daneben. Kringel sprang auf und ihre Krallen kratzten über den Stein, bis sie sich wenige Zentimeter weiter links wieder zusammenrollte. Offenbar tat sie das nicht zum ersten Mal, denn auch rund um ihren neuen Schlafplatz waren überall die gleichen Rillen im Stein wie an der Wand daneben.

»Ich hatte dich doch gebeten, Staub zu wischen.« Mama sah mich unter gesenkten Augenbrauen hervor an und pustete dann erneut auf ein verkorktes Gläschen, damit sie das handgeschriebene Etikett lesen konnte.

»Wie kommst du gerade jetzt darauf?« Bekam Mama die Luft hier unten nicht, oder was? »Ich habe Staub gewischt«, log ich schnell, weil ich ihr nicht sagen wollte, dass ich mich gedrückt hatte und trotz gähnender Langweile zig andere Dinge gefunden hatte, mit denen ich mir die Zeit besser hatte vertreiben können.

»Offenbar nicht hinter den Sachen in der Schrankwand, wie ich dich gebeten hatte.« Sie sah über ihre Schulter zu mir, in ihrem Gesicht lag tatsächlich Enttäuschung.

»Ernsthaft? Kein Mensch räumt jede Woche das ganze Regal aus, um jedes kleine Staubkorn zu erwischen.« Da war ich mir ziemlich sicher.

»Du solltest es aber.« Mama strich mit ihrem Finger über den Boden der Steinwabe und zeigte mir ihre nun graue Fingerspitze. »Sonst ist es hier unten nämlich furchtbar staubig. Aber egal jetzt, auf was hast du dich konzentriert? Diese Abteilung der Bibliothek scheint mir nicht die richtige zu sein.«

»Ich wollte den Kopfschmerz loswerden«, überlegte ich laut und rieb wie zur Erinnerung meine Schläfe. Aber ich hatte auch wissen wollen, wie es möglich war, durch Stein zu sehen, oder ob ein Zauber sich auf die elementare Ebene auswirkte. Vielleicht stand die Antwort darauf ja in den Büchern. Verdammt!

Mein Hals war von all dem Staub inzwischen entsetzlich trocken und ich hatte Durst.

»Aber der ist doch nur das Symptom. Wir müssen nach dem Zwillingsfluch suchen! Da er dich direkt betrifft, hast du bessere Chancen, die Antwort zu finden, als ich.« Sie sah noch einmal auf das Gläschen in ihrer Hand, dann auf die anderen Utensilien im Abteil und runzelte anschließend die Stirn. »Kopfschmerz, sagtest du?«

»Ja, wieso?«

»Weil diese Sachen hier nichts mit Schmerzbehandlung zu tun haben.«

»Sondern?«

Mama stellte das Gläschen zurück und griff nach einem winzigen Tiegel, rieb mit dem Finger über das vergilbte Etikett und schüttelte langsam den Kopf. »Das hier sind Gifte und in den Büchern stehen vermutlich die dazugehörigen Verwünschungen – also das Gegenteil von Heilung.«

»Könnte es sein, dass etwas über den Zwillingsfluch dort drinsteht?«

»Ich glaube nicht«, erwiderte Mama, stellte dann aber den Tiegel zurück ins Regal, ließ ihre Sigille aufleuchten und tippte anschließend mit geschlossenen Augen das Buch in meiner Hand an. Vom Punkt ihrer Berührung aus breiteten sich kreisförmige blaue Wellen aus, die ins Buch einsickerten, ehe ein leuchtender Springbrunnen aus Buchstaben daraus hervorschoss, in den meine Mutter nun den Finger hielt. Die Buchstaben prasselten auf ihre Haut und spritzten bis auf ihren Handrücken. Wie früher, wenn es Buchstabensuppe gegeben hatte, versuchte ich, aus den verstreuten Buchstaben Wörter zu bilden. Als der Buchstabenspringbrunnen versiegte, zog Mama ihren Finger zurück und schüttelte den Kopf.

»Kein Zwillingsfluch.«

Sie wiederholte den Buchstabenspringbrunnen, indem sie nacheinander die Rücken der anderen fünf Bücher antippte, ganz vorsichtig an der obersten Kante, um Kringel nicht zu stören. Doch sie kam zu demselben Ergebnis.

»Wieso machst du das nicht einfach bei allen Büchern?«, fragte ich sie das Offensichtliche.

»Dann würde mein Kopf vermutlich platzen. Es ist zwar Magie, mit der ich *lese*, aber mein Kopf muss die Texte dennoch so verarbeiten wie beim gewöhnlichen Lesen.« Sie blinzelte müde und jetzt erkannte ich erst, dass sie innerhalb der letzten Minuten wirklich bleich geworden war. Es hatte sie wahnsinnig angestrengt. Ich sah um mich herum auf die zigtausend Bücher, die hier in ihren steinernen Abteilen standen, und mochte mir gar nicht ausmalen, wie sehr ein Gehirn anschwellen musste, wenn man sie alle lesen wollte. Automatisch hatte ich Cartoonfiguren vor meinem inneren Auge, denen mit einem Knall der Kopf explodierte und die dabei unrealistischerweise keinerlei Gehirnmasse verteilten.

»Probier es noch mal mit deiner Intuition«, sagte Mama und ich kam der Bitte nach, wiederholte meinen Wunsch nach einer Lösung wie ein Mantra, während Mama noch weiter in den Büchern hinter Kringel *las*. Dann folgte ich wieder dem Ziehen in meinem Bauch und landete ein paar Etagen tiefer vor einem steinernen Abteil, in das winzige Bücher gestapelt waren, die den Notizbüchern glichen, an denen ich in unserer Buchhandlung nie vorbeikam, ohne sie in der Auslage des Drehständers zu begutachten. Kein einziges Staubkorn lag in diesem Abteil und doch strahlten die Bücher etwas aus, das mich ehrfürchtig werden ließ, weil ich das Gefühl hatte, dass sie seit Ewigkeiten niemand mehr berührt hatte. Ich zog eins der Bücher hervor. Mein Herz schlug schneller und ich klappte es auf.

Es war ein Tagebuch. Das Tagebuch einer Hortensia Rothschild, das durch die fein säuberlich aneinandergereihten Buchstaben wie gedruckt wirkte. Leider in altdeutscher Schrift, sodass es im ersten Moment gar nicht wie Deutsch aussah. Ich las den ersten Eintrag wie in der Grundschule Wort für Wort, weil er verdammt schwierig zu lesen war, und das nicht nur, weil jedes kleine S wie ein F ohne Strich aussah.

Ich keuchte auf, als ich über die ersten Namen stolperte. »Adela Mescinia« und »Tristan Rothschild Atwood«. Mein Blick huschte zur Datumsangabe, doch dort stand nichts als *Beginn 21. Jahrhundert.*

»Tristan! Ela!«, rief ich und meine Stimme hallte schrill durch die Bibliothek, kam von allen Seiten zu mir zurück, als brüllten mir etliche Stimmen die beiden Namen entgegen. Ich erschauderte. »Kommt bitte mal!«

So schnell es in dieser doofen Schrift möglich war, las ich etwas von »Walpurgisritual«, von dem »fehlenden Ritualpartner« und einem »Angriff von Dunkelhexen«. Alles war völlig unzusammenhängend geschrieben, als hätte man direkt in einen Kopf gegriffen und jeden aufblitzenden Gedanken direkt aufs Papier gebannt.

Die Datierung der nächsten Seite lautete *Ende 16. Jahrhundert.* Wie konnte dieser Eintrag so weit vor dem anderen liegen? Inzwischen hatte ich mich an die Schrift gewöhnt und meine Augen flogen immer schneller über die Zeilen.

Das Wetter kühlt weiter ab. Missernten folgen und die Menschen suchen Schuldige. Sie werden brennen. Unschuldige wie auch Hexen. Kein Wächter wird sie schützen können. Es wird unmöglich sein.

Mama kam vom Durchgang her zu mir, nahm mir das Buch aus der Hand, klappte es zu und musterte ausgiebig den Einband. »Hortensias Tagebücher«, murmelte sie gedankenverloren.

»Sollte ich sie kennen?«, fragte ich und wollte mir das Buch gerade wieder schnappen, als Tristan und Ela bei uns ankamen.

»Habt ihr etwas gefunden?«, fragte Tristan.

»Ein altes Tagebuch«, antwortete ich und fügte dann hinzu: »In dem *ihr* auftaucht.« Ich sah von ihm zu Ela, die ihre Stirn in Falten legte und fragte:

»Wer hat es verfasst?« Das war ernsthaft ihre erste Frage, wenn sie erfuhr, dass ihr Name in einem uralten Buch stand?

»Hortensia Rothschild. Eine überaus begabte Seherin. Vermutlich die begabteste überhaupt. Sie hat im 15. Jahrhundert gelebt«, erklärte meine Mutter. »Sie galt außerhalb unserer Familie als verrückt. Nachdem sie von Michel de Nostredame, den sie während dessen Wanderjahre kennengelernt hatte, verlassen wurde, steigerte sie sich immer mehr in ihre Visionen hinein. Michel war von ihrer Gabe so fasziniert, dass er Gedichte und Prosatexte über ihre Visionen geschrieben hat, die ihn schon zu seinen Lebzeiten berühmt gemacht haben. Der arme Michel konnte sich nur leider keine Daten merken.«

»Unsere … Ahnin war die Quelle von Nostradamus' Prophezeiungen?«, quietschte ich. Es hatte eine Zeit gegeben, in der ich vollkommen fasziniert von diesem Mann gewesen war und daran hatte glauben wollen, dass er tatsächlich in die Zukunft blicken konnte. Dabei hatte er all das Wissen von meiner Ahnin geklaut und ich hätte statt in die Stadtbücherei nur durch die Schrankwand gehen müssen, um die Wahrheit zu erfahren.

»Nachdem Michel Hortensia verlassen hatte, wurde ihr Geist immer verwirrter, sie hat sich Tränke gemischt und getrunken, was sie irgendwann getötet hat. In den Jahren bis zu ihrem Tod hat sie jedoch noch sehr viele Visionen notiert.« Mama deutete auf die schier endlosen Reihen fast identischer Tagebücher. »Vielleicht steckt in ihnen ja wirklich die Antwort auf den Fluch.«

In ihrem Gesicht stand jedoch eher tiefe Skepsis als Hoffnung. Sie hielt das Tagebuch, in dem ich gelesen hatte, noch immer in der Hand und ich nahm es ihr ab, blätterte bis zur Seite über Tristan und Ela und reichte es den beiden.

Ela las den Text und ihre Augen weiteten sich vor Erstaunen. »Hätten wir das Tagebuch bereits vor ein paar Wochen gehabt, wäre das Walpurgisritual ganz anders verlaufen.« Sie sah Tristan lange in die Augen, dann wandte sie sich an meine Mutter. »Keiner der Auguren konnte den Ritualpartner ausmachen, aber eure Ahnin kannte sogar unsere vollen Namen.« Sie blätterte weiter, schüttelte dann voller Unglauben den Kopf. »Vielleicht liegt es daran, dass sie die Visionen bereits lange vor unserer Geburt, vielleicht sogar vor der Existenz der Dunkelhexen hatte«, überlegte sie laut. »Hätte man sie zur Augurin bestimmt, wäre die Welt der Hexen heute eine andere. Sie hat sogar den *Hexenhammer* vorausgesagt!« Sie deutete auf eine Seite. »Das war im 16. Jahrhundert praktisch die Anleitung für alle Henker zur Hexenenttarnung.«

Mama nickte und fügte düster hinzu: »Und dennoch konnte ihn niemand verhindern. Der Hexenhammer hat etliche Einzelgängerfamilien ausgerottet. Es gab entsetzlich viele Tote.«

Ela blätterte weiter, ihre Augen huschten über die Seiten. Dann gab sie das Lesen auf, wirkte den Lesezauber, den auch Mama benutzt hatte, und hielt ihre Hand unter die prasselnden Buchstaben. Ich konnte mich an dieser Magie kaum sattsehen. Mit einem leisen Keuchen stob das Leuchten davon und Ela blätterte hastig durch einige Seiten am Ende des Buches. »Ein weiterer Eintrag, der auf ›Beginn 21. Jahrhundert‹ datiert ist«, sagte sie dann, ehe sie den Blick senkte und auf herkömmliche Weise las. Ihre Brauen zogen sich dabei immer weiter zusammen.

»Was ist?«, fragte ich ungeduldig. Altdeutsch über Kopf zu lesen, war schier unmöglich.

»Hier steht: Jung, der Macht beraubt, in Dunkelheit gefangen. Wahres Sehen bringt Sanation.«

Stille legte sich zwischen uns wie der Staub auf die Regale.

Ich war die Erste, die mit einem geistreichen »Häh?« die Stille durchbrach.

Ela las den Absatz noch einmal vor, aber die Aussage wurde dadurch kein bisschen klarer.

»Gibt es vielleicht Fußnoten dazu?«, fragte Tristan. »Um wen geht es überhaupt?«

»Auf den letzten Seiten stand nirgendwo mehr ein Name.« Sie wandte sich an mich. »Aber da dich deine Intuition zu diesem Buch geführt hat, muss es mit deinem … Problem zu tun haben. Vielleicht sollten wir Sebastien herbitten.« Fragend sah sie zu Tristan, aber Mama ging sofort dazwischen.

»Wir können niemanden in unser Geheimnis einweihen! Die Rothschilds …«

»Es geht um Maras Gesundheit, vielleicht sogar um ihr Überleben!« Tristan hatte noch nie die Stimme gegenüber meiner … unserer Mutter erhoben. Seine Sorge um mich wärmte meine Brust. Dennoch zögerte Mama, ehe sie fragte, wer dieser Sebastien sei.

»Er ist mein Cousin. Sebastien de Beauvais.«

Ich verfolgte, wie Ela ausführlich ihre Finger musterte, sodass ich erst auf Mamas Reaktion achtete, als sie einen schrillen Laut ausstieß. Ihr Gesicht war kreidebleich.

»Du willst einen *Augur* herrufen?« Ihre Stimme kippte.

»Er ist mein Cousin, ein äußerst talentierter Hexer, der mir …«

Mama schnitt ihr das Wort ab. »Er ist ein Augur, eine Geisel des Rates. Die Rothschilds haben sich von ihnen ferngehalten, selbst als wir noch offen Magie praktiziert haben.«

Offensichtlich mochte meine Familie den Rat ganz und gar nicht. Ich folgte dem Austausch zwischen Mama und Ela wie dem Ball bei einem Volleyballmatch. Sie standen sich ebenso selbstsicher gegenüber wie die Kontrahenten auf dem Court.

»Auguren stehen über dem Rat«, presste Ela hervor, aber ihrem vorgeschobenen Unterkiefer nach zu urteilen, war das eher ein aufgesagter Spruch als ihre Überzeugung. »Und für Sebastien geht die Familie über seine Bestimmung.«

Mama war nicht überzeugt.

»Er hat Ela immer geholfen. Er war es, der ihr von der Prophezeiung erzählt hat, dass sie beim Ritual sterben sollte. Ihre Eltern wollten sie im Dunkeln darüber lassen und der Rat hat einen *Ban*, den mächtigsten Zauber für Stillschweigen, über die offizielle Vision gewirkt.« Tristan klang so anders als früher. Er strahlte eine Überzeugung aus, die ich nicht von ihm kannte – und doch erkannte ich, dass er die Erklärung nur für mich einfügte. Die Jahre unter seinen Stiefgeschwistern und dieser bösen Hexe Carina – wie recht ich mit meiner Beschimpfung doch immer gehabt hatte! – hatten ihn kleingehalten. Ela hatte etwas in ihm hervorgerufen, ihn verändert. Schon bei ihrer Ankunft. Obwohl da noch gar nichts Magisches gelaufen sein konnte.

Erst dann sickerten die Worte in mein Hirn. »Ela hätte sterben sollen?«

Sie nickte bekümmert. »Dunkelhexen haben das Ritual sabotiert. Nur hat keiner geahnt, dass meine eigene Schwester eine von ihnen ist.« Dann schüttelte sie den Kopf, vermutlich, um den Gedanken zu vertreiben, und ihre Haare flogen hin und her. »Aber das ist vorbei. Wichtig ist jetzt, dass wir etwas finden, das dich heilt, und mein Bauchgefühl sagt mir, dass wir nur diese wirren Zeilen hier richtig deuten müssen. Und wenn es um Visionen geht, ist ein Augur der allerbeste Ansprechpartner – ein verschwiegener Augur, der euer Familiengeheimnis bewahren wird«, fügte sie an Mama gewandt hinzu.

»Warum?«, fragte ich nach dem, was offenbar für alle

anderen klar war. »Sind Auguren irgendwie … Experten in Sachen Visionen?«

»Auguren sind die Propheten der Hexenwelt. Sie haben eine besondere Gabe, sie können in die Zukunft sehen und auch ihnen erschließt sich das, was sie aufschnappen, nicht immer direkt«, erklärte mir Ela.

»Du vertraust ihm?«, fragte meine Mutter und betrachtete Ela dabei, als könnte sie in ihrem Gesicht die Wahrheit erkennen. Moment! Konnte sie das etwa? Hatte sie deshalb jede Lüge über verschwundene Süßigkeiten aus ihrem nicht sehr geheimen Geheimvorrat in der Schreibtischschublade durchschaut?

»Ich würde ihm mein Leben anvertrauen«, antwortete Ela, ohne mit der Wimper zu zucken.

Mama war nicht wirklich zufrieden, nickte jedoch langsam.

Ela stieß ihren Atem genauso langsam aus, als hätte sie einen Kampf gewonnen. Tristan griff nach ihrer Hand und wie durch Magie hoben sich Elas Mundwinkel zu einem zarten Lächeln.

Mama betrachtete die unendlichen Regalfächer der Bibliothek und atmete tief durch. »Nehmt das Buch mit nach draußen. Dann ruf deinen Cousin an. Ich hoffe, du täuschst dich nicht in ihm.«

Dann ging sie davon.

~ 21 ~

MARA

Sebastien de Beauvais entsprach zumindest bei seiner Kleiderwahl so ziemlich meiner Vorstellung von einem Hexer. Es war so unwirklich, einen jungen – durchaus ansehnlichen – dunkelhaarigen Typen in dunkelblauem Umhang auf unserem beigefarbenen Sofa sitzen zu haben, dass ich ihn immer wieder anstarrte.

Tristan hieb mir mehr als einmal den Ellbogen in die Seite. Und doch starrte ich immer wieder den jungen Mann mit den dunklen Haaren in der Länge seines Dreitagebartes an, der in seiner Robe auf mich wie ein Mönch wirkte. Er strahlte auch dieselbe innere Ruhe aus wie unsere Religionslehrerin am Gymnasium, Schwester Chlodwiga aus dem Falkhausener Kloster.

Allein Sebastiens Anwesenheit belebte die blockierte Magie in meinen Adern. Wann immer er mich direkt ansah, während ihm Mama, Ela und Tristan über alles Bericht erstatteten, was sie über meine Erkrankung wussten, prickelte meine Haut auf äußerst unangenehme Weise und das leichte Pochen in meinem Schädel wurde wieder zu einem Hämmern.

»Woher habt ihr dieses Buch überhaupt?«, fragte Sebastien, nachdem Ela die mysteriösen Zeilen vorgelesen hatte.

Sofort sah sie zu meiner Mutter, die daraufhin resigniert auf dem Sofa zurücksank und Ela bedeutete, dass sie die ganze Wahrheit über die Rothschilds erzählen durfte.

»Wächter?«, fragte auch Sebastien mit einem Einhornsichtungsblick, der so überhaupt nicht zu seinem bisher vollkommen neutralen Verhalten passte. Das Wort löste offenbar selbst bei den reserviertesten Personen Unglauben aus.

Mama nickte. »Mara hat es in der Wächterbibliothek entdeckt, nachdem sie ihrer Intuition gefolgt ist.«

Sebastien starrte meine Mutter noch immer mit halb offenem Mund an. Vermutlich dachte er an all das, was Ela mir erzählt hatte. Dass Wächter schneller reagierten als der Rat, was Mama inzwischen damit begründet hatte, dass es eine Notruf-Sigille unter allen Einzelgängerhexen gab, die sich nicht an einen Zirkel wenden konnten. Dann blinzelte er, strich über das alte Tagebuch wie über die Haut einer Geliebten und bedachte es mit ebenso verliebtem Blick. Es war verrückt. Mein Leben war total verrückt geworden.

»Sanation ist ein altes Wort für Heilung«, sagte er dann und ich konnte mir ein Schnauben nicht verkneifen. Ebenso wenig wie die Worte: »Das haben wir auch ohne Augur herausgefunden.«

Ich lehnte mich nun auch zurück und verschränkte die Arme vor der Brust. So beeindruckt ich auch im ersten Moment von seiner Erscheinung gewesen war, inzwischen kristallisierte sich deutlich heraus, dass auch ein Augur nicht mehr wusste als wir.

Tristans Ellbogen landete wieder in meinen Rippen. Aber

wenn ich das richtig erkannte, schmunzelte Sebastien. Wenigstens hatten nicht alle ihren Humor verloren.

»Deine Heilung muss mit deinem Sehproblem zusammenhängen. Wie ist denn die Diagnose der Ärzte? Habt ihr eine magische Operation ihrer Hornhautverkrümmung in Erwägung gezogen? Es ist bei Heilern ein alltäglicher und unkomplizierter Zauber, schneller und effektiver als das Lasern bei Menschen.«

»Wie bitte?«, fragte ich, meine Worte gingen aber in Mamas fachlicherer Antwort unter.

»Sie hat keine Hornhautverkrümmung. Die Ärzte konnten nie etwas ausmessen, wir mussten uns schon damals nach dem Trainingscamp auf Maras Aussage beim Sehtest verlassen.«

»Was für ein Trainingscamp?«, wollte Sebastien wissen.

»Ein Ausflug mit dem Volleyballteam, dem ich nie hätte zustimmen sollen. Mara hat dort ihr Medaillon mit dem Hämatit verloren und erst am nächsten Tag zurückbekommen. Seit damals trägt sie eine Brille.«

»Und seit dem Unfall ist deine Sehkraft wieder schlechter geworden?«, hakte der Augur nach.

Ich nickte. »Auch der Augenarzt Dr. Räthe hat gesagt, dass es durchaus sein könne, dass man nach einem Trauma schlechter sehe.«

»Oder es liegt an der Magie, mit der Christoph Brand sie gerettet hat«, sagte Mama. Ich beobachtete gerade, wie Tristan nach Elas Hand griff, weil sie selbst für mich eine gewisse Unruhe ausstrahlte. Warum rutschte sie die ganze Zeit so nervös auf der Couch herum?

»Es liegt nicht an der Magie von außen«, begann Ela

dann und schluckte, während sich alle Blicke auf sie richteten. Sie schob sich ihre langen dunklen Haare über die Schultern und sah mich dann direkt an. »Ich habe dir im Krankenhaus mit Magie verstärkte Medizin gegeben, damit es dir schnell wieder besser geht.«

»Ich hatte solche Angst um dich«, sprang Tristan ihr zur Seite, »und habe zugestimmt, dass Ela dich heilt. Ich hätte alles getan, damit es dir besser geht und du aufwachst. Auch wenn mir damals noch jede Hexerei zuwider war.«

»Ich kann nicht fassen, dass du …«, begann Mama, ihr Gesicht war fast so weiß wie der Putz an der Wand hinter ihr.

»Bisher habe ich keinen Zusammenhang gesehen«, gestand Ela dann. »Aber wenn der Verlust des Hämatits dich damals krank gemacht hat, dann war die Behandlung mit Magie das Fatalste, das wir tun konnten.« Tristan drückte ihre Hand, obwohl er selbst vollkommen zerknirscht aussah, als er sagte: »Ich wusste ja nicht, dass du deine Brille bekommen hast, weil du dein Medaillon verloren hattest. Sonst hätten wir dich doch nie mit Magie …«

Ich unterbrach ihn mit einem geflüsterten »Dankeschön«, weil mir die ganzen schrecklichen Diagnosen und möglichen Folgen von der Visite wieder ins Gedächtnis kamen. Offenbar hatte mir nicht nur Chris das Leben gerettet, sondern auch Ela. Sie lächelte mich knapp an.

»Das erklärt, wie ihre Erkrankung voranschreiten konnte«, ging Sebastien wieder mit neutraler Stimme dazwischen. »Jedes Wirken von Magie in ihrem Körper – ob aktiv oder passiv – verschlimmert die Beschwerden.« Er massierte sich mit beiden Händen die Schläfen. Dabei rutschten die Ärmel seines altmodischen weiten Hemdes nach oben, das er garantiert in einem Cosplay-Shop gekauft hatte. Sebastien hatte zwei Sigillen. Eine auf dem linken Unterarm, wie wir anderen sie auch hatten, und noch eine auf dem anderen. Vermutlich starrte ich zu lange mit zusammengekniffenen Augen hin, um etwas zu erkennen, denn Sebastien erklärte: »Das ist die Augurensigille. Die erhält man bei der Vereidigung. Sie verbindet mich mit meinen beiden Kolleginnen und lässt uns unsere Macht bündeln.«

Er sprach so krass neutral davon, als wären diese Kolleginnen tatsächlich nur Angestellte in irgendeiner Firma. Es war so schräg!

»Ich werde versuchen, durch eine gezielte Vision weitere Informationen zu erhalten.« Sebastien sah sich skeptisch um. »Aber ich schätze, hier werde ich nicht die nötige ... Konzentration aufbringen können.«

Mama lachte auf. »Oder eher die nötigen Drogen.«

Was?

»Die Tränke dienen der Bewusstseinserweiterung«, antwortete Sebastien mit gesenkten Brauen. Aber selbst ich sah ihm an, dass Mama ins Schwarze getroffen hatte. Und hatte sie nicht vorhin in der Bibliothek gesagt, dass Hortensia Rothschild irgendwelche schrägen Tränke konsumiert habe? Das Massieren seiner Schläfen, das ständige Knibbeln an den Fingernägeln oder am blauen Umhang. Unter der aufgesetzten kühlen Miene und mönchsmäßigen Ruhe war er das reinste Nervenbündel.

»Wenn du das sagst«, erwiderte Mama mit ungewohnt spöttischem Ton, der sogar Tristan zu ihr aufschauen ließ, ehe er mich und dann Ela fragend ansah.

Als hätte ich hier irgendeinen Durchblick! Ela schüttelte fast unmerklich den Kopf. Ich las aus dieser Geste ein »Nicht jetzt!« heraus.

»Ich komme so schnell zurück, wie ich kann«, sagte Sebastien, ehe er … sich verdammt noch mal in Rauch auflöste. In blauen Rauch, der noch einmal unter der Wohnzimmerdecke kreiste, ehe er komplett verpuffte.

»Er wird eine Lösung finden«, sagte Ela mit fester Stimme, die mich vielleicht überzeugt hätte, wenn sie nicht direkt danach die Lippen zusammengepresst hätte.

Im selben Moment vibrierte die Luft wie beim Unterqueren einer Hochspannungsleitung. Ich war nicht die Einzige, die sich fragend umsah. Nur Mama reagierte sofort, sprang kreidebleich auf und rannte zur Schrankwand. Sie schob den Trockenblumenstrauß mit so viel Schwung zur Seite, dass er ins Wanken geriet und sie ihn nur mit einem kurzen Aufleuchten ihrer Magie vor dem Absturz bewahren konnte. Dahinter kam der alte Bilderrahmen zum Vorschein, den ich letztens neben der Kaffeemaschine gefunden und zurück ins Regal gestellt hatte. Es fühlte sich an, als wäre es Ewigkeiten her. Mama nahm ihn an sich, setzte sich zurück auf die Couch und starrte auf mein vielleicht zehnjähriges, noch strohblondes Ich, das mit einer Schramme auf der Nase in die Kamera lächelte. Ich konnte es nur verschwommen sehen, kannte aber jede Einkerbung des Bilderrahmens, weil der Staubwedel sich immer darin verhakte.

Aber bisher hatte er nie geleuchtet! Nun ging ein schwacher Schimmer von ihm aus und das Surren in der Luft wurde stärker. Mama umfasste den Rahmen mit beiden Händen und sah direkt hinein.

»Lara?«, sagte sie zum Rahmen, in dem sich irgendetwas tat. Die Farben veränderten sich und es war selbst für meine Augen eindeutig, dass darauf keine blonde Mara mehr zu sehen war, sondern jemand anderes.

Weder Tristan noch Ela oder ich bewegten uns. Nicht einmal, als eine Stimme aus dem Bilderrahmen drang wie aus einem Tablet.

»Tanja? Hast du etwas herausgefunden? Leon wäre nie abgehauen, ganz gleich, was die Polizei behauptet. Er ist sehr vorsichtig.«

Mama schüttelte langsam den Kopf. »Leider nicht. Ich hatte hier ... familiäre Probleme. Aber du kannst auf mich zählen. Wir finden ihn und die anderen. Hast du schon mit den anderen gesprochen?«

»Ja. Niemand weiß etwas. Wir sind ausnahmsweise genauso ahnungslos wie die Polizei.« Die Stimme aus dem Bilderrahmen brach. »Ich weiß nicht, was ich ohne ihn tun soll, Tanja.« Die letzten Worte gingen fast in einem Schluchzer unter.

Mama sah so verzweifelt aus, dass sich mir dieses Gefühl überzustülpen schien und sich mein ganzes Inneres zusammenknautschte. »Ich melde mich bei dir, sobald ich eine Spur habe. Halt dich unbedingt bedeckt. Jetzt ist der falsche Moment, auch noch den Rat auf deine Familie aufmerksam zu machen.«

Im Hintergrund der anderen Frau weinte ein Baby. »Meine Magie begleitet dich.«

»Meine Magie begleitet dich«, echote meine Mutter und nahm eine Hand vom Bilderrahmen. Das Leuchten daraus verschwand und ich hätte wetten können, dass nun wieder mein Bild darin zu sehen war, auch wenn Mama ihn neben sich ablegte.

Niemand von uns stellte die Frage laut, doch sie schwebte größer als jedes Werbeplakat zwischen uns.

»Das ist ein Wächterruf«, erklärte Mama. »Alle Einzelgänger kennen die Sigille, um Kontakt zu mir herzustellen.« Sie tippte auf mein Foto neben sich.

»Ein Wächter-Skype?«, fragte ich und sie nickte zögernd. »Wie cool!« Jetzt verzog sie das Gesicht. »Ich meine nur diese ... Technik, nicht das, was die Frau da gesagt hat.« Ich erinnerte mich an die Schlagzeilen aus der Zeitung, an die verschwundenen Personen. »Diese verschwundenen Jugendlichen ... Sie sind alle Hexen?«

»Welche verschwundenen Jugendlichen?«, fragte Ela sofort und richtete sich auf.

Meine Mutter schien in Gedanken versunken, daher fasste ich das zusammen, was ich aus der Zeitung und den Online-Berichten der Lokalpresse wusste.

»Seit dem Walpurgisritual verschwinden Kinder der Außenseiter«, bestätigte dann auch Mama meine vermutete Verbindung. »Der Junge gestern aus den Nachrichten war die vierte Hexe, die spurlos und ohne Aufflackern einer von mir spürbaren Magie verschwunden ist. Es war meine Aufgabe, sie zu beschützen«, fuhr sie fort und stockte dabei immer wieder.

»Wir werden dir helfen!«, sagte Ela entschlossen. »Dir und diesen anderen Hexen.«

»Nein!«, sagte Mama sofort. »Wir müssen uns um Mara kümmern.«

Ich schüttelte den Kopf. »Wir können doch momentan

nichts weiter tun, als abzuwarten, bis Elas Cousin vielleicht mehr herausfindet. Diese Zeit sollten wir nutzen.« Es fühlte sich so richtig an, dass mein Bauch kribbelte. Lag diese Wächtersache in den Genen und es war eine Art Bestimmung, den Einzelgängern zu helfen? »Außerdem …« Ich wählte meine Worte sorgfältig, weil ich nicht wollte, dass Tristan auf falsche Gedanken kam. »Vielleicht ist ja auch Chris unter den Verschwundenen.«

Ich vermied es, Tristan in die Augen zu sehen, doch als mein Blick den von Ela traf, schnupperte sie kurz in der Luft und ihre Augen weiteten sich merklich. Dann wandte sie sich aber schnell an meine Mutter.

»Du kannst nicht die Magie wirken, wie wir es können«, erklärte Ela. »Das sollte jetzt keine Beleidigung sein«, fügte sie schnell hinzu.

»Ihr seid die Auserwählten«, sagte Mama mit schwacher Stimme. »Wenn ihr sie nicht finden könnt, schafft es niemand.« Vielleicht lag ein Hauch Hoffnung in ihrer Stimme.

Ich sprang auf. »Also, was müssen wir tun?«

»Du?«, gab Tristan entsetzt von sich. »*Du* wirst gar nichts tun, außer dich zu schonen. Keine Magie, schon vergessen?«

Ich ließ mich wieder auf das Sofa fallen und kämpfte gegen den Drang an, trotzig die Arme vor der Brust zu verschränken. Es gab kaum ein mieseres Gefühl als das der Nutzlosigkeit. Ich verfolgte, wie Ela und Mama allerhand Zeug aus der Wächterbibliothek auf dem Wohnzimmertisch ausbreiteten, wo es bald roch wie bei dem Gewürzstand auf dem Wochenmarkt.

Eingeschnappt, weil mir sogar verwehrt wurde, zusammengebundene Büschel aus irgendwelchen getrockneten

Pflanzen zu trennen oder Stempel von intensiv duftenden Orchideen abzupflücken, surfte ich noch einmal durch die Berichte über die verschwundenen Personen, las mir die dämlichsten rassistischen Kommentare ever dazu durch und ärgerte mich wieder einmal über die Blödheit mancher Menschen.

Mama ging vor mir in die Hocke und schob das Handy nach unten, damit ich sie ansah. Ihr Blick war wirklich hoffnungsvoll und es versetzte mir einen Stich, dass es Tristan und Ela waren, die ihre Hoffnung entzündet hatten, und nicht ich. »Wir gehen jetzt gleich in die Bibliothek und schreiben dort die Sigille für den Aufspürzauber. Er ist sehr stark, weil es mir ohne eine Gemeinsamkeit der Verschwundenen, auf die wir uns fokussieren könnten, bislang unmöglich war, ihrer magischen Spur zu folgen. Ela nutzt dafür denselben Zauber, den die Jäger für Dunkelhexen verwenden – oder die aktuelle Suche nach Noah Brand. Es wäre nicht gut für dich, wenn du von der Magie erfasst würdest.« Sie strich mir die Haare aus dem Gesicht und steckte sie beim Bügel der Brille hinter meinem Ohr fest. Dann fuhr sie meinen Arm entlang und griff fest meine Hand. »Danke für dein Verständnis, dass ich helfen *muss*.«

Ich lächelte Mama an. »Dafür braucht es kein Verständnis, sondern einfach nur ein wenig Empathie für andere.« Außerdem bestand ja noch die Hoffnung, dass Ela und Tristan auch Chris aufspürten. Ich sagte Mama jedoch nicht, dass es mich innerlich zerriss, nicht helfen zu können, obwohl alles in mir danach schrie, dass es auch meine Aufgabe sei. Noch mehr Belastung konnte meine Mutter gerade echt nicht gebrauchen.

»Ich habe die beste Tochter der Welt.« Sie drückte mir noch einen Kuss auf die Stirn, richtete sich dann auf und sah zu Tristan und Ela.

»Bereit?«, fragte Letztere und Mama nickte.

Ich sah den dreien nach, bis sie in unsere Schrankwand eintauchten und von ihr verschluckt wurden. Auch wenn ich wusste, dass sie theoretisch nebenan – oder unter mir? – waren, fühlte ich mich mit einem Mal wahnsinnig allein. Draußen dämmerte es bereits und es würde nicht mehr lange dauern, bis die Dunkelheit die Stadt verschluckte.

Ich widmete mich wieder meinem Handy und blieb aus irgendeinem Grund am Datum hängen. Am nächsten Tag war Chris' Geburtstag. Wir hatten hier, auf dieser Couch, sogar noch darüber gesprochen und nun wusste niemand, wo er steckte. Hatte man ihn wie diese anderen Junghexen verschleppt? Wusste er überhaupt, dass er Geburtstag hatte? Ich hatte nie große Partys gefeiert, aber bei jedem Geburtstag waren Mama und Tristan an meiner Seite gewesen. So lange ich denken konnte. Meine Familie. Dabei hätten Tristan und ich am selben Tag feiern müssen.

Mit einem tiefen Atemzug vertrieb ich den zermürbenden Gedanken daran, ob ich unseren nächsten Geburtstag überhaupt noch erleben würde, und aktivierte das Display des Handys, um weiter über die Jugendlichen zu forschen. Es gab eine neue Pressemitteilung der Polizei und ich überflog die Zusammenfassung der kurz zuvor beendeten Pressekonferenz, ehe ich den Link anklickte, der zu der Aufzeichnung der Konferenz führte.

Bei einem der verschwundenen Mädchen handelte es sich offenbar um die Tochter einer Reporterin, wie diese persönlich direkt zu Beginn erklärte. Mit dem Wissen, dass sie eine Hexe war, bekamen ihre Fragen schon bald eine ganz andere Bedeutung für mich.

»Wurde der Tatort des gestern verschwundenen Jungen bereits freigegeben? Haben Sie etwas Neues gefunden? Vielleicht Spuren von …«

Ihre Fragensalve wurde jäh vom Pressesprecher der Polizei unterbrochen, der erklärte: »Die Analysen laufen noch, aber wie bei den bisherigen Fällen wurden Rückstände von Asche gefunden.«

»Heißt das, der Täter raucht während der Entführungen?«, rief ein anderer Reporter begleitet von einem künstlich klingenden Lachen dazwischen und sah sich unter den Kollegen um, doch keiner lachte mit. Was für ein Idiot war das denn?

»Und Sie wissen nicht, was verbrannt wurde? Ist es eher pflanzlich oder …«

»Liebe Frau Gering«, der Pressesprecher atmete tief durch, offenbar um Beherrschung ringend, »Sie sind persönlich involviert, aber das bedeutet nicht, dass Sie uns sagen können, wie wir unsere Arbeit zu machen haben.« Er stieß den Atem so laut ins Mikrofon, dass es wie ein Orkan klang. Etwas leiser fügte er dann hinzu: »Die Asche scheint keinerlei pflanzliche Basis zu haben, aber die Hitze, die für ein Verbrennen der bisher analysierten Mineralverbindung notwendig wäre … Wenn die Analysen nicht fehlerhaft sind, hätten wir auch die Asche der verbrannten Körper finden müssen.« Er senkte den Blick, während alle Anwesenden der Pressekonferenz die Bedeutung seiner Worte erfassten und ein kurzes Murmeln und Flüstern durch den Raum ging.

»Welches Mineral?«, fragte Frau Gering offenbar unbeeindruckt von der Aussage.

Der Pressesprecher runzelte irritiert die Stirn, sah dann hinab auf das Stehpult und blätterte in seinen Unterlagen.

»Eisenoxid. Der Schmelzpunkt liegt bei über 1500 Grad Celsius.«

Schweigen breitete sich im Raum aus, der Pressesprecher lockerte seine Krawatte. »Deshalb müssen wir von einem Fehler im Labor ausgehen.«

»Ich danke Ihnen«, sagte Frau Gering und wandte sich dem Ausgang zu. Das Video endete kurz darauf, nachdem sich der Pressesprecher verabschiedet hatte.

Ich senkte das Handy und ließ mir die Pressekonferenz noch einmal durch den Kopf gehen. Da surrte wieder die Luft wie vorhin, als der Bilderrahmen zum Videochat-Bildschirm geworden war. Der ruhte noch immer auf dem Sofa, wo Mama ihn beiseitegelegt hatte. Ich griff zu und starrte auf das Foto der kleinen Mara. Nichts tat sich außer diesem ganz schwachen Leuchten, das der Rahmen konstant von sich gab. Erst als ich ihn mit beiden Händen hielt wie Mama vorhin, raste Magie durch meinen Körper, gefolgt von Kopfschmerzen, und das Bild einer Frau erschien, die ich gerade noch dabei beobachtet hatte, wie sie die Pressekonferenz vor dem offiziellen Ende verlassen hatte.

»Frau Gering?«, fragte ich.

»Wer bist du?«, erwiderte sie mit geweiteten Augen und sah sich hektisch um.

»Ich bin Mara Rothschild, Tanjas Tochter«, erklärte ich schnell. »Ich habe Sie eben in dem Video der Pressekonferenz gesehen.«

Die Frau nickte nicht vollständig überzeugt. »Ist deine Mutter da?«

»Sie sucht mit anderen nach den verschwundenen Hexen.«

»Du musst ihr sagen, dass an allen Tatorten Spuren von Hämatit gefunden wurden. Verbrannter Hämatit. Mit dem Rauch wurden unsere Kinder sicher davon abgehalten, Magie zu wirken.«

»Ich werde es ihr sofort sagen!« Ich beendete das Videotelefonat, während ich mit dem Bilderrahmen in der Hand vom Sofa aufsprang. Das war vielleicht die fehlende Information, die Mama für den einfacheren Zauber brauchte. Mit dem Bilderrahmen in der Hand rannte ich auf die Schrankwand zu.

Ich kam in exakt dem Moment in der von weißblauen Fackeln beleuchteten unteren Etage der Höhlenbibliothek an, in dem eine leuchtende Sigille zwischen Mama, Ela und Tristan aufstieg, die Hand in Hand um eine Feuerschale standen. Als die Sigille zum Zauber wurde, war die gewirkte Magie so mächtig, dass sie einer Detonation glich, die mich erfasste und aus der Bibliothek zurück in unser Wohnzimmer schleuderte.

~ 22 ~

MARA

Da waren wir beim Betreten und Verlassen der Bibliothek immer alle so vorsichtig gewesen – von meinem ersten Zusammenstoß mal ganz abgesehen –, um unseren Fernseher am Leben zu erhalten. Und nun lag ich in einem Bett aus Scherben und Plastik, das einmal unser geliebter Smart-TV gewesen war. Ich rappelte mich vorsichtig auf, betrachtete das verursachte Chaos und streifte vorsichtig die Splitter von meinen Unterarmen, ehe ich mich erhob. Nirgendwo war Blut. Immerhin etwas.

Auch wenn das Chaos in der aktuellen Situation kein Grund zum Heulen war, wünschte ich mir doch, eine Aufräum- oder Reparier-Sigille zu kennen, um schnell Ordnung zu schaffen, ehe ich erneut durchs Regal trat. Für Besen und Schaufel hatte ich jetzt definitiv keinen Nerv!

Während ich die letzten Splitter von mir abschüttelte und mich auf etwaige Schrammen hin untersuchte, die ich entweder nicht sehen konnte, weil meine Sicht schon wieder weiter eingeschränkt war, oder die nicht vorhanden waren, rauschte plötzlich die blaue Rauchwolke alias Sebastien ins Wohnzimmer. Er erschien direkt vor mir und es knirschte unter seinen Schuhen, sodass er, anstatt mich zu begrüßen, auf den kaputten Fernseher hinabsah.

»Hi«, sagte ich und hob die Hand.

Er hob den Blick. »Du bist verletzt.« Er griff blitzschnell nach meiner Hand und betrachtete sie mit gerunzelter Stirn.

Ich hatte mich von oben bis unten gecheckt, aber offenbar die Handflächen vergessen. Und tatsächlich quoll etwas Blut aus einem kleinen Schnitt.

Sebastiens Sigille begann zu leuchten und im nächsten Moment stand der Fernseher wieder repariert an seinem Platz und meine Wunde war verschlossen, auch wenn es meinen ganzen Körper verkrampfen ließ, dass an mir Magie gewirkt worden war. Trotzdem war es einfach furchtbar praktisch, und wenn ich diesen Zwillingsfluch loswurde, würde ich nie wieder von Hand Staub wischen oder auch nur irgendetwas ohne Magie tun! Schließlich hatte ich einiges nachzuholen.

»Hast du etwas herausgefunden?« Ich drückte mir so fest die Daumen, dass sie kribbelten.

Sebastien schüttelte den Kopf. »Es ist nirgendwo ein Hinweis auf diesen Fluch zu finden. Niemand weiß, wer ihn verhängt hat, niemand weiß, was die verwirrende Zeile aus den Tagebüchern bedeuten könnte. Es ist einfach zu vage. Tut mir leid. Haben die anderen etwas gefunden?« Er sah sich um, als hätte er meine Mutter, Ela und Tristan in unserem kleinen Wohnzimmer bisher irgendwie übersehen können.

»Sie suchen gerade mit einem Zauber nach den vier verschwundenen Junghexen«, sagte ich und schob eine kurze Zusammenfassung über die Ereignisse in der Welt der Einzelgänger nach. »Ich wollte ihnen gerade sagen, dass die Junghexen vermutlich mit Hämatitrauch ihrer Magie beraubt wurden, da hat mich ihr Zauber aus der Bibliothek katapultiert.« Auch wenn ich keine Schmerzen am Kopf hatte, rieb ich mir die Schläfe.

Dabei beobachtete ich Sebastien genau und musste mir eingestehen, dass der Kontakt zur Magie mein Sichtfeld weiter verengt hatte. Um ihn herum lag nun ein breiter grauer Rahmen und ich konnte nur noch sehen, was im Zentrum meines eingeschränkten Sichtfeldes lag.

»Und wie lange ist das jetzt her?«, fragte Sebastien und sah besorgt hinüber zur Wanduhr. Wie von selbst schaute ich in die gleiche Richtung.

»Vor ... keine Ahnung, zehn Minuten vielleicht? Ich musste mich erst einmal aufrappeln – und dann bist du hier aufgetaucht.«

Er sah erneut zur Uhr, dann zur Schrankwand. Seine Haltung war angespannt, er schien in Alarmbereitschaft zu sein, sodass nun auch ich angespannt überlegte, was die drei denn bloß in der Zwischenzeit in der Wächterbibliothek getan hatten.

»Ich gehe rein. Bleib du hier!« Ohne eine Antwort abzuwarten, tauchte er ins Regal und auch der letzte Zipfel seiner Robe verschwand darin.

Von wegen warten! Ich folgte ihm sofort, tauchte durch den knisternden Schleier der Magie und prallte direkt gegen seinen Rücken, sodass er einen Ausfallschritt nach vorne machen musste.

Mit vorwurfsvollem Blick drehte er sich zu mir um und trat anschließend zur Seite – und gab dabei die Sicht auf Ela,

Tristan und Mama frei, die umhüllt von einer leicht wabernden, rot leuchtenden Blase starr auf dem Boden lagen. Die Flammen der Fackeln zwischen den Regalhöhlen rührten sich kein Stück, flackerten nicht wie echte Flammen, sondern machten die Szenerie durch ihre Erstarrung noch viel unwirklicher. Neben Mama lagen vier weitere reglose Personen und ich erkannte in ihnen die vier vermissten Jugendlichen von der Pressekonferenz. Keiner von ihnen rührte sich. Und Chris war nicht unter ihnen.

»Leben sie noch?« Ich rannte nach vorne, Sebastien riss an meinem Shirt, doch ich kam los und wollte neben Mamas Kopf auf die Knie gehen, als ich die rote Blase berührte und federnd abprallte wie von der Wand einer Hüpfburg.

Sebastiens Seufzen galt wohl mir und meiner Ungeduld. »Sie leben sicher noch. Ein von ihnen gewirkter Zauber kann sie nicht töten. Doch sie sind offenbar in eine magische Falle gelaufen, die über die Verschwundenen gelegt wurde. Das sind sie doch, oder?« Ich nickte, während ich nur daran denken konnte, dass Chris nicht wie erwartet unter ihnen war. Wo zur Hölle steckte er dann?

Sebastien rieb sich die Stirn. »Ich habe einen solchen Zauber noch nie selbst gesehen, nur in uralten Dokumenten darüber gelesen. Aus einer Zeit, als die Macht der Hexen noch viel, viel größer war als heute. Es ist ... faszinierend.« Er näherte sich ganz langsam dem rot leuchtenden Schimmer, pikte mit dem Zeigefinger in Zeitlupe hinein und schob die magische Membran nach innen. Dann tippte er etwas schneller dagegen und seine Hand federte zurück wie zuvor mein ganzer Körper. »Die kinetische Energie fließt in das Schutzfeld und prallt verstärkt zurück«, murmelte er und klang für meinen Geschmack viel zu neugierig. Wollte er ihnen nicht endlich helfen?

»Wenn wir ganz, ganz langsam dagegendrücken, können wir dieses ... Ding vielleicht bis zu den einzelnen Personen schieben und möglicherweise platzt die Seifenblase dann ja«, schlug ich vor.

Sebastien überlegte, schüttelte dann aber den Kopf. »Egal wie nah du ihnen kommst, du wirst sie nicht berühren können. Es ist wie ein Schutzzauber, den wir beispielsweise zur Verteidigung gegen magische Angriffe benutzen. Wir müssen entweder die Quelle der Magie beseitigen oder den Bann selbst mit Magie zerstören.« Ohne auf meinen Einwand zu hören, hob er beide Hände, die Ärmel seines Umhanges und seines Hemdes rutschten nach unten und legten seine beiden leuchtenden Sigillen frei. Er führte sie nah zueinander und blau knisternde Magie sprang zwischen ihnen hin und her. Dann schloss er die Augen, richtete die Handflächen nach vorne und ließ den Zauber auf die rote Blase los.

Wie ein Blitz schoss die Magie darauf zu. So gleißend hell, dass ich meine Augen abschirmen musste und kaum sah, wie sein Zauber auf sein Ziel traf, davon abprallte und um ein Vielfaches verstärkt auf Sebastien zurückgeworfen wurde.

Der Augur wurde gegen ein steinernes Regal geschleudert und blieb reglos liegen. Warum hatte er verdammt noch mal nicht mit dem Zaubern gewartet oder war es erst mal langsam angegangen? Ich rannte zu ihm, tastete nach seinem Puls und stellte zu meiner Erleichterung fest, dass er lebte. Doch auch zwei Schläge auf die Wange weckten ihn nicht auf. Er lag ebenso bewegungslos da wie Mama, Tristan, Ela und die vier Teenager-Hexen innerhalb des roten Schimmers.

Ich rutschte auf Knien so nah an die Blase heran, wie ich konnte, ohne sie zu berühren. Ela lag der Zaubermembran am nächsten. Diese schien unter ihrem Rücken ihren Ursprung zu haben und von dort aus alle sieben Hexen komplett zu umschließen. Da Sebastiens Rettungsversuch grandios gescheitert war, versuchte ich es jetzt mit meinem Vorschlag. Ganz langsam schob ich meine Hand auf das schwache Leuchten zu. Als ich es berührte, bekam ich einen Schlag wie bei einer elektrostatischen Entladung und zuckte zurück. Doch davon ließ ich mich nicht aufhalten. Meine Freunde – meine Familie! – waren da drin, zusammen mit den entführten Junghexen. Ganz gleich, ob es die Liebe zu Mama und Tristan war oder eine genetische Veranlagung mich dazu drängte, Außenseitern zu helfen: Ich würde mich garantiert nicht von einer kleinen elektrischen Entladung von ihrer Rettung abhalten lassen. Da kannte mich diese dumme Blase aber schlecht. Mit aller mir verfügbaren Selbstbeherrschung und entgegen jeglichem Selbsterhaltungstrieb berührte ich die Membran erneut, diesmal ohne zurückzuweichen.

Ganz langsam, damit ich so wenig Energie wie möglich erzeugte, die auf mich zurückgeworfen werden konnte, schob ich zuerst einen Finger, dann die Hand und den ganzen Arm hinein. Ela regte sich nicht, als ich sie zunächst vorsichtig anstupste, dann beim nächsten Versuch ein Stück in Richtung Tristan schob. Immer wieder flackerte der Rand meines Sichtfeldes auf, ich konnte wortwörtlich dabei zusehen, wie die Magie an mir zehrte und meine Sicht immer weiter einschränkte. Doch ich ignorierte die wachsenden grauen Schlieren, die sich vom Rand meines Sichtfeldes nach innen drängten. Wenn ich es nicht riskierte und den Hexen dort drin half, wäre es sowieso vorbei und niemand konnte mehr etwas gegen den Fluch unternehmen, der auf mir lag. Ich hatte also nichts mehr zu verlieren.

Mit angehaltenem Atem stemmte ich mich gegen Ela und rollte sie auf die Seite. Unter ihr lag etwas Leuchtendes. Ein kleines Fläschchen mit rotem Inhalt, der sich über den Boden ergoss und sich mit dem Leuchten der Blase vermischte wie die unterschiedlichen Farben eines Aquarells. Der winzige Korken lag daneben. War das etwa die Quelle der Magie, wie Sebastien es genannt hatte?

Ich startete mehrere Versuche, den Korken zu greifen und das kleine Fläschchen zu verschließen, damit es nicht weiter die Blase mit … keine Ahnung was – Magie? – versorgte. Doch leider war mein genialer Plan nicht erfolgreich. Die leuchtende Blase blieb, auch als das Fläschchen verschlossen war.

Ich tippte erneut gegen das Rot und meine Hand wurde gegen meine Brust geschleudert. Also suchte ich nach etwas, mit dem ich den Zauber stärker angreifen konnte. Hinter mir befand sich das Regal mit den alten Büchern und den Knochen. Ich schnappte mir einen und warf ihn auf die rote Blase. Der Knochen schnellte zurück wie ein Geschoss und ich schaffte es gerade noch, mich zu ducken, ehe er an der steinernen Wand zerschellte, an der Stelle, an der ich eben noch gestanden hatte. Das Rot wurde jedoch kein bisschen blasser.

Ich schloss die Augen und atmete tief durch. *Konzentrier*

dich, Mara! Du musst sie da rausbekommen! Wie bei meinem ersten Zauber nach der Vergabe meiner Sigille stellte ich mir vor, was ich erreichen wollte. Das Ding sollte platzen wie eine Seifenblase.

Platze!

PLATZE!

Wie Tristan es beschrieben hatte, sah ich das Hexenrad vor meinem inneren Auge, die Buchstaben leuchteten nacheinander auf und formten so die Sigille. Ein wildes Zickzack leuchtete auf. Ich streifte mir, ohne meine Augen zu öffnen, Mamas Armreif vom Handgelenk und er fiel klirrend zu Boden. Die Magie kehrte so heftig in meinen Körper zurück, dass ich nach hinten taumelte und keuchend Luft holte. Ich spürte die Energie durch meine Adern brennen und begann direkt zu schwitzen, weil mein Körper gegen die freigesetzte Magie im Blut ankämpfte. Mit bebenden Händen schob ich die Sigille wie von Ela angeleitet in meinen linken Arm und ließ den Zauber auf das magische Gefängnis meiner Freunde los. Wie bei Sebastien und bei meinem Versuch mit dem Knochen prallte er zurück – ich sprang zur Seite, froh über die vom Volleyballtraining geschulten Reflexe, und mein Zauber ließ das Regalfach mit den Knochen hinter mir detonieren, sodass es kleine Knochenstücke, brennende Papierfetzen und glimmende Lederstücke regnete. Als die letzten Seiten zu Boden schwebten, passierte es: Der Inhalt des Flakons leuchtete auf und verstärkte das verblassende Rot des Bannzaubers, wurde aber, soweit ich es beurteilen konnte, weniger. Ich warf noch zwei weitere Zauber darauf, ging in Deckung, während ich um mich herum Chaos verursachte und zwei Fackeln zerbersten ließ. Das Rot verblasste immer wieder und wurde dann aus dem Fläschchen genährt. Der Korken störte offenbar kein bisschen, aber wenn der Inhalt wie eine Batterie wirkte und die rote Blase auflud, musste die Energie doch irgendwann ganz verbraucht sein, oder?

Bei meinem nächsten Angriff wich ich nicht schnell genug aus. Ich fühlte mich inzwischen fiebrig heiß. Der Zauber traf mich am linken Oberarm und versengte die Haut. Mein Schrei hallte durch die Bibliothek. Nach dem Echo hörte ich nichts außer meinem keuchenden Atem. Die Blase war noch immer unversehrt. Ich schaffte es nicht, war zu ungeübt und der Kampf meines Körpers gegen die Magie tat sein Übriges. Ich brauchte eine andere Hexe!

Schweren Herzens verließ ich die Bibliothek und die Hexen darin und suchte im Wohnzimmer nach dem magischen Bilderrahmen. Inzwischen bestand die Hälfte meines Sichtfeldes aus nichts als Grau. In der Höhle waren mir die blinden Flecken nicht so sehr aufgefallen, im von zig Lampen erhellten Raum hatte ich jedoch Mühe, mir einen Überblick zu verschaffen. Nur die Augen zu bewegen, brachte kaum etwas, sodass ich den ganzen Kopf mitbewegen musste.

Wo war der Bilderrahmen? Mama hatte ihn aufs Sofa gelegt, doch dort war er nicht mehr. Natürlich nicht. Ich hatte ihn zuletzt in der Hand, als ich mit Frau Gering gesprochen hatte! Mit ihm zusammen war ich in die Bibliothek gegangen. Ich verfolgte meinen Weg mit meinem eingeschränkten Blick. Der Bilderrahmen stand an seinem angestammten Platz im Regalfach. Blöde Magie! Wer kam denn auf so was?

Ich schnappte ihn mir, hielt ihn mit beiden Händen fest und starrte auf das Foto von mir hinab, während ich mich auf den Kontakt mit Frau Gering konzentrierte. Nichts tat sich. Absolut nichts. Ich schloss die Augen, versuchte es mit ANRUFEN, RUF AN und allem anderen, was mir gerade einfiel. Ich fühlte mich immer schwächer und in meinem Hirn herrschte gähnende Leere. Genau der richtige Moment für einen Blackout, Mara.

Aber es gab schließlich nicht nur die Einzelgängerhexen.

Nach einer gefühlten Ewigkeit fand ich endlich das Telefon und wählte Tristans Festnetznummer. Jetzt konnte sich Carina endlich mal nützlich machen und etwas Gutes tun. Es klingelte und klingelte, dann ging der Anrufbeantworter an und Carinas zuckersüße Stimme verkündete, dass sie sich derzeit in Lyon aufhalte. Leider hatte ich keine Handynummer von ihr – ich hatte nie zuvor überhaupt in Erwägung gezogen, dass ich sie irgendwann einmal dringend sprechen wollte.

Also brüllte ich ihren Anrufbeantworter an, dass sie sofort kommen solle, sobald sie die Nachricht höre, und konnte nur hoffen, dass sie wusste, wie man ihn aus der Ferne abhören konnte.

Mit meinem sinkenden Adrenalinspiegel spürte ich die Wunde an meinem Oberarm immer deutlicher. Ich ging ins Bad und meine Finger zitterten so stark, dass ich kaum in der Lage war, einen einfachen Verband aus dem Erste-Hilfe-Set anzulegen. Kaum hatte ich es doch geschafft, taumelte ich zurück ins Wohnzimmer und prallte gegen den Schreibtisch, weil meine Beine ihren Dienst versagten. Ich fühlte mich so ausgelaugt wie nach dem Marathonversuch mit Meryema. Ich schwitzte, mir war heiß und doch zitterte ich am ganzen Körper.

Mein Magenknurren schreckte mich wieder auf. Wenigstens der dachte mit. Da es offenbar ja eine Verbindung zwischen gewirkter Magie und Kalorienverbrauch gab, wühlte ich in Mamas geheimem Süßigkeitenvorrat in der Schreibtischschublade herum und stopfte wahllos so viel wie möglich in mich hinein. Die Verpackungspapiere, die ich mit bebenden Händen kaum öffnen konnte, ließ ich achtlos auf den Boden fallen. Später wäre sowieso nur ein Zauber nötig, um sie aufzuräumen. Die Kalorienzufuhr wirkte. Mit jedem Weiterrücken des Minutenzeigers fühlte ich mich besser und ich konnte die weiteren Süßigkeiten schneller auspacken, in den Mund schieben und kauen.

Mit genügend Süßkram und einem neuen Plan trat ich wieder durch die Schrankwand und wagte einen weiteren Versuch, die magische Barriere anzugreifen, um die Quelle versiegen zu lassen.

~ 23 ~

MARA

Meinen Süßigkeitenpapierchen konnte man quer durch die Wächterbibliothek folgen wie den Brotkrumen von Hänsel und Gretel durch den Wald. Praktischerweise zeigten sie mir, wo ich bereits überall gewesen war und vergeblich auf einen Ruck in meiner Magengegend gehofft hatte. Meine Finger glitten über die vielen Buchrücken und wirbelten ständig allerhand Gerüche auf, die auf magische Weise darin verankert sein mussten. An Regalen mit undefinierbarem Inhalt streifte ich lediglich die steinernen Kanten entlang.

Keine Ahnung, wie viel Zeit vergangen war, aber draußen war es zumindest noch immer dunkel. Es gab kein helles Rechteck hoch über mir, nicht einmal ein schwaches Grau des anbrechenden Morgens, sondern nur gähnende Dunkelheit neben dem kleinen Lichtkreis der magischen Fackel in meiner Hand. Es war etwas Gewalt nötig gewesen, sie aus der Verankerung unten im Eingangsbereich zu reißen. Nun gab sie ihr regloses Licht von sich und ließ die hinabschwebenden Süßigkeitenpapierchen aufleuchten wie Magie. Mein Vorrat ging langsam zur Neige, aber ich fühlte mich –

zumindest für die derzeitigen Verhältnisse – wieder ganz gut.

Einzig mein eingeschränktes Sichtfeld machte mir zu schaffen, aber solange ich konstant Kalorien zuführte – das redete ich mir zumindest ein – würde es nicht schlimmer werden. Ich streifte gerade an den Regalen mit den Tagebüchern von Hortensia Rothschild vorbei, da fuhr endlich der erhoffte Ruck durch mich hindurch. Ich steckte hastig die letzten drei Karamellbonbons in meine Gesäßtasche und ließ mich von meiner Intuition führen.

Sie leitete mich an Regalen vorbei, von denen ich beim bloßen Vorbeigehen Staub aufwirbelte – diese Ecke der Bibliothek entsprach vielleicht der Stelle hinter Mamas Liebesschnulzen in der Schrankwand –, dann das ohne Fackel immer so düstere Treppenhaus hinauf bis zu einer weiteren staubigen und kaum beleuchteten Ecke, in der sich trübe Gläser mit fragwürdigem Inhalt unter Spinnweben versteckten. Ich wollte gar nicht wissen, ob die dazugehörigen Spinnen auch in unserem Wohnzimmer hausten. Igitt! Es wurde immer dunkler, meiner magischen Fackel schien der Brennstoff auszugehen. Leider hatte mir niemand beigebracht, wie man sie auflud.

Ich wollte schnell an den Regalen vorbeigehen, doch ein starker Ruck hielt mich zurück. War ja klar, dass die gruseligste Ecke der riesigen Bibliothek mein Ziel war.

Von purem Ekel erfüllt, teilte ich mit der rechten Hand den Vorhang aus Spinnweben und hoffte, dass ihre Erschafferin nicht die Größe meines Rollers hatte. Langsam schob ich die Fackel näher an den Inhalt des Regals heran. Anfangs war ich noch vorsichtig, damit ich mit den Flammen nicht an die Spinnweben geriet, dann stellte ich jedoch durch eine versehentlich zu hastig ausgeführte Bewegung fest, dass das magische Feuer nichts anzündete, sondern einfach nur Licht spendete. Ein für meinen Geschmack zu großer dunkler Schatten mit acht Beinen huschte hinter einen Stapel alter Bücher. Ich konnte nur hoffen, dass die Spinne Angst vor der Flamme hatte und auf Abstand blieb, während ich mich auf meine Intuition konzentrierte und mit dem Ärmel grob den Schmutz von einem Stapel Bücher wischte, ehe ich das oberste an mich nahm. Sollte es nicht wieder ein Bauchsignal geben? Ich wartete, ob es erst verzögert kam – doch nichts passierte. Nicht einmal den Titel konnte ich lesen. Ich legte das Buch zu meinen Füßen ab und griff zum nächsten.

Erst beim vierten Buch im Stapel, einem dicken Wälzer, der einen modrigen Geruch verbreitete, tat sich etwas. Ein kleines Zupfen in meinem Magen, das ich zuletzt gespürt hatte, als ich mit Chris im Schlosspark gesessen hatte. Wenn er nicht unten in der Blase bei den anderen Hexen lag, wo steckte er denn dann? Ich ging in die Hocke. Anschließend legte ich mir das schwere Buch auf die Oberschenkel und rieb mit dem Handballen über den Titel. Warum hatte ich nicht Latein anstelle von Französisch gewählt? Zumindest hielt ich die verblasste, aber glücklicherweise ins dicke Leder geprägte, schnörkelige Schrift auf dem Buchdeckel für Latein. Ich fuhr die Buchstaben nach. *Codex clarus*. Mein Puls beschleunigte sich, mein Atem ging stockend und kondensierte an der Luft in kleinen Wölkchen. Ich hatte nicht bemerkt, dass es in dieser Ecke so kühl war.

Gerade als ich den Buchdeckel öffnen wollte, erschauderte das Buch und stieß einen Luftzug aus, der einem Seufzen gruselig nahekam. Ich kiekste erschrocken auf, fiel nach hinten und stützte mich gerade noch mit den Händen auf, um nicht unsanft auf dem Hintern zu landen und meine letzten Süßigkeiten zu zerquetschen. Das Buch landete mit einem *Rums* aufgeschlagen auf dem Boden. Ich beugte mich vor, betrachtete die Doppelseite und versuchte, den lateinischen Worten durch Vergleiche mit dem Französischen eine Bedeutung zu entlocken. Fehlanzeige. In deutschen Gymnasien wurde eindeutig zu wenig magisches Vokabular gelehrt. Zumindest der Wortstamm der wichtigen Wörter war den französischen nicht annähernd ähnlich. Was ich aber eindeutig lesen *konnte*, war die Sigille, die sich unter den unverständlichen Wörtern auf der Seite befand. Ich kannte zwar ihre Bedeutung nicht, aber das fluffige Gefühl in meinem Bauch und die Tatsache, dass sie leicht aufschimmerte, als ich die beiden nicht präzisen Geraden mit meinem Finger nachfuhr, war mir Beweis genug, dass ich mein Ziel gefunden hatte. Ich überlegte für einen Moment, ob ich die Seite einfach herausreißen sollte, entschied mich dann aber dafür, den schweren Wälzer besser mit nach unten zu nehmen. Der Weg zur Treppe zog sich ewig, ich war zuvor einfach meiner Intuition gefolgt. Und diese wollte mich offenbar noch immer in eine andere Richtung führen, denn ich kam mindestens zweimal an der einzigen, silbern glänzenden Oreo-Verpackung vorbei. Aber ich hatte bereits einen Plan, und den wollte ich jetzt durchziehen. Später könnte ich immer noch testen, wohin mich mein Bauchgefühl dieses Mal zerren wollte.

Als ich endlich den freien Platz der Galerie erreichte, zeichnete sich hoch über meinem Kopf bereits der neue Tag ab. Ich ging zum steinernen Treppenhaus und war froh über die Fackel, die ich noch immer in der Hand hatte, denn so konnte ich die Stufen wesentlich schneller nehmen als bei meinem ersten Besuch in der Dunkelheit. Schon vom letzten Absatz aus konnte ich das rote Leuchten sehen, das meine Mutter und die anderen noch immer gefangen hielt. Mit dem magischen Buch in der Hand fühlte ich mich endlich für ihre Befreiung gewappnet. Ich checkte noch einmal Sebastiens Puls, der zwar schwach, aber noch immer vorhanden war, ehe ich mich wieder ins Treppenhaus zurückzog, um dort notfalls vor einem erneuten magischen Rückschläger in Deckung gehen zu können. Das schwere Buch lag nun aufgeschlagen vor mir und immer noch stieg Modergestank von ihm auf. Ich starrte auf die Sigille, mein Hirn verfing sich kurz an den angepeilten Buchstaben – ich tippte auf RME – und schnell schob ich die nervige Stimme fort, die mich lästiger als neugierige Kinder unentwegt fragte, was das Zeichen denn bloß bedeuten könnte.

Mit geschlossenen Augen visualisierte ich die Sigille, ließ sie durch meinen Körper fließen und wünschte mir nichts anderes, als dass ich mit ihr meine Mutter und Tristan befreien könnte. Jeder Muskel verkrampfte sich, als würde die Magie der Sigille alle Energie aufzehren, die ich mir frisch angefressen hatte. Ich öffnete die Augen und fixierte mein Ziel. Meine Sigille begann zu leuchten. So grell, dass es mich nach all dem Dämmerlicht schmerzhaft blendete. Meine Augen tränten, doch mein Blick blieb weiter fest auf die rote Blase gerichtet, um den Vorfall mit der Metallschale nicht zu wiederholen. Dann übergab ich den Zauber an die Luft und mit ihm meine letzten Kraftreserven.

Ich betete, dass der Zauber nicht zurückgeschleudert wurde, denn ich wäre nicht mehr in der Lage, ihm auszuweichen. Meine Knie gaben nach, ich prallte gerade auf den harten Stein, als der Zauber die Blase traf und sie wie eine Glaskugel zerbersten ließ.

Keuchend ließ ich meinen Oberkörper auf die Arme sinken und hieß den Schlaf willkommen, der mich zu sich rief.

~ 24 ~

MARA

Blinzelnd öffnete ich die schweren Augenlider. Sie waren die wohl einzigen Körperteile, die nicht ziepten oder schmerzten.

Ich fühlte mich wie damals, als Tristan es für eine gute Idee gehalten hatte, mich zu seinem täglichen Jiu-Jitsu-Training mitzunehmen – und ich, angestachelt durch den Konkurrenzkampf, versucht hatte, ihn zu beeindrucken und zu übertrumpfen. Auch heute fühlte ich mich wie überfahren. Von einem Lkw. Mit mehreren Tonnen Ladung.

Mühsam rieb ich meine Augen, doch auch das nahm nicht den Nebelschleier fort, durch den ich die Lampe an meiner Zimmerdecke kaum mehr sehen konnte. Aber zumindest wusste ich nun, dass ich nicht mehr in der Höhle, sondern in meinem eigenen Bett lag. Langsam drehte ich den Kopf zur Seite und erkannte lediglich an der Helligkeit, dass draußen die Sonne schien. Ich sah weder einen Fensterrahmen noch andere Details.

Nackte Panik überkam mich. Ich hob meine Hand vors Gesicht und war tatsächlich schon erleichtert über den hautfarbenen Umriss und den Silberschimmer von Mamas

Armreif, den ich gerade noch so erkennen konnte. Mehr war da nicht. Es wurde schlimmer. Noch viel schlimmer!

Doch wer hatte mir den Reif wieder angelegt? Hatte ich es geschafft und die anderen tatsächlich gerettet?

Auf meinem Nachttisch fand ich meine Brille zwischen Büscheln getrockneter Kräuter und etwas, das nach abgenagtem Hühnerknochen aussah. Doch selbst durch die dicken Gläser vor den Augen sah ich nicht wirklich besser, also legte ich sie zurück. Mich vorantastend, ging ich ins Badezimmer und, als ich mit allem fertig war, vorsichtig weiter nach unten. Schon vom Flur aus hörte ich die Stimmen von Mama, Tristan und Ela, die allesamt erschöpft klangen. Ich beeilte mich, zur Küche zu kommen.

»Ihr seid wach!«, rief ich aus und wollte schnell zu meiner Mutter, übersah dabei jedoch einen Stuhl, der sich hinter dem Grau, dem immer weiter anwachsenden blinden Fleck, versteckt hatte. Ich stöhnte – aber auf eine schmerzende Stelle mehr kam es jetzt auch nicht mehr an.

Tristan sprang auf und drückte mich an sich, tastete mich ab, als müsste er prüfen, ob ich tatsächlich da war. »Ich habe mir entsetzliche Sorgen gemacht!«

Ich kam nicht mehr zum Antworten, denn Mama schob ihn zur Seite und erdrückte mich ebenfalls. Ihre Brust bebte, sie strich mir über den Kopf, und erst als ich mich über die mangelnde Luft beschwerte, ließ sie mich los und führte mich zu einem freien Stuhl. Kraftlos ließ ich mich darauffallen. Sie drückte mein Gesicht noch einmal so fest an sich, dass ich garantiert Abdrücke der Knöpfe ihrer Bluse davontragen würde.

»Ich bin so froh, dass es dir gut geht«, flüsterte sie,

tätschelte mich noch weiter und bot dann an, mir eine Cola zu holen, was dem Ganzen wenigstens etwas Positives gab.

»Wie hast du es geschafft, uns zu befreien?«, fragte Ela und kassierte ihrem Zusammenzucken nach unter dem Tisch einen Tritt von Tristan. Doch sie beachtete ihn nicht weiter, sondern sah mich schon fast durchdringend an. Ihre Nasenflügel bebten, als witterte sie etwas. Dann rümpfte sie die Nase, sodass ich instinktiv an mir selbst roch und das kleine Sichtfeld, das mir geblieben war, von ihr wegglitt. Der Modergeruch des alten Buches hing noch an mir. Aber sie sagte nichts dazu, sondern legte ein Lächeln auf, und da ich nicht auf ihre Frage einging, erklärte sie: »Nachdem ich Sebastien geheilt hatte, hat er uns erzählt, was seiner Meinung nach passiert ist. Dass das Aufspüren und Greifen der verschwundenen Hexen eine magische Falle ausgelöst haben muss, die uns ausgeknockt hat. Er berät sich gerade mit den anderen Auguren und den Ratsmitgliedern, wer so mächtig sein könnte, etwas Derartiges zu schaffen. Selbst unsere ganzen Versuche mit Blutmagie haben nie eine derartige Macht hervorgerufen. Nach heutigem Ermessen sollte ein solcher Zauber unmöglich sein.«

Mama stellte ein großes Glas Cola und Waffeln vor mir auf den Tisch und ich konnte mich gar nicht entscheiden, wonach ich zuerst greifen sollte. Ich entschied mich für einen Bissen von der Waffel und spülte ihn mit einem eiskalten Schluck Cola hinunter. Die platzenden Kohlensäurebläschen befeuchteten mein Gesicht, als ich das Glas erneut anhob und den Geruch einsog, der für mich immer wie Magie gewesen war, ehe ich erfahren hatte, dass es sie tatsächlich gab.

Alle drei sahen mich an, niemand drängte mich zu einer Erklärung und ich behielt es erst einmal für mich, dass mein Sichtfeld nun nur noch der Größe einer Briefmarke entsprach. Ich aß und trank, bis ich mich wieder lebendig genug fühlte, um ihnen zu berichten, was während ihres Blackouts passiert war.

»Sebastien hat mir den Flakon gezeigt, in dem mein Blut als Quelle der Magie aufbewahrt wurde«, sagte Ela dann leise. »Ich habe ihn vom Walpurgisritual wiedererkannt.«

»Wie kannst du dir sicher sein, dass es dein Blut war?«, fragte ich. Das kleine Fläschchen sah aus wie jedes andere.

»Ich habe es gerochen.«

»Du konntest riechen, dass es dein Blut war?«

Ela erzählte mir von ihrem speziellen Talent, schon das kleinste Duftmolekül riechen und zuordnen zu können. Sie konnte so offenbar auch Gefühle riechen, was für einige Fragen in meinem Kopf sorgte, die im Moment jedoch nicht wichtig waren.

Stattdessen fragte meine Mutter: »Wie sind die Entführer an dein Blut gekommen?«

Ela und Tristan erzählten abwechselnd, was seit Elas Ankunft vor ein paar Wochen geschehen war. Sie berichteten von dem großen Ritual um Mitternacht auf den ersten Mai – Ela nannte die Nacht abwechselnd Beltane oder Walpurgisnacht. Während hier in der Gegend Jungs ihren Angebeteten Maibäume mit ihrem Namen aufstellten, hatten Tristan und Ela die Welt vor dem Untergang bewahrt, indem sie das Ritual gerade noch rechtzeitig beendet hatten. Aber eine mächtige Dunkelhexe, Elas Schwester Gloria, hatte es noch geschafft, Ela etwas Blut abzuzapfen. Mächtiges

Blut, das Blut der Auserwählten. Offenbar mächtig genug, um einen Zauber zu wirken, der an glorreiche alte Zeiten der Magie erinnerte.

»Jetzt wissen wir wenigstens, was sie damit angestellt hat«, schloss Ela mit einer großen Portion Sarkasmus. »Entweder sind Gloria und Noah selbst für die Entführungen verantwortlich – oder sie arbeiten mit demjenigen zusammen, der es getan hat. Die Frage ist nur, wieso.«

»Du solltest wohl zukünftig besser auf dein Blut aufpassen«, versuchte ich mich an etwas Humor, was grandios scheiterte. Keinem war nach Lachen zumute. »Habt ihr die anderen zu ihren Eltern gebracht?«

Mama, die inzwischen mit uns am Tisch saß, nickte. »Ich fürchte, du wirst vor Dankeszaubern irgendwann abheben. Jede der Mütter hat etwas vorbeigebracht, was laut ihrer Familie in deinem Fall helfen könnte.«

Das erklärte das Unkraut und die Hühnerknochen in meinem Zimmer.

»Du hast ein so großes Opfer gebracht und uns alle gerettet, mein Schatz. Ich bin so unglaublich stolz auf dich.« Sie drückte meine Hand, ihre Finger waren eiskalt und zitterten. Ich sah sie an und selbst ich erkannte, wie ihr die Tränen über die Wangen rollten und sich das glitzernde Nass in den Kummerfalten zwischen Nase und Mund sammelte. »Und wir arbeiten daran, auch dir zu helfen.«

»Habt ihr die ganze Nacht weitergesucht?«, fragte ich und Tristan nickte. »Aber ihr habt nichts gefunden«, schloss ich aus seinem gesenkten Kopf.

»Nein«, bestätigte meine Mutter, »noch nicht.« Ihr Tonfall klang so bemüht, dass ich mir ihr Gesicht nur allzu gut vorstellen konnte, auch wenn ich es nicht genau erkennen konnte.

»Du trägst deine Brille nicht«, sagte Ela dann. »Soll ich sie für dich holen?«

»Nicht nötig. Es macht keinen Unterschied.« Ich tat mein Bestmögliches, die Angst, die sich in mir wie eine fiese Infektion immer weiter ausbreitete, nicht in meine Stimme zu übertragen, doch es misslang. Ich würde erblinden. Und das vermutlich schneller, als je ein Mensch erblindet war. Zu allem Unglück schniefte ich bei dem Gedanken daran auch noch und rieb mir übers Gesicht.

»Ich bringe dir noch ein Glas Cola«, sagte Tristan. Ich hörte den Stuhl über den Boden schaben. Erst als ich direkt in seine Richtung sah, erkannte ich ihn auch. Mein Sichtfeld war auf einen winzigen Fleck zusammengeschrumpft. Mein Gehirn ergänzte nur aus der Erinnerung heraus, was fehlte.

Mein Herzschlag beschleunigte sich, pumpte die Angst mit Höchstgeschwindigkeit durch meinen Körper. Eine Berührung am Rücken und ich zuckte zusammen, drehte mich hastig um. Mamas Gesicht war ganz nah bei mir. So nah und genau in dem winzigen Kreis, in dem ich noch etwas sehen konnte.

Sie strich mir die Haare aus dem Gesicht. Die Sorgen gruben tiefe Furchen in ihre Stirn und von der Nase zum Mund. »Alles wird gut, mein Schatz.«

Der Satz brachte das Tränenfass in mir zum Überlaufen. Sie kullerten und ich schniefte, während Mama mich fest an sich presste und mir unentwegt über den Rücken rieb.

Erst als Tristan sagte, dass Ela und er wieder in die Bibliothek gehen würden, ließ Mama mich kurz los und führte meine Hand beiläufig an ein eiskaltes Glas, aus dem Kohlensäure aufstieg, die meine Haut benetzte – beim Hinabsehen sah ich die Cola, die Tristan mir eingeschenkt hatte.

Nie in meinem Leben hatte ich mich so hilflos gefühlt – und so große Angst gehabt. Sie breitete sich immer weiter aus, krallte sich mit Widerhaken in jedem Winkel meines Körpers fest und ließ die Zellen zu Eis gefrieren. Ich zitterte so stark, dass mir Cola über die Hand floss. Mama tupfte sofort mit einer Serviette alles ab. Ich starrte hin. Auf die nur wenig entfernte Tischplatte, die so weit weg wirkte.

»Willst du mit rüber ins Wohnzimmer kommen?« Ich sah von meinen Händen auf, direkt in ihr Gesicht. Sie war nun umringt von einem grauen Schleier, als hätte ich ein Loch in einen Karton gestochen und müsste nun immer durch ihn hindurchschauen. »Ich werde den anderen bei der Suche helfen, du kannst es dir auch auf dem Sofa bequem machen.«

Ich lehnte ab. »Ich bleibe noch etwas hier sitzen und komme dann nach. Den Weg kenne ich ja.« Mein Versuch zu lachen scheiterte grandios.

»Wenn du etwas brauchst, ruf mich, okay?«

Ich nickte, was jede Illusion, ich würde bloß durch etwas hindurchsehen, von mir riss. Der Bildausschnitt hüpfte nicht, sondern bewegte sich wie ein Lichtkegel in der Dunkelheit.

»Drück uns die Daumen«, sagte Mama, als sie aufstand und mir noch kurz über die Wange strich. »Du bist mein Glücksbringer.«

Ich hielt mit dem letzten Rest Hoffnung, den ich in ein schmales Lächeln schob, den Daumen nach oben.

Mama drückte mir einen schnellen Kuss auf den Scheitel

und verschwand dann im Grau. Schneller, als ich ihr mit meinem eingeschränkten Blick folgen konnte.

Das Brummen des Kühlschrankes wurde immer lauter, je länger ich dasaß und mich an meiner Cola festhielt. Selbst das Ticken der Uhr aus dem Wohnzimmer auf der anderen Seite des Flures klang ohrenbetäubend. Von draußen drang Vogelgezwitscher zu mir. Ich tastete mich zum Küchenfenster und kippte es. Die Rufe der vielen Vögel, die in der Hecke ein Zuhause gefunden hatten, beruhigten mich irgendwie, vertrieben ein bisschen von der Kälte, die sich in mir festgesetzt hatte. Und da kam mir der Gedanke: Wenn ich bald nichts mehr sehen würde, müsste ich mir meine Lieblingsplätze noch ein letztes Mal ansehen, um sie für immer in meiner Erinnerung abzuspeichern. Meine Lieblingsmenschen hatte ich eben noch gesehen. Außer Mama und Tristan gab es niemanden, der diesen Titel verdient hatte.

Nein, garantiert nicht Christoph Brand, den mein verwirrtes, verängstigtes Hirn nun mit Spotlight und Fanfare in meine Gedanken projizierte. Es befahl mir, noch einmal bei ihm anzurufen. Aber er hatte bislang nicht auf meine unzähligen Anrufe und Nachrichten reagiert, vielleicht nicht reagieren können. Und womit hatte er sich den Platz auf der Lieblingsmenschenliste überhaupt verdient?

Ich schob sein Bild vehement von mir und dachte stattdessen an flauschige Entenküken. Ein letztes Mal wollte ich sie sehen. Noch bevor ich es mir anders überlegen konnte, tastete ich mich an den Stühlen vorbei in den Flur, schlüpfte in Schuhe und Jacke, auf der ich den Rosenprint nur noch als rote Kleckse erkannte, und verließ das Haus.

Die Strecke war mir so bekannt, dass ich behauptet hätte,

ihr mit geschlossenen Augen folgen zu können. Doch das wäre eine fette Lüge gewesen. Ich kam mir vor wie damals, als ich mit dem Roller auf der Landstraße nach Falkhausen durch einen so dichten Nebel fahren musste, dass mir die Strecke durch die Orientierungslosigkeit mindestens fünfmal länger erschien. Ich hatte mich stets gefragt, warum das Ortsschild noch nicht aufgetaucht war, hatte zwischendurch sogar Angst, mich – auf einer vollkommen geraden Straße! – verfahren zu haben.

Nun hatte ich ein Déjà-vu. Weil es nur noch einen kleinen Bereich gab, den ich mit meinen Augen erfassen konnte, musste ich immer nach unten sehen, um zu wissen, wohin ich trat. Meine Tiefenwahrnehmung war ebenso eingeschränkt und ich hatte das Gefühl, immer eine Stufe nach unten treten zu müssen, kam dann aber natürlich viel zu früh mit meinen Sohlen auf dem ebenen Gehweg an. Die anderen Passanten mussten mich für betrunken halten. Mein Kopf wummerte, hatte all die *neuen* Eindrücke zu verarbeiten, während ich mich stolpernd durch die Mittelstraße schob.

Immer wieder murmelte ich ein »'tschuldigung«, wenn ich versehentlich jemanden anrempelte – aber es war ja nicht so, dass die anderen nicht auch hätten ausweichen können. Es dauerte gefühlt Stunden, bis ich die Fußgängerzone mit dem in meinem aktuellen Zustand üblen Stolpersteinpflaster überquert hatte und endlich beim Palmencafé ankam. Ein letztes Mal sah ich die gläserne Fassade empor, versuchte, die vielen Palmen im Inneren zu erkennen, doch das war unmöglich. Wie viele Stunden hätte ich sie betrachten können, genau wie die ganze Innenstadt, den in künstliche Bahnen gelenkten Bachlauf in der Fußgängerzone, die in regelmäßigen Abständen angepflanzten und perfekt gestutzten Bäume …

Ich hatte all das nie wirklich zu schätzen gewusst. Ein Hupen ließ mich bei der Überquerung der Straße beschleunigen, und kaum dass ich das nächste Gebäude hinter mir gelassen hatte, konnte ich mit viel Fantasie schon das Teichwasser riechen. Begleitet von intensivem Rosengeruch, der von den offenbar früh blühenden Rosenbüschen ausging, die wohl selbst hier am Eingang des Parkes gepflanzt worden waren.

Das Schnattern der Enten lockte mich immer weiter, bis ich bei meiner liebsten Parkbank ankam. Der neben der Brücke über dem schmalen Rinnsal, das parallel zum Fußweg entlanggluckerte und auf dem Tristan und ich im Sommer immer Papierboote hatten schwimmen lassen.

Ich ging in die Hocke, um das klare Wasser noch einmal erkennen zu können. Es war fast unmöglich. Ebenso unmöglich war es, mehr als den verschwommenen Umriss von Schloss Falk zu erkennen, das hoch über mir aufragte. Ganz gleich, wie sehr ich die Augen auch zusammenkniff, weiter als bis zum Ende der Brücke konnte ich nicht sehen. Daher setzte ich mich auf die Parkbank und schloss für einen Moment die Augen, um ihnen – und meinem Kopf – eine Pause zu gönnen.

Ein befehlshaberisches *Nak-Nak-Nak* ließ mich die Lider heben. Die Entenmama kommandierte gerade ihren Nachwuchs von einer etwas breiteren Stelle des Rinnsales aus zurück zum Teich. Weil ich reglos dasaß, kamen sie so dicht an mir vorbei, dass ich glaubte, sogar die dunklen Augen der

Kleinen erkennen zu können. Ich lächelte beim Anblick der wie auf einer Schnur aufgefädelten Entenfamilie, die mit einem *Platsch-Platsch-Platsch* im Wasser landete, ehe sie mit unglaublichem Tempo zum anderen Ufer schwamm. Die Wellen ihrer Bewegung schwappten am Rand meines Sichtfeldes gegen das hohe Schilfgras. Ich beobachtete die verzerrte Spiegelung der Wolken im Wasser, bis die Teichoberfläche wieder so ruhig dalag, dass sie selbst die zarten Gräser auf der anderen Seite des Teiches perfekt abbildete.

Ein lange nicht gespürtes, wohlig-warmes Gefühl durchflutete meinen Körper, das ich als Zufriedenheit erkannte. Ich war lange nicht – vielleicht noch nie! – so … glücklich gewesen wie in diesem Moment. An einem Ort, den ich schon mein ganzes Leben lang kannte. Erst dann fiel mir auf, dass es nicht an dem Ort oder dem hübschen Bild vor mir lag, sondern daran, dass ich all das *überhaupt* sehen konnte. Die Entenküken, das Schilfgras am anderen Ufer, einen imposanten Rosenstrauch, dessen intensiver Duft vom Wind zu mir geweht wurde … Ich konnte all das sehen!

Aus den Augenwinkeln sah ich eine Joggerin in gelber Neonweste und hörte zu, wie sie trotz des hohen Tempos ganz ruhig mit irgendwem über ihr Headset telefonierte und sich gerade beschwerte, dass die »verfluchten Rosen überall Bienen anlockten«, gegen die sie allergisch war. Das grelle Gelb verlor sich erst ganz weit hinten zwischen den noch kahlen Bäumen.

Ich konnte sie sogar noch leuchten sehen, nachdem ich meinen Blick bereits wieder über die Schilfgräser gleiten ließ, um die Küken und ihre Mutter zu suchen. Mein Sichtfeld weitete sich praktisch mit dem Lauf der Joggerin, das

Grau verschwand, wurde von für meine Verhältnisse glasklarer Sicht auf den Park ersetzt.

Ich richtete mich auf, meine Fingerspitzen kribbelten und ich wusste gar nicht, wo ich zuerst hinschauen sollte. Mein Atem ging stockend, als wäre ich die Highspeed-Joggerin in Neonweste. Mein Magen machte einen Satz wie am höchsten Punkt einer Schaukel. Ich liebte dieses Gefühl, liebte Achterbahnen oder diese Fahrgeschäfte mit Überschlag und freiem Fall nach unten, der einen aus dem Sitz abheben ließ. Die »Fahrgeschäfte für Verrückte« laut Tristan. Auf dem jährlichen Kinder- und Heimatfest stand er immer mit meinem Handy, meiner Jacke und allen losen Gegenständen unten und wartete mit kreidebleichem Gesicht darauf, dass ich überlebte.

Mein Blick glitt hoch zum Schloss, hinter dem der Festplatz lag, der mit so vielen wundervollen Erinnerungen verbunden war. Ich konnte jeden einzelnen Ziegel ausmachen. Warum konnte ich plötzlich wieder alles sehen, selbst die fleckigen Schlieren an der Fassade erkennen, die der Regen über die Jahre unter die Rundbogenfenster gezeichnet hatte?

Mein Magen hopste erneut.

Jetzt erkannte ich darin aber nicht mehr das Gefühl des Fallens, sondern das Ziehen meiner … Intuition – oder was auch immer in der Wächterbibliothek an mir gezupft hatte.

Ich stand auf, sah über das Schilfgras hinweg ein gelbes Flauschküken den Kopf ins Wasser stecken, ehe meine Aufmerksamkeit wieder vom Schloss hinter mir eingefangen wurde wie von einem Lasso. Meine Schritte waren zunächst fast bedächtig, ich überquerte die knarzende Brücke über das Rinnsal, deren Geländer, auf dem ich bei meinem letzten Besuch noch gesessen hatte, inzwischen von den Ranken des Rosenbusches daneben vollkommen zugewuchert war, und begann, den serpentinenartig angelegten Weg zum Schloss emporzulaufen.

Bei jeder Kehrtwende, die mich wieder in Richtung Schloss führte, spürte ich aufs Neue ein sanftes Zupfen in meinem Bauch. Es war wie ein Rausch, meine Schritte beschleunigten sich wie von selbst. Der Sandsteinbruch unter meinen Schuhen knirschte, als ich abrupt zum Stehen kam, weil mich ein Schwindelgefühl erfasste, das meine Welt sich buchstäblich im Kreis drehen ließ. Ich schaffte es gerade noch, mich auf die hölzerne Bank im Inneren des kleinen Metallpavillons fallen zu lassen, an dem normalerweise erst im Sommer etliche Rosen erblühten – die in diesem Jahr jedoch auch bereits alle in voller Blüte standen.

Der Mülleimer am Eingang quoll über und verströmte einen üblen Gestank, den nicht einmal die Rosen übertünchen konnten, was dramatisch war für jemanden, der sowieso schon keine Luft bekam und hektisch atmete. Ich schloss die Augen, ignorierte den Gestank und hielt mich dabei am kalten Metall fest, um die Karussellfahrt zu stoppen. Es dauerte, aber als ich die Augen wieder öffnete, konnte ich selbst den Werbeslogan des Pappbechers im Mülleimer wieder gestochen scharf erkennen. Da war kein einziger grauer Schleierfetzen mehr, der am Rand meines Sichtfeldes tanzte.

Mein Blick glitt entspannt wie nie über das Panorama von Falkhausen, das nun unter mir lag. Der alte Stadtkern mit den wenigen noch im ursprünglichen Fachwerkstil erhaltenen Gebäuden, die Fußgängerzone, auf der Anhöhe auf der anderen Seite der Stadt vor dem Horizont das Wohnviertel, in dem Mama und ich lebten, und hinter dem sich die Sonne gerade senkte. Ich kannte das Panorama von Falkhausen und diesen Ausblick von hier aus schon mein ganzes Leben lang – und doch war er nie so schön gewesen.

Direkt unter mir lag der Schlosspark mit seinen vielen kleinen Teichen, den Himmel spiegelnden blauen Tupfen zwischen den ersten grünenden und knospenden Büschen. Und dazwischen die bereits in voller Blüte stehenden Rosen, die meisten davon rot wie Blut. Wie konnte es sein, dass sie in diesem Jahr alle schon so früh blühten?

Der Westturm von Schloss Falk befand sich nur wenige Schritte hinter dem Pavillon. Er bildete eine der zwei übrig gebliebenen Ecken der Schlossmauer, die auf dieser Seite von Schloss Falk noch gut erhalten war und die einst den gesamten Hügel, auf dem das Schloss stand, umrundet hatte. Die letzte Schlaufe des Serpentinenweges, dem ich nach hier oben gefolgt war, lief auf ein gusseisernes Tor zu, das an dem Mauerstück rechts vom Turm eingelassen war und hinter dem eine steinerne Treppe nach oben zum Rosengarten des Schlosses führte.

Das Tor war nur wenige Tage im Jahr geöffnet, wann immer sich die Erben von Schloss Falk mit ihrem berühmten Rosengarten rühmten. Da stechenden Blumen aber nicht gerade mein Interesse galt, ja nicht einmal Mama sich dafür interessierte und mich nicht wie so viele andere Mütter mitschleppte, war ich noch nie jenseits des mit täuschend echt aussehenden, filigranen Rosen aus Metall verzierten Tores gewesen. Was ich nun bereute.

Denn der Westturm zog immer wieder meine Aufmerksamkeit auf sich. Auch er war inzwischen bereits von Kletterrosen eingenommen wie sonst nur im Sommer. Von hier draußen gab es natürlich keinen Zugang zum Turm, was für eine Verteidigungsanlage ja auch sehr kontraproduktiv gewesen wäre. Dieser musste oben im Schlossgarten liegen, hoch über mir, jenseits des schwarzen Metallgitters mit den unzähligen Ranken und all den Metallrosen, die im gerade einfallenden Licht der tief stehenden Sonne scharfkantige Schatten auf die Stufen dahinter warfen.

Ein zarter Stups in meinem Bauch war der zündende Funke. Ich erhob mich von der Bank im Pavillon und ging schnellen Schrittes auf das Metalltor zu – und bereute es im selben Moment.

Die Farben um mich herum verschwammen, leuchteten auf, verblassten, veränderten sich, als würde jemand schnell hintereinander verschiedene Filter in einer Foto-App ausprobieren. Viel zu grelles Weiß, Sepia, schreiendes Pink, invertierte Farben – und all das, bis ich das erste Mal blinzeln musste. Von dem Farbrausch um mich herum meines Gleichgewichts beraubt, stolperte ich nach vorne und prallte gegen das Tor. Reflexartig suchte ich nach Halt und schlang meine Finger um das Metall. Ein großer Fehler.

~ 25 ~

MARA

Jeder kennt die Geschichte über den Jungen, der einmal mit der Zunge an einem Laternenpfahl festklebte, weil er nicht auf seine Mutter hören wollte, die ihn vor dem eiskalten Metall gewarnt hatte. Er musste später mit lauwarmem Wasser gerettet werden und hat nie wieder Laternenpfosten abgeleckt. Ich wusste nicht, ob das wirklich jemals passiert war oder ob Eltern das nur erzählten, um ihre Kinder zur Vorsicht zu ermahnen – egal, ob es um Laternen oder das Eis am Stiel im Sommer im Freibad ging.

Fakt war, dass meine Hände die unnatürliche Kälte des gusseisernen Tores kaum spürten. Wohl aber, dass ich aufgrund von Feuchtigkeit an dem Metall festzukleben drohte, weshalb ich schlagartig zurückzuckte und auf meine vor Schmerz pochenden Hände und den Grund für die Feuchtigkeit hinabsah.

Blut quoll an zig Stellen hervor. Winzige Rubintropfen im zarten Geäst meiner Handlinien. Die verdammten Metallrosen waren schärfer als Messer und hatten mir die Hände aufgeschlitzt! Die Wunden waren nicht sehr tief – zum Glück! –, aber nun brannten meine Hände, als hätte ich gleich mehrere Papierschnitte, die ich schon immer wesentlich schmerzhafter fand als den fehlgeleiteten Schnitt mit dem Gemüsemesser vor ein paar Jahren.

Ich sah wieder auf zum Tor, das in diesem Augenblick weiß vor dunklem Hintergrund hervortrat. Dann war es wieder normal. Dann wieder weiß. Mit invertierten Farben sah alles aus wie ein Röntgenbild, furchtbar gruselig. Die weißen Rosen mit den winzigen Dornenranken, die sich um die Metallstreben wanden, schienen sich bei den Farbwechseln zu bewegen – oder sie schlängelten sich tatsächlich immer weiter.

Ich wagte es nicht zu blinzeln, wich mit einem großen Schritt zurück und starrte wie eine Idiotin auf das nun wieder völlig harmlos wirkende gusseiserne Tor, das ich schon so oft gesehen hatte.

Was zur Hölle …

Mit einem Blick hinab auf meine Hände, die noch immer brannten, musste ich den flüchtigen Gedanken, ich hätte mir alles nur eingebildet, wohl oder übel verwerfen.

Vor drei Jahren hatten wir genau hier – unter diesem »berühmten« Wahrzeichen der Stadt – Fotos vom Team geschossen. Wir hatten herumgealbert, uns an die Schlossmauer und sogar an das Tor gelehnt und damals war definitiv nichts dergleichen geschehen.

Ich tastete in meiner Gesäßtasche nach meinem Handy, bis mir einfiel, dass ich es bei meinem schnellen Aufbruch nicht eingesteckt hatte. Und ausgerechnet heute war, so weit ich sehen konnte – und im Moment war es vermutlich genauso weit wie jeder andere Mensch –, niemand im Schlosspark unterwegs, der mir sein Handy hätte leihen können.

Ich sah in die Ferne, auf die Anhöhe jenseits der Innenstadt – dann zurück zum Tor.

Mir war klar, dass hier irgendwas Hexenmäßiges vor sich ging, und ich war neugierig. Verdammt neugierig. Aber auch nicht bescheuert. Also rieb ich meine Hände an meinen zum Glück schwarzen Leggins ab, um nicht mit blutüberströmten Händen wie eine Massenmörderin zu wirken, ehe ich Richtung Pavillon ging, um den Pfad wieder nach unten zu gehen.

Bei den ersten Schritten weg von der Schlossmauer war es nur ein leichtes Ziehen im Bauch, das ich ignorieren konnte. Doch mit jedem weiteren Schritt wurde es stärker, als hätte man mich mit einem Bungeeseil festgebunden. Inzwischen ging ich nach vorne gebeugt und war dennoch kaum in der Lage, den nächsten Fuß auch nur ein paar Zentimeter weiterzuschieben, ohne zurückzurutschen.

»Verfluchte Hexerei!«, schimpfte ich so laut, dass die Vögel in den Baumwipfeln unten im Park verstummten. Ich kam mir vor, als wäre ich der letzte Mensch auf der Welt. Sonst war *immer* irgendjemand im Park unterwegs. Ich sah auf den Gebäudeklotz am anderen Ende des Serpentinenwegs, das neu erbaute Seniorenheim. Der Weg vom Schlosspark zum Schloss hinauf führte direkt am dortigen Hintereingang vorbei, damit die Senioren Abwechslung im Park finden konnten. Aber ausgerechnet heute – trotz des sonnigen Spätnachmittags – war auch dort niemand zu sehen. Der Schatten des gigantischen Gebäudes jedoch wuchs immer weiter an. Der Himmel über der Stadt dahinter war bereits orangerot eingefärbt. Bald würde die Sonne hinter Falkhausen untergehen.

Meine Füße verloren langsam ihren Halt. Noch immer zog mich die *Intuition* nach hinten – wer hätte gedacht, dass sie so stark sein konnte.

Wir Hexen hören auf unser Bauchgefühl, kamen mir Mamas Worte wieder in den Sinn. Ich sah über die Schulter zum Schlosstor, das so friedlich und verträumt dalag. Dann gab ich mit einem leisen Grummeln nach und drehte mich um, fixierte das Tor bei jedem vorsichtigen Schritt wie eine Kontrahentin beim Volleyball. Als wartete ich auf den Aufschlag, einen ersten Angriff.

Obwohl ich nicht hinsah, wusste ich aufgrund des streng riechenden Mülleimers, wann ich auf Höhe des Pavillons angekommen war. Mühelos ging ich weiter, dieses Mal veränderten sich die Farben meiner Umgebung nicht, ich geriet nicht ins Stolpern und wurde auch nicht von Schwindel übermannt. Stattdessen zog mich mein Bauchgefühl immer schneller in Richtung Metallgitter. Einer Angelschnur gleich, die eingeholt wurde. Nur wenige Zentimeter davor blieb ich stehen.

Noch immer war da diese pulsierende Kälte, die vom Tor ausging. Vorsichtig streckte ich meine vom Schnitt pochende Fingerspitze in Richtung Metall, näherte mich Zentimeter für Zentimeter. Abgesehen von dem Gefühl, vor der Kälte zurückweichen – oder mir Handschuhe holen – zu müssen, war da nichts. Die Rosen bewegten sich nicht, die Dornenranken wanden sich vollkommen reglos um die Metallstreben. Dahinter lag die nicht ganz ebenmäßige, in den steinernen Untergrund gehauene Treppe, die nach oben zum Rosengarten führte. Ich konnte das obere Ende sehen, wenn ich den Kopf in den Nacken legte. Doch dort gab es von hier unten aus gesehen nur Bäume vor rosa gefärbtem Himmel, die mir jeden tieferen Einblick in den Rosengarten versperrten.

Ein letztes tiefes Durchatmen, dann wagte ich es und stupste mit dem Zeigefinger an das Metall. Nur ganz leicht, eine so kurze Berührung wie der Flügelschlag eines Schmetterlings – und doch begann das Metall sofort zu erzittern. Ich zuckte zurück und sah einen feuchten Fleck auf dem Metall. Mein Finger blutete wieder und ich wischte ihn an der Hose ab. Was ich mit geschlossenen Augen als Handyvibration abgetan hätte, breitete sich immer weiter aus und ließ die blühenden Metallrosen klimpernd zu Boden fallen, wo sie – direkt vor meinen Füßen – binnen Sekunden verblühten und zu Staub zerfielen.

Erst als auch die letzte Blüte und der letzte Dornenstrang abgefallen waren und sich mit dem Boden vereint hatten, verstummte das sanfte Brummen und allumfassende Stille senkte sich über den Park, über ganz Falkhausen, vielleicht die ganze Welt. Ein lautes Klicken ertönte, das wie ein Schuss klang und dessen Echo von der steinernen Treppe zurückgeworfen wurde. Dann sprang der rechte Flügel des Tors auf – und ich einen großen Satz zurück.

Das Ziehen in meinem Bauch meldete sich natürlich sofort wieder und ich verdrängte die Stimme der Vernunft, die brüllte, es könne eine Falle sein wie der Rückholzauber, der Mama und die anderen gefangen gehalten hatte, und dass ich bloß nicht weitergehen solle. Ich hatte die Vernunft nie gemocht. Sie hatte damals lauter als meine Mutter gebrüllt, ich solle keinen Rollerführerschein machen, obwohl ich ohne Roller auf Mama als Taxidienst angewiesen war.

Ich stieß also die Vernunft beiseite und durchquerte zum allerersten Mal das Tor zum Rosengarten. In meinem Magen erzitterte das Band, als hätte man daran gezupft und es in Schwingung versetzt wie eine dicke Basssaite. Mit jeder Stufe nach oben weitete sich mein Blick in den Garten, der in jedem Jahr nur ein Wochenende lang für Besucher geöffnet war. Ich hatte nicht erwartet, dort bereits jetzt die Pracht zu sehen, von der anschließend immer in der Zeitung berichtet wurde. Hunderte verschiedener Rosen, die alle in voller Blüte standen – aber es waren weit mehr als auf den Fotos.

Die Rasenflächen zwischen den völlig überwucherten Beeten waren noch von verrottetem Laub bedeckt, das der Wind von den hohen Bäumen des Parkes unterhalb der Schlossmauer in den Garten gefegt hatte. Seit dem Herbst hatte sich wohl noch niemand darum gekümmert. Ein modriger Geruch vermischte sich mit dem Rosenduft und ein widerlich süßes Aroma hing über dem ganzen von der hohen Mauer umringten Garten, weshalb ich fortan durch den Mund atmete.

Auf der mir gegenüberliegenden Seite führte eine lange Treppe zum Schloss hinauf. Ein paar knorrige Bäume säumten die Mauer von innen, alle bereits von Dornenranken überwuchert, die sich wie irgendwelche Schlingpflanzen in Tropenwäldern um die Stämme wanden.

Mich zog es zu einem besonders krummen Exemplar, von dem Rosenstränge hingen, als wären es Lianen. Ich schob sie vorsichtig beiseite, kratzte mir dabei jedoch trotzdem den Handrücken auf. Dahinter erkannte ich dann die von einer weiß verputzten Mauer eingefasste Treppe in der Ecke des Rosengartens. Sie führte zu einer hölzernen Tür mit Fischgrätenmuster, die hinter den Dornenranken allerdings kaum mehr als solche zu erkennen war. Der Eingang zum Westturm, der auf dieser Seite noch stärker zugewuchert war als von außen.

~ 26 ~

MARA

Keine Ahnung, wie lange ich am Fuß der sieben Stufen stand, die rechte Hand auf der hüfthohen Einfassung der Treppe, die einen Absturz über die Schlossmauer in den tief darunter liegenden Schlosspark vereiteln sollte. Der Turm ragte hoch über mir auf, eine gigantische dunkle Silhouette vor dem flammenden Panorama des Sonnenunterganges. Erst als nur noch ein dunkelroter Streifen am fernen Horizont zu sehen war, stieg ich die Stufen hinauf. Ganz langsam, obwohl das Ziehen in meinem Bauch immer stärker wurde.

Die Parklaternen tief unter mir erwachten in der Dämmerung, tupften helle Lichtflecken auf die düsteren Wege zwischen den noch fast kahlen Bäumen. Auch die Straßenlaternen in der Stadt dahinter schalteten sich nach und nach an. Ich sah mich um. Der Rosengarten wirkte nun so düster. Hier gab es keine Lampen, das Licht von unten reichte nicht bis hier hoch. Natürlich war gerade heute auch kein Mond zu sehen, der es vielleicht etwas weniger gruselig gemacht hätte. Stattdessen bewegten sich die Äste der Bäume an der Schlossmauer bei jedem noch so kleinen Windstoß viel zu übertrieben und knarrten in der Dunkelheit noch viel lauter, als es normal sein konnte. Viel zu schnell stiegen erste Nebelfetzen auf, legten sich über die wuchernden Rosen wie Leichentücher. Ich erschauderte und das Rascheln meiner Jacke erschreckte mich. Wenigstens bewegten sich die aufgedruckten Rosen darauf nicht.

Ich sollte nicht länger hier stehen und mich in die gruselige, abschreckende Kulisse hineinsteigern. Ich sollte sofort in den doofen Turm schauen, vielleicht die Lösung finden, zu der mich mein Bauchgefühl führen wollte, und dann schnellstmöglich von hier verschwinden!

Das *Sofort* dauerte, bis der Himmel mit unzähligen Sternen übersät war und sich endlich auch der Mond blicken ließ, bis er über das Firmament wanderte und dabei den Turm, die Treppe und die Fischgrätentür in ein surreales Licht tauchte, das beinahe wie die Magie aussah, die ich in den letzten Tagen kennengelernt hatte. Ich war nicht in der Lage, mich zu rühren. Die Lichter der Stadt erloschen immer weiter. Ich hatte ohne Handy keine Ahnung, wie spät es war, aber die Kirchenglocken schienen im Minutentakt die volle Stunde zu schlagen.

Trotz der Kälte, die rund um die Eisheiligen vor allem in der Nacht noch vorherrschte, fror ich nicht, sondern stand reglos da und verfolgte die Bahn des Mondes, genoss das Funkeln der Sterne und bekam eine Gänsehaut beim Anblick der Schönheit des sanften Leuchtens des Westturmes im Mondlicht.

Erst als unter mir in der Stadt vollkommene Dunkelheit herrschte, stieg ich die Stufen weiter hinauf. Meine Beine kribbelten nicht. Obwohl ich stundenlang still gestanden haben musste, waren sie nicht eingeschlafen, nicht einmal wacklig. Als wäre überhaupt keine Zeit vergangen. Ich verspürte auch keinen Hunger oder Durst. Ich existierte … jenseits von allem.

Mit Kontakt zur gebogenen Türklinke kam ich mir wieder real vor. Die Klinke war so übernatürlich kalt wie das Tor und ich zuckte zurück, schob meinen Ärmel nach unten, um keine Frostbeulen – oder schlimmer noch, ein Festfrieren – zu riskieren.

Meiner Erwartung eines Widerstandes – ganz gleich, ob in Form eines rostigen Schlosses oder zumindest eines Quietschens wie aus Horrorfilmen – wurde die Tür nicht gerecht. Die Klinke ließ sich so leicht herunterdrücken wie bei den ständig benutzten Türen zu Hause, nichts quietschte oder wehrte sich gegen mein Eindringen. Die Türangeln seufzten lediglich leise, als ich die Tür aufschob und ein sanfter Luftzug meine Haare flattern ließ, sodass sie meine Nase kitzelten. Ich sog die Luft tief ein. Sie roch nach absolut gar nichts. Wegen der kleinen Schießscharten unter der kegelförmigen Turmspitze hatte ich denselben modrig-süßen Geruch wie draußen erwartet, aber hier drin war rein gar nichts. Soweit ich es sehen konnte, gab es weder Spinnweben noch Staub, der in der Nase kitzelte. Ein völlig staubfreier, geruchloser uralter Raum, was dem Ganzen mehr Gänsehautpotenzial verlieh als eine Geisterbahn.

Trotz der aufgerichteten Härchen an meinem ganzen Körper fand in meinem Bauch eine Party statt. Es fühlte sich an, als wäre mein Herz nach unten gefallen und trommelte dort in einem immer schnelleren Beat, der mich dazu antrieb, in den Turm zu treten, hinein in die absolute Dunkelheit, die jenseits des kleinen Kleckses einfallenden Mondlichtes herrschte. Wenn ich mich anstrengte, konnte ich noch die ersten Stufen der Wendeltreppe erkennen, die nach oben führte. Ich ging darauf zu und griff nach dem hölzernen Handlauf, der sich aus dem Schatten schälte.

Meine Füße tasteten sich langsam voran, ich prüfte jede Stufe, ehe ich sie mit meinem vollen Gewicht belastete. Meine rechte Hand schob ich die Haltestange an der Innenseite der Wendeltreppe entlang. Das Holz war vollkommen glatt, wie frisch gehobelt, poliert und gestrichen.

Oder wie sehr oft und von zig Händen benutzt, kam mir der Gedanke, während ich mich im Uhrzeigersinn immer weiter durch die vollkommene Dunkelheit nach oben arbeitete. Anfangs hatte ich die Stufen noch gezählt, aber die Dunkelheit, die Erwartung, dass ich im nächsten Moment in einen Vorhang aus Spinnweben treten oder sich mir jemand – oder etwas! – in den Weg stellen könnte, machte es mir unmöglich.

Bei achtundvierzig hatte ich aufgegeben und hatte mich dabei sicher schon verzählt. In diesem tiefen Schwarz fing mein Kopf an, selbst Bilder zu ergänzen. Beispielsweise die Fugen der Außenmauer, obwohl ich unten gesehen hatte, dass der Turm innen ebenmäßig glatt war. Wobei, vielleicht hatte man das nur unten gemacht, wo man etwas sehen konnte. Dann glaubte ich irgendwann, die Maserung des Handlaufes zu sehen oder die metallene Befestigung. Später ergänzte mein Kopf sogar schon die immer gleichen Stufen. Meine Atemzüge hallten im Treppenhaus wider, meine Oberschenkel schrien nach einer Pause.

Inzwischen glaubte ich schon, die Stufenkanten in einem

schwachen Orange leuchten zu sehen. Ich ging weiter. Stufe für Stufe wurde das Licht heller. Ich war so gut wie oben! Ich beschleunigte meine Schritte. Jetzt, wo ich die Treppe sehen konnte, war sie auch kein Problem mehr.

Irgendwann folgten keine weiteren Stufen mehr. Stück für Stück erhielt ich einen größeren Einblick in ein Turmzimmer mit winzigen Schießschartenfenstern unter offenen Dachbalken. Jenseits der Fenster auf der einen Seite herrschte noch Nacht, auf der anderen kletterte das Morgenrot sanft ins Turminnere. Ich trat zu der östlichen Schießscharte hinüber, um hinauszusehen und mich zu vergewissern, dass der Rest der Welt noch existierte. Mit den Händen stützte ich mich rechts und links ab und wagte es, meinen Kopf, so weit es ging, über den Sims zu schieben, um vielleicht bis nach unten sehen zu können. Doch die Mauer war so dick, dass ich mich mit dem ganzen Oberkörper seitlich in das Fensterchen hätte schieben müssen, um nach unten sehen zu können. Die Dicke der Mauer war mir unten bei der Tür gar nicht aufgefallen.

Als ich mich wieder aus der Fensternische geschoben und mich von der wundervollen Aussicht auf das Morgenrot jenseits der Stadtgrenzen abgewandt hatte und ein wenig mehr Licht ins Innere drang, erkannte ich, dass unter dem Fenster, auf der gegenüberliegenden Seite des Turms, jemand mit dem Rücken zu mir auf dem Boden lag.

Ich musste sein Gesicht nicht sehen, um ihn zu erkennen. Außerdem trug Chris dieselben Klamotten wie bei seinem Besuch bei mir, bei unserer letzten Begegnung.

»Chris?« Er regte sich kein bisschen, während mein Bauch einen Salto nach dem anderen vollführte. Der letzte wurde zur Bruchlandung, als mir auffiel, dass sich nicht einmal Chris' Brustkorb hob und senkte.

Im nächsten Moment kniete ich bereits neben ihm. Sofort durchdrang die Kälte des Steinbodens meine Jeans. Doch der Frost, der sich in meiner Brust ausbreitete, war schlimmer. Ich stieß Chris an, er fiel schlaff auf den Rücken und blieb reglos liegen, den Kopf noch immer von mir abgewandt. Ich drehte sein Gesicht nach oben, hielt meine Hand vor seinen Mund, spürte jedoch nicht den kleinsten Lufthauch. Verdammt, Chris! Wach auf! Ich rüttelte stärker an ihm, sein Kopf rollte hin und her und er würde vermutlich schreckliche Kopfschmerzen bekommen – doch was war das schon im Vergleich zu dem Schmerz, den ich gerade empfand? Die Panik ließ meine Finger so stark zittern, dass ich kaum in der Lage war, nach seinem Puls zu tasten. Ich spürte aber nur meinen eigenen.

Immer wieder verschwamm sein Gesicht vor meinen Augen. Tränen konnte ich jetzt echt nicht gebrauchen. Wie hatte ich nur ohne Handy aus dem Haus gehen können!

Ich musste Hilfe holen, stemmte mich auf und ging zum Südfenster, schob mich, so weit ich konnte, in die enge Nische und schrie. Ich schrie so laut um Hilfe, dass ich vermutlich sogar alle Bewohner des Seniorenheimes wecken würde – aber das war mir egal. Ich schrie, bis mir die Luft ausging und nur noch ein raues Krächzen übrig blieb – und doch drang mein Schrei nicht nach außen, sondern kam als Echo zu mir zurück, als hätte ich die Mauer angebrüllt.

Ich drehte mich um, sprang mit zwei schnellen Schritten zum Handlauf und wollte mich schon die Stufen hinabschwingen, doch natürlich riss mich das Band, das mich ganz offensichtlich zu Chris gezerrt hatte, wieder zurück. Ich kam selbst dann nicht weiter als bis zur dritten Stufe, als ich meine Finger um den Handlauf krallte und wie beim Seilklettern eine Hand über die andere setzte. Die Kraft, die ich bis nach unten brauchen würde, konnte ich unmöglich aufbringen.

Ich ging alles durch, was ich im Erste-Hilfe-Kurs zum Rollerführerschein gelernt hatte, und ging zurück zu Chris. Ich musste ihn wiederbeleben. Es gab einen Grund, warum mich meine Intuition zu ihm geführt hatte. Ich musste ihn retten.

Ich suchte wie damals an der Dummypuppe den Druckpunkt, schob das Ergebnis meines Versuchs – mehrere gebrochene Rippen für die arme Puppe – von mir und begann, im Rhythmus von »Stayin' Alive« von den Bee Gees auf seinen Brustkorb zu drücken. Seit der Endlosschleife im Kurs hasste ich das Lied. Meine Hände zitterten, dennoch konzentrierte ich mich darauf, nicht in Panik zu geraten. Nach dreißigmal Drücken hielt ich Chris die Nase zu und öffnete mit der anderen Hand seinen Mund. Während ich ihm den Inhalt meiner Lunge in den Mund presste, weitete sich sein Brustkorb und wieder zupfte etwas in meinem Inneren. Zupfte stärker, als ich ihn das zweite Mal beatmete.

Erneut summte ich den Song der Bee Gees, pumpte hoffentlich Sauerstoff durch seinen Körper. Doch nichts geschah. Inzwischen schwitzte ich vor Anstrengung, mein Atem ging stockend und doch half es nichts! Was ich beim nächsten Durchgang in Chris' Lunge presste, war vermutlich nur noch ein Bruchteil des Volumens vom ersten Mal. Meine Lippen zitterten auf seinen, wieder geriet das dumme

Band in meinem Magen in eine Schwingung, die Vibrationen bis zu meinen Fingerspitzen aussandte. Ich schmeckte das Salz meiner Tränen, als ich es erneut versuchte.

Inzwischen war selbst vom Boden aus, auf dem ich vollkommen erschöpft wieder auf Chris' Brustkorb drückte, das Morgenrot zu erkennen. Es ließ Chris so friedlich wirken, lebendig, in einen entspannten Schlaf versunken. Ich hatte meine Jeansjacke ausgezogen und unter seinen Kopf gelegt und nun ruhte er auf einem weißen Kissen mit Rosenprint, während das Morgenrot seine Gesichtszüge streichelte und seine vollen Lippen küsste.

Ich kam total aus dem Rhythmus, begann das Lied von vorne und mit jedem Keuchen, das ich inzwischen ausstieß, wenn ich seinen Brustkorb zusammenpresste, breitete sich in mir ein anderer Gedanke aus.

Magie.

Hexerei.

Ich hatte kaum durch das Tor zu ihm gelangen können. Etwas – oder jemand – wollte mich davon abhalten. Wäre das Ziehen nicht gewesen, das mich zu ihm geführt hatte, hätte ich aufgegeben.

Wenn Magie Chris bewusstlos gemacht hatte, konnte ihn garantiert auch nur Magie aufwecken. Ich sah zu meinem Handgelenk, wo Mamas Armreif im einfallenden Morgenrot zu brennen schien. Ich zögerte nur ganz kurz, dann streifte ich ihn ab. Mit einem Klimpern fiel er zu Boden, rollte dann noch ein Stück über den unebenen Steinboden bis zur Turmmauer und blieb dort wie eine Ermahnung liegen, während sich mein Körper aufbäumte, als die Magie zurückkehrte. Meine Adern leuchteten, tauchten das Turmzimmer in grelles Licht und für einen Moment fühlte ich mich wahrhaft mächtig. Ich stolperte über den Gedanken. Mächtig. Macht. Aber es war eine Tatsache, oder? Ich war eine Hexe, und wenn die Magie meinen Körper krank machte, ihn vielleicht sogar tötete, sollte sie wenigstens noch etwas Gutes bewirken.

Ich rief mir die Anweisungen fürs Zaubern wieder ins Gedächtnis, sah – wie von Tristan geschildert – meinen Zauber vor mir. Wie ein leuchtendes Hologramm aus einem Science-Fiction-Film, das mitten im Raum schwebte.

WACH AUF.

Das zweite A fiel hinab, löste sich auf, ehe es den Boden berührte.

WACHUF.

Als ich an das Hexenrad dachte, erschien es und ein Buchstabe nach dem anderen rutschte auf das Rad, die Sigille zeichnete sich von selbst. Wie eine Lunte, die Feuer gefangen hatte, bildeten sich mitten in der Luft zwei versetzte Dreiecke, die miteinander verbunden waren. Ganz streberhaft versah ich das Ende mit einem gedanklichen Strich, damit die Magie nicht herausfloss, und schob die Aufwach-Sigille mit höchster Konzentration zu meinem Handgelenk, auf dem inzwischen wieder das schlecht gemalte Tattoo erschienen war und gerade begann aufzuleuchten.

Wachaufwachaufwachauf.

Ich dachte an nichts anderes, ließ das Leuchten aus meinen Fingern auf Chris fließen, dessen ganzer Körper nun von weißblauem Schimmer umgeben war, der jedoch unentwegt in den Boden unter ihm sickerte. Der dunkle Stein sog die Magie in sich auf wie die Pflanzen zu Hause, wenn

Mama mal wieder vergessen hatte, sie zu gießen. Dann versiegte der Zauber.

Ich wandte die Sigille erneut an und versuchte, Chris die Magie direkt in den Körper zu pumpen, setzte die Herzdruckmassage fort, die mit leuchtenden Händen noch viel anstrengender war. Und trotzdem geschah nichts. Verdammt!

Kurz erwog ich, ob ich ihn irgendwie nach draußen schleppen konnte, aber die Chance, dass wir beide auf den vielen Treppenstufen im Stockfinsteren in den Tod stürzten, war größer als die Chance, doch noch einen richtigen Zauber zu finden.

Ich prüfte seine Atmung und brachte mein Ohr ganz nah an seinen Mund. Das zarte Zupfen meldete sich zurück.

Ich testete es aus, hob meinen Kopf und näherte mich ihm wieder. Beim Näherkommen registrierte ich erneut das Ziehen in meinem Bauch. Die Gedanken stolperten, als hätten sie es gerade noch so in mein Bewusstsein geschafft.

Es gab Magie.

Es gab Hexen.

Wie im Märchen.

Meine Gedanken brüllten wild durcheinander, die verhasste Stimme der Vernunft hingegen zuckte gelangweilt mit den Schultern und murmelte: Was hast du zu verlieren?

Doch allein der Plan, Christoph Brand zu küssen, versetzte die Nicht-Hexe in mir in helle Aufregung. Hormone jagten durch meine Adern, brachten meinen Puls zum Rasen, meine Atmung ins Stocken. Doch es war nichts Romantisches daran, jemanden zu küssen, der bewusstlos war. Absolut nicht.

Ich hielt die Luft an und presste meine Lippen auf seine, wartete, dass irgendetwas … Magisches geschah wie im Märchen. Aber ich hätte wohl genauso gut meinen Handrücken oder den steinernen Boden küssen können, denn es passierte rein gar nichts. Ich spürte nicht einmal ein Kribbeln oder dieses schwerelose Gefühl im Bauch, das ich empfunden hatte, als ich im Park dachte, Chris würde mich küssen. Nichts davon. Enttäuscht richtete ich mich wieder auf. Genau in dem Moment, in dem Chris' Lider flatterten und er die Augen öffnete.

~ 27 ~

CHRIS

Die Dunkelheit war überall. Ein schwarzer, sternenloser Himmel breitete sich über mir aus. Keine Wolken, kein verdeckter Mond. Nur Schwarz. Wieder krochen die Schatten auf mich zu. Äste griffen nach mir, und sobald ich einen Hexenfunken auf sie losließ und sie zurückzuckten, schossen zig neue Triebe auf mich zu, von rot schimmernder Magie in ihrem Wachstum befeuert. Ich rannte. Immer. Jegliches Gefühl für Zeit war mir abhandengekommen. Es wurde nie hell, ab und zu erhaschte ich auf einer Anhöhe einen Blick auf einen Silberstreif am Horizont. Kein Morgengrauen, kein Abendrot. Nur etwas Licht in der Ferne, vermutlich die Lichtverschmutzung einer entfernten Stadt. Mein Ziel.

Ich versuchte, dorthin zu gelangen, doch der ganze Wald, jeder verfluchte Baum und die Büsche zwischen den Stämmen, stellte sich mir entgegen. Immer wieder verlor ich die Orientierung, bei seinem nächsten Auftauchen lag das Leuchten in einer anderen, unerwarteten Richtung und ich stürmte erneut darauf zu. Immer und immer wieder.

Keuchend stützte ich mich auf meinen Oberschenkeln ab. Wie lange würde ich noch durchhalten? Wie lange würde ich noch vor demjenigen, der mir die Natur auf den Hals hetzte, fliehen können? Das blassrote Schimmern bei jedem Angriff der Pflanzen und Bäume zeigte eindeutig, auf wessen Seite mein Häscher stand. Blutmagie. Dunkelhexen.

Meine Kleidung hing inzwischen in Fetzen an mir herab, ich hatte zahlreiche Kratzwunden behandeln müssen, doch die Heilmagie zeigte kaum Wirkung. Etwas schien sie zu blockieren – oder meine Magie hatte der Macht der Dunkelhexen schlichtweg nichts entgegenzusetzen.

»Nicht stehen bleiben!«, ermahnte ich mich, als sich ein roter Schimmer auf dem unebenen Boden unter mir ausbreitete.

Baumwurzeln sprossen wie im Zeitraffer aus dem Boden, krochen über die feuchte Erde wie gigantische Würmer und wollten sich um meine Füße schlingen. Ich schoss weitere Hexenfunken ab, die effektivste Waffe gegen die verfluchte Natur, wie ich aus meiner ersten unliebsamen Erfahrung mit ihr gelernt hatte.

Auf den allerersten Angriff hatte ich mit Feuer geantwortet. Flammen waren aus meiner Sigille geschossen, hatten meinen Angreifer binnen Sekunden in Brand gesteckt. Und die Büsche um ihn herum, die Bäume daneben, selbst der verdammte Boden hatte gebrannt! Der Ring aus lodernden Flammen hätte mich erwischt, hätte ich das Feuer nicht rechtzeitig wieder mit Magie gelöscht. Denn bei Träumen von Hexen konnte man nie mit Sicherheit sagen, ob nicht auch mein echter Körper verbrannt wäre. Vor allem bei Träumen, die so realistisch waren, dass zweifelsfrei jemand dahintersteckte. Ich musste den Ausgang finden. Den Ausgang aus diesem verdammten Traum, um denjenigen zu finden und angreifen zu können, der mich hierher gebracht hatte.

Aus Sorge, hier bei lebendigem Leib zu verbrennen, konnte ich mich lediglich mit harmlosen Hexenfunken verteidigen. Hexenfunken, die magische Version eines kleinen LED-Lämpchens, waren ebenso harmlos wie ein solches. Die Bäume schienen dennoch intuitiv zurückzuzucken, was mir zumindest jedes Mal einen kleinen Vorsprung verschaffte.

Ich sprintete wieder los, sprang auf eine inzwischen oberschenkeldicke Wurzel vor mir, die sich gerade nach oben krümmte, um mich zu Fall zu bringen, und katapultierte mich von dort aus weiter. Im Sprung sah ich wieder *mein* Licht. Heller als je zuvor. Näher als je zuvor.

Ich musste mich beeilen! Musste diesem Albtraumfluch entkommen. Also stürzte ich mich nach vorne.

Das Licht schien mir entgegenzukommen, während ich darauf zurannte. Es wuchs rasant an, aus dem zarten Silberstreif am Horizont wurde das weißblaue Leuchten von Magie. Unserer Magie. Lichtermagie. Ich wich peitschenden Ästen aus, schoss mit etlichen Hexenfunken um mich, dass es einem Feuerwerk gleichkam. Mein Ziel war so nah. Vielleicht ein Tor? Der Wald verdichtete sich vor meinen Augen. Ich musste immer mehr Kraft aufwenden, um mich hindurchzuschieben. Die Dornen krallten sich in meine Haut. Äste peitschten gierig in meine Richtung. Das Leuchten der Dunkelmagie war inzwischen heller als mein Ziel. Ich schob mich weiter durch das rot leuchtende Dickicht, hieb auf Äste ein und holte mir weitere Schrammen. Würde ich im Traum etwas riechen, wäre der Metallgestank meines Blutes inzwischen dominant.

Das Durchkommen wurde noch schwieriger, irgendwann sogar unmöglich. Die Bäume hier waren von Hexenfunken nicht länger beeindruckt. Sie wichen nicht aus, zuckten nicht einmal kurz zurück. Mein Ziel entfernte sich wieder. Ich schrie, so laut ich konnte. Doch nicht einmal das leiseste Flüstern kam über meine Lippen.

Ich musste hinterher. Vielleicht war es meine einzige Chance, dem Traum zu entkommen.

BRENN!

BREN

Die Sigille zeichnete sich deutlich vor meinem inneren Auge ab. Sie war eine der ersten gewesen, die ich gelernt hatte. Ein schräg liegendes Dreieck, dessen Schenkel sich am oberen Ende kreuzten. Ich steckte all meine Magie in diesen Zauber und ließ ihn aus meiner linken Hand fließen. Wo das weißblaue Leuchten auf Holz und Blätter traf, wurde es zu alles verzehrenden Flammen, die mir den Weg zu meinem Ziel freiräumten. Mit einer aktiven Schutzsigille ausgerüstet, die mich in einen weißen Nebel hüllte, holte ich noch einmal tief Luft und stürzte mich mitten in die Feuersbrunst.

Selbst durch den Schutzzauber hindurch spürte ich die unerträgliche Hitze des brennenden Waldes. Ich ging Schritt für Schritt, senkte den Kopf und presste die Stirn in meine rechte Armbeuge, während ich mit der linken Hand unentwegt Magie ausstieß, die mich vor den Flammen schützte.

Das Tor nach draußen entfernte sich nicht länger. Mit jedem Schritt kam ich ihm näher und das Leuchten wurde stärker. Ich trat über verkohlte Wurzeln, die unter meiner Berührung zu Asche zerfielen, schob Äste beiseite, die von den Flammen noch nicht aufgefressen worden waren, den Blick stets auf mein Ziel gerichtet.

Wäre ich etwas umsichtiger gewesen, hätte ich vielleicht die Blutmagie gesehen, die meine Flammen erstickte und mich plötzlich zu Boden warf. Nur wenige Schritte von meinem leuchtenden Ziel entfernt. Ich versuchte aufzustehen, doch Schattenarme, rot glimmend wie Lava, drückten mich nach unten. Ich robbte mit letzter Kraft vorwärts, versengte mir die Haut an den Unterarmen in den letzten Glutresten. Ich musste es einfach schaffen. Ich war so nah. Der Albtraum musste ein Ende finden.

Ich mobilisierte meine letzten Kräfte, schwor mir dabei immer und immer wieder, dass ich die Person, die mich hier in meinen Träumen gefangen hielt, nach dem Erwachen erwischen und keinerlei Gnade zeigen würde. Vollkommen stumm brüllte ich meinen Zorn hinaus, schob mich in das Licht und fühlte mich sogleich schwerelos.

Der Schmerz der Kratzer und Brandwunden war vollkommen verebbt. Das Einzige, was ich spürte, war die beißende Kälte, die mir bis ins Mark drang. Und etwas, das auf meinen Mund gepresst wurde.

Mein Körper reagierte im Affekt. Mein Häscher hatte bemerkt, dass ich dem Traumgefängnis entkommen war, und wollte mich ersticken. Adrenalin rauschte durch meine Adern, vertrieb die lähmende Kälte und belebte meinen Körper.

Öffne deine Augen.

Es war mühsam, aber endlich gehorchten meine Lider. Ich hob sie an, blinzelte, um meinen Blick zu klären, und sah mich Auge in Auge einem Mädchen gegenüber, dessen Gesicht von dem roten Leuchten der Dunkelhexen umringt war.

Der Albtraum war noch nicht vorbei.

Ich sprang auf, schubste das Mädchen zur Seite und sah mich um. Ich befand mich in einem runden Raum mit kleinen Fenstern. Ein Gefängnis. Ich rief die Sigille für eine Sigillenfährte ab, doch nichts geschah, ganz gleich, wie sehr ich mich auf meinen Zielort konzentrierte. Verflucht, ich musste verschwinden! Das Dunkelhexen-Mädchen kam gerade wieder taumelnd auf die Beine, sah mich aus großen grünen Augen an. Selbst ein paar Strähnen seiner Haare waren rot, leuchteten in der Farbe seiner Blutmagie.

Mein Blick huschte zur Seite, ich sah eine Treppe, die nach unten führte. So schnell mich meine Beine trugen, rannte ich darauf zu, kickte dabei irgendetwas Klimperndes vor mir her und donnerte die Stufen hinab, hinein in die Dunkelheit, in der das, was auch immer ich beim Vorbeirennen angestoßen hatte, dumpf von einer Stufe zur nächsten klirrte. Ich versuchte, Hexenfunken aufleuchten zu lassen, um wenigstens ein kleines bisschen was sehen zu können und nicht in den Tod zu stürzen, doch sie wurden sofort von den Wänden eingesogen. Es gab nur ein Material, das dies bewirken konnte: Hämatit!

Das Gefängnis dieser Dunkelhexe bestand aus Hämatit! Deshalb konnte ich hier keine Magie wirken und nicht via Fährte abreisen.

Ich schlitterte die Wendeltreppe hinab, mehrmals rettete mich der feste Griff um den Handlauf vor einem Sturz. Endlich sah ich ein schwaches Licht. Es fraß immer mehr von der Dunkelheit auf, bis ich eine offen stehende Tür vor mir sah. Vor lauter Schwung stolperte ich darauf zu, als der Handlauf endete. Eine hüfthohe Mauer seitlich der Tür war mein neuer Anker, der mich davor bewahrte, die paar Treppenstufen vor mir hinabzustürzen.

Vollkommen außer Atem, bemerkte ich erst jetzt die Person, die draußen, lässig gegen einen Baum gelehnt und mit verschränkten Armen, auf mich wartete und grinste.

Ich grinste zurück.

»Na endlich!«, sagte Noah, stieß sich vom Baumstamm ab und kam mir entgegen, während ich die letzten Stufen nach unten sprang. Er riss mich in eine feste Umarmung, klopfte mir auf den Rücken und murmelte ein: »Happy Birthday, Bruderherz!«

~ 28 ~

MARA

Dieser verfluchte Idiot hatte mich gegen die Turmmauer gestoßen! War das der Dank dafür, dass ich ihn gerettet hatte?

Bis ich wirklich begriff, was gerade geschehen war, hatte Chris bereits die Treppe nach unten entdeckt, war davongerannt und hatte dabei Mamas Armreif nach unten gekickt. Ich lauschte angestrengt und erwartete schon beinahe das Geräusch eines Sturzes, begleitet von jeder Menge Flüchen. In dem Tempo konnte doch niemand im Stockdunkeln diese Treppen überleben. Doch es drang kein Schrei oder Ähnliches zu mir herauf, nur das immer leiser werdende Aufprallen des Armreifes. Aber Chris war schließlich auch ein Hexer, der ein paar mehr Zauber draufhatte als ich nach meinem Crashkurs.

Mit einem Stöhnen rappelte ich mich auf und rieb mir über die Schulter. Chris würde die Predigt seines Lebens von mir bekommen. Ich hatte ihn wachgeküsst, verdammt! Wie im Märchen. Doch Dornröschen war nicht aufgesprungen und mit vor Schock geweiteten Augen abgehauen.

Aber wer wusste das schon sicher? Vielleicht war es nach

einem magischen Weckkuss immer so und die Brüder Grimm und nicht zuletzt Walt Disney hatten die Realität etwas beschönigt, damit es romantischer klang. Ich ging hinüber zu meiner Jacke und hob sie auf, da sah ich etwas auf dem Boden aufblinken. Chris hatte sein Handy liegen lassen und das schwarze Display spiegelte das einfallende Morgenrot.

Ich nahm es ebenfalls an mich. Es war ausgeschaltet, vermutlich war der Akku leer. Aber einen Versuch war es wert.

Der Startbildschirm leuchtete auf. Die Batterieanzeige war zur Hälfte gefüllt. Anrufen konnte ich ohne Face-ID oder Code natürlich niemanden, aber die Taschenlampenfunktion wäre mir schon mal eine große Hilfe beim Abstieg durch das finstere Treppenhaus.

Nicht das kleinste Staubkörnchen tanzte in dem hellen Lichtstrahl, während ich nach unten rannte. Wie ich es mir gedacht hatte, war der Turm vollkommen staubfrei. Von hier drang also kein Laut heraus, ich hatte es ja versucht, und kein Staub, ja nicht einmal Gerüche, gelangten ins Innere. Der Turm war vollkommen von der Außenwelt abgeschottet.

Der Abstieg ging wahnsinnig schnell und ich geriet nicht einmal außer Puste, obwohl ich um die Windungen der Treppe jagte, als wäre der Teufel hinter mir her.

Jenseits der offen stehenden Tür des Turmes sah ich gerade noch, wie sich Chris und Noah umarmten, ehe sie gemeinsam von einem Leuchten eingesogen wurden und verschwanden.

Im selben Moment verschleierte sich mein Blick und mein Sichtfeld verengte sich wie eine sich schließende Linse. Ich taumelte nach draußen und hielt mich an der hüfthohen Einfassung der Treppe fest, um die Erkenntnis sacken zu lassen: Allein Chris' Gegenwart hatte dafür gesorgt, dass ich wieder normal hatte sehen können! Und jetzt war er weg. Und mit ihm meine Sehfähigkeit.

Mein Herzschlag setzte aus, als mich jemand von der Seite, meinem blinden Fleck, packte und an sich riss.

»Verdammt, Mara!«, brüllte mich Tristan an und ich versuchte, mich aus seinem Griff zu winden. »Wo hast du gesteckt?«

»Ich war … hier«, murmelte ich, das Gefühl meiner Existenz jenseits von Zeit und Raum in der letzten Nacht schlang sich wie ein Mantel um mich.

»Tanja, Sebastien, Ela und ich konnten nicht via Fährte zu dir reisen und die zig gezeichneten Ortungssigillen konnten dich nicht aufspüren – du warst einfach weg. Vom Antlitz der Erde verschwunden, genau wie Noah und Gloria.«

»Noah!«, schrie ich. »Er … Chris und er …« Ich konnte nicht mehr klar denken, holte tief Luft, ehe ich ausstieß: »Noah hat Chris mitgenommen!«

»Was?«, erklang eine zweite Stimme. Ela. Ich drehte mich mit meinem immer kleiner werdenden Guckloch, durch das ich noch einigermaßen sehen konnte, zu ihr. Sie stand zusammen mit Sebastien am Fuß der Treppe, wo sie gerade meinen – Mamas – Armreif, der bis nach draußen gerollt sein musste, vom Boden aufhob, durch den Saum ihres Shirts vor dem Material geschützt. Die beiden blickten von unten zu Tristan und mir herauf. Von dort, wo sich Chris und Noah eben noch umarmt und dann in Luft aufgelöst hatten.

Ich erzählte den dreien, was seit Verlassen unseres Zuhauses vorgefallen war und was ich mir inzwischen zusammengereimt hatte.

»Chris lindert meine Beschwerden. Wenn ich in seiner Nähe bin, bin ich gesund. Schon bei seinem Besuch bei mir zu Hause war es so, dann wurde meine Sicht bereits unten im Park – in der Nähe des Turms, in dem er … geschlafen hat – besser, bis schließlich alles perfekt war, als ich …« Ich brachte ein »bei ihm war« nicht über die Lippen, so kitschig klang das. »Jetzt ist er weg und …«, verdammt, jetzt verschleierten auch noch Tränen meine Sicht, »ich sehe wieder genauso schlecht wie vorher.«

»Es muss an der Verbindung liegen! Du bist die für Chris durch die Magie in eurem Blut vorherbestimmte Partnerin«, sagte Sebastien direkt. »Deshalb ist auch Tristan nicht erkrankt. Seine Magie wurde erst geweckt, als Ela kaum mehr von seiner Seite gewichen ist.« Hörte ich da ein Lächeln in seiner Stimme? Sehen konnte ich es leider nicht.

»Vorherbestimmte Partner?«, kiekste ich und Ela erklärte mir, was es damit auf sich hatte. Dass Hexen sich zueinander hingezogen fühlten, wenn sich die Magie in ihrem Blut perfekt ergänzte. Ich lachte laut auf, um die Schmetterlinge in meinem Bauch besser ignorieren zu können. Chris und ich? Das war … Doch die Schmetterlinge ließen sich nicht zur Ruhe bringen.

»Ausgerechnet mein Stiefbruder?«, stöhnte Tristan.

»Aber … Wenn es so etwas wie Liebe auf den ersten Blick sein sollte … Das war es bei Chris und mir garantiert nicht«, sagte ich voller Überzeugung.

»Deine Magie war ja auch blockiert, bis er sie an dir angewandt hat und Ela dich mit Magie geheilt hat – in der Unfallnacht«, erklärte Sebastien. »Aber wenn er wortwörtlich dafür sorgt, dass es dir besser geht, dann ist er dein Partner, es kann gar nicht anders sein.«

»Vielleicht wurde er genau deshalb hier im Hexenturm versteckt, wo jegliche Magie wirkungslos ist«, setzte Tristan hinzu.

Ich sah in seine Richtung, konnte jedoch sein verschwommenes Gesicht nicht deuten. »Hexenturm?«

»Hier wurden damals die Hexen festgehalten«, erklärte Sebastien. »Der Turm besteht aus Hämatit. Das Material, aus dem auch die magischen Fesseln bestehen. Wieso hast du deinen Armreif abgenommen?«, fragte er, als Ela auf mich zukam und ihn mir entgegenstreckte, damit ich ihn wieder anlegte.

»Ich habe ihn abgenommen, um Chris gesund zu hexen.«

»Immerhin hat es funktioniert«, sagte Ela, ehe ich ihr meinen Arm entgegenstreckte, damit sie mir den Reif wieder anlegte. Ich hielt die Luft an, bis meine Magie wieder vollkommen im Hämatit verschwunden war.

Dann schüttelte ich den Kopf und erklärte etwas detaillierter, wie ich Chris aufgeweckt hatte. Dabei spürte ich, wie sich meine Wangen erhitzten, und sah stur nach unten, wo meine Chucks inzwischen nur noch einen rot-weißen Klecks bildeten. Meine Schilderung endete mit einem zwischen zusammengebissenen Zähnen hervorgepressten »Mein Kuss hat ihn aufgeweckt, dann ist er vor Schreck davongelaufen. So etwas sollten von der Magie bestimmte Partner sicher nicht tun.«.

Sebastien murmelte unverständliche Dinge in sich hinein.

Mein Bruder konnte sich ein Prusten nicht verkneifen. Ich warf ihm finstere Blicke zu, konnte seine Reaktion darauf jedoch nicht sehen.

Immerhin hatte er genug Anstand, um sich zu entschuldigen und mich in seine Arme zu reißen. Er strich mir über den Rücken, während ich tief seinen Tristan-Geruch einatmete. Zu Hause. Tristan hatte sich, seit ich denken konnte, nach zu Hause angefühlt. Meine Hexen-Intuition hatte es mir schon immer gesagt. Ich hatte tief in meinem Inneren gewusst, dass ich zu ihm stehen musste, egal wie abweisend er sich gegenüber allen anderen aus der Stadt verhalten hatte, um sie auf Abstand zu halten.

»Kein Ton mehr darüber«, sagte ich ganz leise, nur für ihn bestimmt, spürte aber sein breites Grinsen an meiner Wange. War ja klar.

»Ich versuche es.« Er schob sich wieder von mir und räusperte sich. »Und wie finden wir jetzt unser ... Dornröschen?« Ein heißeres Hüsteln erklang, das ich mit einem Ellbogenhieb in seine Seite unterband.

»Das war kein einfacher Schlafzauber«, sagte Sebastien voller Überzeugung. »Der wäre vom Hämatit aufgesogen worden.«

»Dann war es ein Fluch? Ein echter Fluch?«, hakte Ela nach.

»Ich vermute es.« Sebastien machte eine kleine Pause. »Lastet ein Familienfluch auf den Brands?«

Tristans Arme streiften meine Seite, als er mit den Schultern zuckte. »Nicht dass ich wüsste.«

Ela stieß ein überzeugtes »Nein!« aus. »Das hätte Tanja uns doch sicher erzählt.«

»Dann sollten wir wohl Carina einen Besuch abstatten«, schlug Sebastien vor. »Am besten gehen wir zu Fuß und nicht via Fährte. Ich habe dafür im Moment keine Energie.«

»Wir können den Bus nehmen«, schlug Tristan vor. »Die Kreislinie sollte früher oder später am Marktplatz haltmachen. Bis dahin können wir beim Bäcker warten.«

Unterwegs rief er bei Carina auf dem Handy an, damit sie uns im Atwood-Anwesen empfangen würde.

~ 29 ~

CHRIS

Die Sigillenfährte führte uns direkt auf eine Waldlichtung. Es war Tag, viel heller als beim Aufbruch aus Falkhausen, und die Luft roch hier anders als in den Wäldern zu Hause. Sie war getränkt von fremd riechendem Harz und einem Hauch Moder. Selbst die gewöhnlichen Geräusche eines Waldes, das Summen, Zirpen und Zwitschern, klangen anders. Ich sah mir die Bäume genauer an, konnte aber nicht sagen, um welche Art es sich handelte. Ihre Stämme waren so dick, dass sie vielleicht schon seit Jahrhunderten hier standen. Die Wipfel ragten hoch über uns auf, viel höher als in unseren heimischen Wäldern. Statt niedriger Büsche gab es allerlei Farne am Boden, die selbst viel heller waren als in den Wäldern bei uns zu Hause. Ich hätte in der Grundschule besser aufpassen sollen. Aber allein der Stand der Sonne hoch über uns und die Temperatur waren Beweis genug, dass wir weit gereist sein mussten. Doch Noah war aus irgendeinem Grund kein bisschen ausgelaugt, obwohl er mich mit sich genommen hatte. Eher im Gegenteil. Er war total aufgekratzt, während ich mich anstrengte, die Geschehnisse der letzten Minuten auf die Reihe zu bekommen.

Ich war aufgewacht, weil jemand versucht hatte, mich zu ersticken. Ich war davongerannt, weil ich keine Magie wirken konnte. Noah hatte mich gerettet und mit sich genommen.

»Wer hat mich da gerade verfolgt?«, fragte ich, bemüht, mir das Aussehen der Person noch einmal vor Augen zu führen. Sie hatte lange Haare gehabt, war zierlich und schmal gewesen, weshalb ich von einem Mädchen ausging – doch abgesehen davon war da rein gar nichts. Nichts außer dem dunklen Rot, in dem ihre Haare geleuchtet hatten. Das Leuchten von Blutmagie. Mein Gehirn hatte offenbar nichts anderes wahrgenommen als die Gefahr, die von ihr ausgegangen war. Wo ihr Gesicht sein sollte, war alles verschwommen und unscharf, als hätte man es mit Absicht verpixelt. »Es war eine Dunkelhexe, oder? Wir müssen sofort den Rat und die Jäger informieren!« Ich war schon im Begriff, mir die Sigille für die Fährte vorzustellen, um direkt in das Gewölbe des Rates zu reisen, da umgriff Noah mein Handgelenk und bedeckte meine aufschimmernde Sigille – womit er jeglichen Zauber unmöglich machte, weil ich ihn nicht an die Luft übergeben konnte.

»Der Rat wurde unterwandert«, sagte er und sah auf den moosbewachsenen Boden unter uns. »Wir wissen nicht, wem wir trauen können. Es hat gedauert, bis ich … dich finden konnte. Selbst Mama ist …« Er senkte den Kopf und wiegte ihn langsam hin und her. »Tut mir leid, dass ich nicht schneller bei dir war.«

Ich zog ihn an mich und klopfte ihm auf den Rücken. »Du brauchst dich nicht zu entschuldigen. Du hast mich gerettet. Und das offenbar an meinem Geburtstag!«

Noah lachte auf und ich entließ ihn aus der Umarmung. Dann deutete er auf eine halb verfallene Hütte zwischen den Bäumen. »Es ist nicht gerade die perfekte Party-Location, aber es kommt schließlich auf die Gäste an, oder?«

Ich lachte auf. »Kommen außer dir und mir denn noch andere?«

In dem Moment öffnete sich die marode Tür mit einem lauten Quietschen, das die Tiere des Waldes in Alarmbereitschaft versetzte. Es war mit einem Mal totenstill um uns herum. Doch als Glorias Lächeln erstrahlte, verpufften auch die letzten Wolken. Sie trat aus der Hütte und ein Sonnenstrahl kämpfte sich durch die Äste weit über uns.

»Du wirst sehnsüchtig erwartet«, flüsterte Noah in mein Ohr.

Ich sah zu ihm und bemerkte das anzügliche Grinsen. Es irritierte mich, irgendetwas zupfte an den Rändern meiner verschwommenen Erinnerung, ich konnte sie jedoch nicht glätten oder entwirren.

Denn schon warf sich Gloria an mich, umarmte mich fester, als es mit ihren schlanken Armen möglich sein sollte, und wurde von herzerweichenden Schluchzern geschüttelt.

Ich spürte ihren Atem an meinem Hals, spürte ihre Tränen, die durch den Stoff meines Shirts drangen – und doch fühlte es sich falsch an, als ich meine Arme ebenfalls hob und sie an mich drückte.

Plötzlich spürte ich ihre Lippen an meinem Hals, sie arbeiteten sich weiter meinen Kiefer entlang bis zu meinem Mund. Doch ich nahm nur das Kratzen meiner Bartstoppeln wahr und schob sie schnell von mir weg.

In ihren großen blauen Augen rang Entsetzen mit Enttäuschung. Ich bemühte mich um ein Lächeln, rieb mir über Kinn und Wange. »Ich sollte mich dringend rasieren.«

Ich konnte nicht mit Sicherheit sagen, ob sie mir die Entschuldigung abnahm. Ihre vollen Lippen waren gerade zu einer schmalen Linie verzogen, ehe sie nickte und ihr die blonden Haare über die Schulter fielen. Sie waren seit unserem Kennenlernen gewachsen – oder sie hatte sie wachsen lassen. Ich erinnerte mich noch genau an den Moment, als sie in Falkhausen aufgetaucht war, um uns zu warnen. Ich hatte mich sofort in sie verliebt. Wie sie dastand, am Rand des Schulhofs, pure Magie ausstrahlend. Irgendetwas … nagte an der Erinnerung, verwirrte mich. Hatte ich mich doch nicht direkt im ersten Moment in sie verliebt und so erkannt, dass sie meine Partnerin war?

Die Bilder in meiner Erinnerung verschwammen unentwegt ineinander. Was auch immer mir im Hexenturm angetan wurde, es hielt ganz offensichtlich noch an und sorgte für die miesesten Kopfschmerzen meines Lebens.

»Kommt rein«, sagte Gloria und warf Noah einen auffordernden Blick zu. »Ich habe die Hütte geschützt, aber der Zauber wird nicht bis hier draußen reichen.«

»Das tut er nie.« Noah zuckte mit den Schultern und schob mich auf die Baracke zu. »Aber immerhin ist sie als Auserwählte mächtig genug, uns zumindest immer eine Weile vor dem Rat zu verstecken.«

»Verfolgen sie euch?«, fragte ich. Meine Beine wollten nicht so recht machen, was ich ihnen befahl. Meine Schritte gerieten ständig ins Stocken, daher brauchten wir eine ganze Weile, bis ich über die Schwelle trat und die baufällige Hütte in Augenschein nehmen konnte.

Auf der gegenüberliegenden Seite befanden sich ein Tisch und zwei schmale Sitzbänke unter einem Fenster, das so schmutzig war, dass man nur an einer Stelle überhaupt hindurchsehen konnte. Dort hatte offenbar jemand mit der Hand darübergerieben.

Gloria schloss hinter uns die Tür und stellte sich vor den kleinen Schwedenofen, der in einer Ecke stand. Sie hatte uns nun den Rücken zugekehrt, aber ihre Schultern waren so nach vorne gebeugt, dass ich sie kaum wiedererkannte. Bislang hatte ihre aufrechte Haltung nur so vor Selbstbewusstsein gestrotzt.

»Das wird schon wieder«, flüsterte mir Noah kaum hörbar zu. »Als wir dich gespürt haben, war sie kaum in der Lage, still zu sitzen. Sie wollte dich selbst holen, aber dann wäre die Tarnung hier dahin gewesen und wir hätten einen neuen Ort suchen müssen, an dem wir uns verstecken können.«

Ich nickte, als würde ich verstehen, was er sagte, dabei konnte ich mich nicht einmal richtig konzentrieren.

»Du siehst echt scheiße aus, Mann.« Mit seiner Direktheit entlockte Noah mir ein Lachen. Aber auch das fühlte sich falsch an. »Hast du Hunger?«, fragte er und deutete auf einen Topf mit Deckel, der hinter Gloria auf dem Schwedenofen stand.

»Ihr habt … gekocht?«, fragte ich und ich fürchtete, dass mir mein Entsetzen deutlich anzuhören war. Gloria drehte sich mit unergründlicher Miene zu uns um.

»Wir dürfen nur Magie anwenden, wenn es absolut unumgänglich ist. Mich laugt der Schutzzauber schon komplett aus, wenn ich nur unser magisches Blut verberge. Wenn wir Magie anwenden, muss ich den Zauber vorher verstärken.« Sie verzog entschuldigend die Lippen.

»Es schmeckt zwar nicht sehr gut, aber wir verhungern auch nicht«, mischte sich Noah ein und schob mich zu der Holzbank unter dem blinden Fenster. Die Bänke und der Tisch waren aus halben Baumstämmen gefertigt, die man nur an den Sitzflächen geschliffen und lasiert hatte. Abgesehen von der Sitzecke, dem Ofen mit Holzkorb daneben und einer alten Kommode gab es nur ein Matratzenlager mit Schlafsäcken in einer Ecke.

»Wie lange …« Ich starrte darauf, versuchte, mir vorzustellen, wie Noah und Gloria hier hausten, ohne Magie nutzen zu können. Es gelang mir nicht.

»Seit drei Tagen. Davor waren wir woanders. Bald müssen wir vermutlich wieder aufbrechen. Du solltest essen und etwas schlafen, aber erst …« Sie holte aus ihrer Hosentasche zwei Armbänder heraus. Eins reichte sie Noah, eins mir.

Als ich es annahm, berührte ich den eingefassten Stein und ließ es fallen. Es sprang noch einmal von den Holzdielen auf, ehe es zum Liegen kam. »Ein Hämatit?« Ich trat schnell einen Schritt zurück und prallte dabei gegen Noah, der sich das Armband gerade anlegte.

»Es ist wichtig. Je weniger Kraft Gloria dafür aufwenden muss, unsere Magie zu tarnen, desto eher sieht sie, wenn uns jemand entdeckt.«

Es klang logisch. Dennoch zögerte ich, als ich mich bückte und das geflochtene Armband vorsichtig mit Daumen und Zeigefinger aufhob. Alles in mir sträubte sich dagegen, mir den Hämatit anzulegen und meine Magie zu fesseln. Die

Stimme in meinem Kopf schrie so laut, ich solle abhauen, dass ich ihr beinahe nachgegeben hätte. Doch sie war garantiert nur ein Überbleibsel der Gefangenschaft im Hexenturm. Schließlich war ich hier doch in Sicherheit, bei Noah, meinem Bruder, und Gloria, meiner … durch unser Blut bestimmten Partnerin. Mit einem Blick auf Noah, der gerade geräuschvoll einatmete und dabei das Gesicht verzog, tat ich es ihm gleich und knotete das Armband zu.

Meine Magie bäumte sich ein letztes Mal auf, ehe der Hämatit sie in sich aufnahm und ich kraftlos auf die Bank sank.

Noah stellte mir einen Blechteller mit Löffel vor die Nase und schöpfte das undefinierbare, schleimige Etwas aus dem Topf. Ich aß, ohne etwas zu schmecken. Dann wurde ich von Müdigkeit erfasst.

Gloria dirigierte mich zu dem Matratzenlager und ich spürte im Wegdämmern noch, wie sie mich mit einem Schlafsack zudeckte und mit sanften Bewegungen über meine Haare strich. Ich wollte »Nein!« rufen, doch ich war schon zu tief in den Schlaf geglitten.

Sie hauchte noch einen Kuss auf meine Wange und flüsterte, dass wir meinen Geburtstag wohl nachholen müssten. Doch das war nun wirklich das Letzte, worüber ich mir gerade Sorgen machte.

~ 30 ~

MARA

Carina war seit meinem letzten Besuch um Jahrzehnte gealtert. Unter ihren Augen lagen nicht nur dunkle Ringe, sondern sogar ihre Tränensäcke hatten eigene Falten bekommen. Weil ich beim Eintreten vom Schock über ihren Anblick vollkommen erstarrt war, flüsterte mir Tristan ein »Sie hat nur ihren täglichen Verjüngungszauber nicht benutzt« zu. Noch immer schockiert, ließ ich mich von ihm ins Innere des Hauses und weiter zum Wohnzimmer schieben, wo ich auf dem Sofa neben Tristan und Ela Platz nahm. Sebastien setzte sich auf meine andere Seite, gegenüber von uns thronte Carina in einem Ohrensessel. Ich beugte mich vor, um sie genauer sehen zu können, doch Tristan zog mich wieder zurück.

»Bei allen Dunkelhexen!«, stieß Carina hervor. »Sagt mir endlich, was ihr angestellt habt! Und warum ihr von einem Auguren *begleitet* werdet.« Ihr *begleitet* klang so negativ wie *in Handschellen abgeführt*. »Ich habe immer gewusst, dass mir mein letztes Versprechen Liam gegenüber noch teuer zu stehen kommen würde.«

Tristan flüsterte mir zu, dass unser Vater Carina vor seinem Tod mit Magie das Versprechen abgenommen habe, sich um ihn zu kümmern. Das hat sie ja super erfüllt, dachte ich mir, während Tristan unter Carinas fortgesetzter Schimpf- und Beschuldigungstirade die Hände immer weiter zusammenballte. Er holte noch einmal tief Luft, wandte sich seiner Stiefmutter zu und schnitt ihre nächste Beschimpfung einfach ab: »Wir ... Mara hat Chris gefunden.«

Carinas Gesicht erhellte sich sogar für mich sichtbar, der genervte Ausdruck darin verlor sich, je weiter sie sich aufrichtete, wodurch sie gleich wieder eine ganze Portion einschüchternder wurde. »Und wo ist er? Lass dir nicht alles aus der Nase ziehen!« Ihre Sigille leuchtete auf, was dafür sorgte, dass sich Sebastien neben mir anspannte und ich mit einem Blick auf seine Hände den Schimmer seiner beiden Sigillen unter den langen Umhangärmeln aufblitzen sah. Er ergriff nun das Wort.

»Christoph hat heute Geburtstag, hat mir Tristan gesagt«, begann er und ich hätte schwören können, dass Carina bei dem Satz kleiner wurde und in ihrem Ohrensessel verschwand. »Das ist kein Zufall, oder? Es lastet ein Fluch auf der Familie Brand.«

Carina schüttelte den Kopf so schnell, dass sie in meiner Sicht vollkommen verschwamm.

»Du musst uns die Wahrheit erzählen. Wurde nur er verflucht?«, drängte Tristan. »Carina, erzähl uns alles. Ich sehe doch, dass es dich quält. Mara hat gesagt, dass du geweint hast, als sie nach Chris gesucht hat, und nun wieder.«

Leider konnte ich keine Tränen ausmachen. Dafür war das Bild unseres Gegenübers selbst mit zusammengeknittenen Augen zu verschwommen, durch das kleine Guckloch zu weit entfernt.

»Wie habt ihr ihn gefunden?«, fragte Carina, statt zu antworten. Ihre Stimme klang gebrochen. Selbst ich hatte nun irgendwie Mitleid mit ihr, auch wenn ich mich dagegen sträubte.

»Mara hat ihn gefunden«, antwortete Tristan. »Im Hexenturm.«

Carina schluchzte auf. Ein Laut, der so sehr nach einer gequälten Katze klang, dass ich Gänsehaut bekam. Und dann erzählte, nein, *zeigte* sie uns die Wahrheit.

Im einen Moment saßen wir noch ihr gegenüber im Wohnzimmer der Brands, ich mit dem kleinen Guckloch an Sicht, das mir noch geblieben war, im nächsten sah ich glasklar, war nicht länger auf der Couch zwischen Tristan und Sebastien eingequetscht, sondern war umringt von hübsch angelegten Wegen, Büschen und Bäumen, die mir sofort bekannt vorkamen – wenngleich auch einige Details anders waren. Aber es war eindeutig der Falkhausener Schlosspark, was sich mit einem kurzen Blick nach oben zu Schloss Falk bestätigte. Den Westturm sah ich nun mit ganz anderen Augen. Hexenturm. Allein das Wort hinterließ einen ekligen Geschmack auf meiner Zunge.

Carinas Stimme erklang von allen Seiten wie die Stimme des Erzählers in einem Film.

»Ich bin kurz zuvor vierzehn geworden«, erklärte sie und ein Mädchen trat hinter dem hohen Schilfgras hervor und kam den Kiesweg entlang. Carina war damals außerordentlich hübsch gewesen. Sie hatte runde, rosige Wangen und große Augen, aus denen unentwegt Tränen rannen. Sie trug eine Latzhose, wie ich sie nur von Handwerkern kannte, darunter ein enges Langarm-Shirt in Neongelb. Während sie vorwärtsstolperte, wischte sie sich die Nase am Ärmel ab. »Ich erinnere mich noch so genau an diesen Tag, als wäre es gestern gewesen.« Carinas Stimme klang erstickt, jede einzelne Silbe erbebte. »Meine Familie hat das Geheimnis bewahrt, so lange sie konnte, doch an jenem Tag wurde auch meine letzte Hoffnung zunichtegemacht.« Sie schniefte, ihre Stimme war nur noch ein leises Flüstern. »Ich bin davongerannt, durch den Wald und immer weiter – und im Park gelandet. Und dort fand sie mich.«

Ich erwartete eine dramatische Melodie, die der Szene, die ich nun mit eigenen Augen verfolgte, gerecht wurde. Doch nur Vogelgezwitscher und das leise Plätschern der Teiche begleitete das überraschende Auftauchen der in eine rote Robe gehüllten Frau, die wie aus dem Nichts auf der anderen Seite des Teiches erschien. Sie war überirdisch schön, obwohl man durch die lange Kapuze lediglich weißblonde Haare, die vollen, geschminkten Lippen und den makellosen Porzellanteint erkennen konnte, der leicht schimmerte. Der Stoff des Umhanges bewegte sich, obwohl kein Lüftchen an den Haaren der mit weit aufgerissenen Augen dastehenden jungen Carina zerrte. Die Stimme der Erwachsenen umhüllte mich wie eine heiße Dusche nach eisiger Kälte.

»Was ist los, meine Kleine?«, säuselte sie, rührte sich kein bisschen, um die Choreografie ihres Umhanges nicht zu stören.

Eins musste ich Carina lassen. Wenn mir eine gruselige Frau aus dem Nichts erschienen wäre, wäre ich schreiend davongerannt. Sie aber reagierte so kuhl, wie ich sie später kennengelernt hatte, wischte sich die Tränen aus dem Gesicht, reckte das Kinn nach oben und antwortete trotz verquollener Augen mit einem würdevollen »Nichts«.

»Wirklich?«, hakte die Frau nach, nur ein Wort, und doch flossen die Buchstaben wie Musik in meine Glieder und lösten in mir – hier im Wohnzimmer der Brands, so viele Jahre später – den Drang aus, der Frau mein Herz auszuschütten.

Ihre Stimme war pure Magie, der offenbar auch die kleine Carina nichts entgegenzusetzen hatte, und diese begann zu erzählen, während ihr Tränen aus den Augen rannen: »Ich bin untalentiert.« Tristan neben mir sog scharf die Luft ein. »Meine Eltern haben alle Hexen des Zirkels zusammengerufen, um mit vereinten Kräften meine Sigille hervorzurufen, nachdem es beim privaten Ritual nicht funktioniert hat. Doch trotz der gebündelten Macht so vieler Hexen konnte ich die Sigille nicht halten.« Die Kleine wurde von ihren Gefühlen durchgeschüttelt. »Sie haben mich angeschaut wie eine Kakerlake. Ich war vollkommen allein. Inmitten so vieler Hexen des Zirkels. Selbst als ich meine Mutter angefleht habe, es erneut zu versuchen, hat sie nur den Kreis aufgelöst und sich in Schande abgewandt.«

Mehrere Atemzüge lang senkte sich Stille über die Kulisse. Dann fand die Kleine in ihrer Wut die nötige Kraft, um weiterzusprechen. Ihr Tonfall hatte sich verändert. »Dabei ist es *ihre* Schuld. Ganz allein ihre! Sie hätte keine Affäre mit einem Untalentierten anfangen sollen! Es ist ihre Schande und *ich* werde dafür mit Magielosigkeit bestraft!« Sie stieß noch einen Schwall Flüche aus.

Die Frau in Rot verzog trotz Carinas harscher Worte kein einziges Mal die blutroten Lippen. Sie regten sich erst wieder, als Carina all ihr Leid geklagt hatte und die Tränen erneut rollten.

»Ich kann dir helfen.« Ihre Worte tanzten auch dieses Mal um Carina herum, neckten sie wie Irrlichter, schürten dabei ihre Hoffnung. Die Tränen versiegten, in ihre Augen trat neuer Glanz und sie machte einen vorsichtigen Schritt auf die Frau zu. Sie stand nun direkt am Ufer. Noch immer trennte der Teich die beiden, weshalb die Frau nun über das Wasser schwebte, ohne auch nur die kleinste Welle auszulösen. Ihr Umhang vollführte weiterhin seinen eigenen Tanz, bauschte sich auf, sodass der Stoff der Robe sich wellte, während ein rotes Leuchten die Frau vorwärtsgleiten ließ, bis sie nur noch eine Armlänge von Carina entfernt war.

Sie legte ihre Hände übereinander, als würde sie ein Küken darin hüten. Ich sah, wie es zwischen ihren Fingern rot aufleuchtete, ehe sie ihre Rechte, die oben lag, wegnahm und auf ihrer linken Handfläche ein filigraner Flakon lag, in dessen Innerem eine Flüssigkeit rot pulsierte wie in dem Glasfläschchen mit Elas Blut, das den Bann um sie und die anderen genährt hatte. Carinas Blick haftete an dem Fläschchen, das die Frau ihr nun entgegenstreckte, und ihre Augen reflektierten das rote Leuchten. Wie vom Pulsieren hypnotisiert, hob Carina ihre Hand, berührte das zarte Glas beinahe, als die Frau wieder ihre rechte Hand darüberlegte und den roten Schimmer von Carinas Gesicht wegriss.

»Du weißt, dass eine solch mächtige Magie ihren Preis hat.«

Es war keine Frage, dennoch nickte Carina und hob den Blick zum Gesicht der Frau. Hatte sie die Frau ganz sehen können? In die Augen der roten Hexe geblickt? Ich sah weiterhin nur den Mund, der zu einem knappen Lächeln verzogen war. Es sah so bemüht aus, dass ich die Finger zu Fäusten ballte und in Gedanken brüllte, das Mädchen solle davonlaufen. Doch natürlich tat Carina das ebenso wenig, wie die Mädchen in Filmen davonliefen, wenn ich sie warnte.

»Ich tue, was immer Sie verlangen«, sagte Carina. Sie konnte den Blick nicht länger von der unter der Hand der Hexe ruhenden, pulsierenden Magie lassen.

»Der Preis ist hoch«, sprach die Frau weiter.

»Ich willige ein.« Carina wurde ungeduldig. Sie war näher getreten, ihre Schuhspitzen ragten bereits ins seichte Wasser.

»Der Preis ist dein Erstgeborenes.«

»Nein!«, schrie ich und die Illusion, in die Carina uns gehüllt hatte, bekam Risse. Ich sah trotzdem noch, wie Carina nickte und den Flakon entgegennahm und öffnete. Ich sprang auf, stieß dabei gegen den Couchtisch und drängte über ihn hinweg auf Carina zu. Die Illusion verblasste vollends, die letzten Bilder verflogen wie der Rauch einer gelöschten Kerze.

»Wie konntest du so etwas tun?«, rief nun auch Tristan entsetzt, während Sebastien mich an den Armen festhielt und zurückzog, damit ich mich nicht auf Carina stürzen konnte.

»Du hast dein Kind für Magie verkauft?« Ich drängte erneut nach vorne, doch Sebastien war verdammt stark. »Was für eine Mutter tut so etwas?«

»Keine Mutter«, sagte Carina bekümmert. »Sondern ein junges Mädchen, das dieses mächtige Band der Liebe zum eigenen Kind nicht kennt.« In Carinas Stimme schwang entsetzlich viel Schmerz mit, der über die Spitzen meiner Wut hinwegfegte und sie mit sich riss. Nur ein platt getretener Haufen Restwut blieb übrig. »Ich war jung, ich war wütend, ich hätte ... Ich *habe* alles getan, um es rückgängig zu machen. Die Jahre vergingen und ich wurde zu einer mächtigen Hexe, verdrängte immer mehr die Quelle meiner Macht, glaubte die Geschichte selbst, die meine Eltern allen erzählten. ›Es war Sabotage. Jemand hat bei der Sigillenvergabe ihre Magie blockiert‹, wurde überall getuschelt. Ich widersprach nie. Erst kurz vor Christophs Geburt so viele Jahre später drängte sich die Wahrheit wieder nach oben – kurz bevor die Frau erschien und ihre Bezahlung einforderte.« Carinas Stimme zitterte ebenso wie ihre Hände. Mit fahrigen Bewegungen strich sie ihre Hose glatt. Sie projizierte erneut ihre Erinnerungen. Eine junge Frau, Schweißperlen auf der Stirn, Rötungen und Pickel im Gesicht, das so aufgequollen war, wie Carina nie aus dem Haus gehen würde. Und doch sah sie glücklich aus wie nie, als sie auf den Säugling in ihrem Arm hinabsah, ehe sie sich zu ihm hinabbeugte, um mit geschlossenen Augen an ihm zu riechen. Im Moment ihres glückseligen Lächelns erschien die rote Hexe im Krankenhauszimmer und hüllte mit ihrer Magie alles in blutrotes Licht. Carina presste Baby-Chris fest an ihre Brust, verbarg ihn hinter ihren Armen.

»Ich habe sie angefleht, mir die Magie wieder zu nehmen anstatt mein Kind – doch sie hat mich nur ausgelacht.«

Das Lachen der roten Hexe hallte durch das Wohnzimmer und meine Nackenhaare richteten sich auf. »Da blieb mir nur, sie zu überzeugen, dass sie mit einem Säugling nichts anfangen könne. Sie gab mir einen Aufschub und versprach, dass die Dunkelheit Chris an seinem siebzehnten Geburtstag holen werde und er alle, die er von Herzen liebte, hinter sich lassen werde. Keinen Tag später.«

Die Erinnerung verblasste. Carina hielt ihre Arme vor der Brust, wiegte sie sanft, als hätte sie den Säugling noch immer bei sich.

»Und heute ist es so weit. Chris' Geburtstag. Aber was bedeutet es, dass er ›alle, die er von Herzen liebt, hinter sich lassen wird‹?« Meine Stimme war nur ein leises Flüstern.

Mutlos schüttelte Carina den Kopf und rieb ihr Gesicht mit beiden Händen. »Ich weiß es wirklich nicht. Vielleicht ein Vergessenszauber? Ich habe alles getan, um ihn zu beschützen. Beim Walpurgisritual vor zehn Jahren habe ich Liam Atwood kennengelernt, der als mächtigster Hexer unserer Zeit gehandelt wurde. Ich habe mich ihm vorgestellt, mit ihm geflirtet und er ist mit mir hierhergekommen. Ich dachte, ich könnte die rote Frau mit seiner Hilfe verjagen.« Sie schüttelte den Kopf. »Doch er kam nicht um meinetwillen. Oder um meinen Sohn zu schützen.« Nun bohrte sich ihr Blick in Tristan, dann in mich. Giftig wie eh und je. »Er hatte seine eigenen Geheimnisse. Immer weiter drang er in die lokale Hexengeschichte ein, bis er kurz davor war, mein Geheimnis zu lüften. Das war vor acht Jahren.«

Tristan hatte sich schneller alles zusammengereimt und schleuderte, begleitet von dem markerschütternden Schrei einer gequälten Seele, gleißende Magie auf Carina. Sie riss die Hände im letzten Moment schützend nach oben und baute einen magischen Schutzschild auf, von dem Tristans Angriff abprallte.

»*Du* hast Dad an die Jäger verraten?« Ich erkannte meinen Bruder kaum wieder. Er tobte, während Sebastien mich losließ, um nun Tristan mit Magie in Schach zu halten.

Die Trauer darüber, dass ich Liam nie als Vater kennengelernt hatte, belebte jedoch auch meine Magie. Ich hatte damals so entsetzlich viel Mitleid mit Tristan gehabt, als hätte ich da schon gewusst, dass ich seine Trauer teilen müsste. Ein Schmerz brannte durch meinen Körper, als meine Sigille entflammte und die Magie direkt in den Hämatit-Armreif gesogen wurde. Schwer atmend fiel ich auf die Couch zurück. Carina beachtete mich nicht einmal, während Ela, die bislang kein Wort gesagt hatte, über Tristans nun freien Platz zu mir rutschte und mich in die Arme zog, bis der Schmerz etwas erträglicher wurde.

»Er war der Quelle meiner Magie zu nahe gekommen. Oder besser gesagt der Wahrheit über meine Magielosigkeit.« Trotz der kalten Worte kullerte Carina eine einsame Träne über die Wange. »Hätte er mich enttarnt und gemeldet, wäre niemand mehr für Chris da gewesen. Ich musste meinen Sohn beschützen.«

Nun richtete sich ihr Blick auf Ela. »Ich habe mich mit meinem Zirkel als Austragungsort für das diesjährige Walpurgisritual beworben, um meinen Sohn an die mächtigste Familie der Hexenwelt zu binden.«

Tristan entfuhr ein Laut, der nach einem Knurren klang. Hätte ihn Sebastien nicht weiter mit einem magischen Seil gefesselt, hätte er sich erneut auf seine Stiefmutter gestürzt. Tristan zerrte daran, versuchte, es zu zerreißen, scheiterte jedoch.

»Ich wollte ihn vor dieser Dunkelhexe beschützen! Ich

musste es. Ihr könnt euch nicht vorstellen, was es bedeutet, sein Kind zu verlieren!« Sie schrie so laut, dass es in meinen Ohren schmerzte.

Und trotzdem war Tristans Erwiderung noch lauter: »Mit deiner Machtgier und deinen Geheimnissen hast du auch meine Schwester zum Tode verurteilt!«

Carina stutzte. »Ich habe ihr nichts getan«, verteidigte sie sich und ich hörte, wie etwas raschelte, hob den Kopf und sah – noch immer von Schmerzen geschüttelt, die in Wellen immer wieder über meinen Körper brandeten – zu Carina, die nun direkt vor der Couch in die Hocke ging. Ihr Gesicht war kreidebleich, aber sicher nicht meinetwegen. Ich hatte sie dennoch nie so ... fürsorglich gesehen. Nie!

»Was hat sie?«, fragte Carina an die anderen gewandt.

»Auch auf unserer Familie liegt ein Fluch«, erklärte Tristan. »Alle Zwillinge der Familie erkranken an der Magie und sterben – weshalb Tanja Maras Magie blockiert hatte und Dad meine.«

»Aber ... du trägst die Magie in dir und dir geht es gut. Du warst sogar einer der Auserwählten und hast uns alle vor der Enttarnung gerettet.« Carina sah wieder zu mir, kniff ihre Augen zusammen, was die Krähenfüße um ihre Augen erschreckend vertiefte, während Ela nun die Erklärung übernahm.

»Die Verbindung zwischen uns heilt ihn schneller, als die Magie ihn krank machen kann.«

Carinas Augen weiteten sich, als sie sich alles zusammenreimte. »Dann bist du ... Du bist die vorherbestimmte Partnerin meines Sohnes?« Sie rümpfte doch tatsächlich die Nase, was mich wieder wütend machte, die Magie befeuerte und meinen Magen umstülpte. Ich hoffte, mich im Fall der Fälle direkt auf sie zu übergeben.

»So sieht es aus«, brachte ich zwischen zusammengepressten Zähnen hervor.

»Wir nehmen es an«, mischte nun auch Sebastien mit. »Nur so konnte sie ihn finden und ihn aufwecken.«

»Wovon sprecht ihr?«, fragte Carina.

Und so erzählten wir ihr meine Geschichte, die zusammengerafft ziemlich viele Schmerzen und wenig Sehvermögen beinhaltete. Bei der vergangenen Nacht wurde ich etwas detaillierter, erklärte, dass ich mich nicht mehr vom Turm – oder besser gesagt von Chris – hatte entfernen können. Wie ich meine Fessel gelöst und versucht hatte, ihn mit Magie zu wecken – und wie mir dann mein Bauchgefühl gesagt hatte, ich solle den schlafenden Typen vor mir küssen. »Leider hat es nicht so gewirkt, wie ich es mir erhofft hatte«, endete ich. »Chris hat die Augen aufgeschlagen und ist vor Entsetzen davongerannt – direkt zu Noah, der draußen auf ihn gewartet hat.«

»Noah?« In Carinas Stimme lagen Hoffnung und Schmerz zugleich, sodass ich nur nickte.

»Sie haben sich umarmt und Noah hat ihm zum Geburtstag gratuliert«, gab Tristan meinen Bericht weiter.

»*Sie* muss ihn geschickt haben. Die rote Frau.« Carina knirschte mit den Zähnen. »Ich weiß nicht, wie sie Noah für sich gewinnen konnte, aber ...«

»Da war sicher meine Schwester mit im Spiel«, warf Ela ein. »Gloria hat bereits versucht, das Ritual zu sabotieren. Ich war mit ihr dort in der Dunkelheit. Sie hat es nicht für sich getan, sondern ist einer Anweisung gefolgt. Es muss dieselbe Frau sein. Sie hat Gloria sicher auch instruiert, Noah zu überzeugen.«

»Aber wer ist sie?«, stellte Sebastien die alles entscheidende Frage. Wir mussten wissen, gegen wen wir kämpften, doch auch Carina zuckte nur mit den Schultern. »Welche Hexe kann Magie vergeben?«, fuhr Sebastien fort. »Es ist wider unsere physikalisch-magischen Gesetze, etwas aus dem Nichts zu erschaffen, Magie in Fläschchen zu verpacken und zu verschenken. Es dürfte gar nicht möglich sein.« Sebastien rieb sich mit Daumen und Zeigefinger die Nasenwurzel. »Und wie kann sie so mächtig sein, Gloria und Noah – oder wer weiß, wie viele Dunkelhexen noch – zu verbergen? Die ganze Hexenwelt sucht nach ihnen und doch war es reiner Zufall, dass wir auf einen von ihnen gestoßen sind.«

Sebastien rückte etwas näher zu mir, tastete mich mit leuchtender Sigille ab und ich zuckte unter dem Schmerz zusammen.

»Es war kein Zufall«, mischte sich Ela ein. »Es ist das mächtigste Band unserer Welt. Die perfekte Verbindung zweier Sigillen.« Sie griff nach Tristans Hand, der noch immer von Sebastien davon abgehalten wurde, sich auf seine Stiefmutter zu stürzen.

»Die wir erneut nutzen können!«, rief Carina nun aus. Doch Tristan nahm ihr sofort jeglichen Wind aus den Segeln.

»Mara wird von jeder Magie aufgezehrt. Sie würde eine Sigillenfährte nicht überleben.«

Ich sah der fiesen Hexe genau an, wie egal ihr mein Wohlergehen war, dennoch war es auch für mich die einzige akzeptable Lösung. Daher richtete ich mich auf und bemühte mich um einen zuversichtlichen Gesichtsausdruck.

»Carina hat recht.« Allein das sollte bei mir für Übelkeit sorgen, aber meine Intuition hielt sie in Schach. »Wir müssen es versuchen – ohne Chris habe auch ich offensichtlich keine Chance.«

»Dann werden wir ihn finden!«, rief Carina aus und verschwand in einer Brise, die nach Rosen duftete.

~ 31 ~

CHRIS

Die Tage flossen ineinander, bis ich mich so weit erholt hatte, wie es ohne Magie möglich war. Noah und Gloria hatten mir knapp erzählt, was geschehen war, weil meine Erinnerung von der tagelangen Gefangenschaft und den Folterungen durch den Rat noch stark beeinträchtigt war. Die Dunkelhexen hatten den Rat und die Jäger unterwandert und bekämpften nun alle, die sich ihnen nicht anschlossen. Es waren nicht mehr viele von uns übrig, die meisten hatten den Blutmagiern einen Loyalitätsschwur geleistet, der sie mit Magie an ihr Versprechen band, all diejenigen zu jagen, die sich ihnen entgegenstellten. Auch Glorias Schwester Ela und unser Stiefbruder Tristan gehörten nun zu ihnen. Die beiden hatten Noah, Gloria und mich in eine Falle gelockt und mich mit einem Fluch überrumpelt. Seither hatten die beiden versucht, mich zu befreien.

Wann immer ich mich den Lücken in meiner Erinnerung näherte, pochte es hinter meinen Schläfen, je mehr ich es versuchte, desto schlimmer wurde es, bis ich jedes Mal aufgab. Könnte ich Magie wirken, ohne entdeckt zu werden, wäre es ein Leichtes, die Lücken zu schließen. Doch ohne

Magie war ich zu einer Genesung wie Untalentierte verdammt und ich tat mein Bestes, unsere Gruppe in ihrem magielosen Leben zu unterstützen.

Hinter der morschen Hütte gab es einen kleinen Brunnen, aus dem wir unser Wasser schöpften – in echter Handarbeit. Ich fürchtete wie jeden Morgen, dass sich gleich eine Horde Dunkelhexen auf mich stürzen würde. Das erste Sonnenlicht streifte gerade die Hütte und ließ das Holz gleich noch morscher aussehen.

Mit einem Seufzen drängte ich mich zwischen den Farnen hindurch zu dem hüfthohen Rund und warf den moosigen Eimer hinein, aus dem ich in meiner alten Welt niemals getrunken hätte. Nach dem Klatschen, das zu mir nach oben hallte, wartete ich, bis das Gewicht des Wassers an dem Seil in meiner Hand riss, und beförderte den Eimer mit einem primitiven Seilzug wieder nach oben. Mein Mund wurde beim Schlafen in der staubigen Hütte trockener als eine Wüste und ich nahm den Campingbecher ab, der mit einem Karabiner an meiner Gürtelschlaufe befestigt war. Solche hatte ich zuletzt bei den Fastnachtsumzügen getragen, bei denen der Alkohol immer in Strömen floss.

Was war aus meinem Leben geworden? Wie hatte es sich so schnell verändern können? Und wie sah es bloß im Rest der Welt aus? Hatte sich die Machtübernahme der Dunkelhexen bereits auf die Menschen ausgewirkt? Waren die Hexen nun enttarnt und die Jagd eröffnet? Heutzutage mussten sie nicht mit Spitzhacken und Mistgabeln auf uns losgehen. Sie besaßen bessere Waffen. Wenn sie herausfanden, dass sie uns mit Hämatit unschädlich machen konnten, wären wir alle zum Tode verdammt. Wie bei allen Sigillen hatten sich Tristan und Ela nur einem solchen Vorhaben anschließen können? Jeder wusste doch, was das Ziel der Dunkelhexen war. Sie wollten die Hexen aus den Schatten ans Licht führen und die ihnen bestimmte Position über den Magielosen einnehmen. Vermutlich würde es bis zum nächsten Walpurgisritual dauern, bis sie die Herrschaft komplett übernehmen konnten, vielleicht würden sie sich bis dahin bedeckt halten, aber der Ausblick auf eine Zukunft ohne das Occultatum – den Zauber, der Magie vor Unwissenden verbarg und es somit unmöglich machte, all jene zu verhexen – war grauenhaft. Ich sah von Magie beeinflusste Menschen wie Roboter durch die Straßen ziehen, ihren Magie wirkenden Herrinnen und Herren dienend. Ein saurer Geschmack legte sich auf meine Zunge. Schnell tauchte ich den Metallbecher in den Eimer und trank gierig. Mein Magen knurrte und es war wohl an der Zeit, die Haferflocken aufzuweichen und den Ofen anzufeuern. Das Frühstück war zu meiner Aufgabe geworden, weil ich im Gegensatz zu Noah nicht zum Fallenstellen taugte. Er kam die letzten Tage immer innerhalb kürzester Zeit mit gehäuteten toten Tieren zurück, von denen ich besser nicht wissen wollte, wie sie mit Fell ausgesehen hatten.

Als ich das Wasser gerade in den Topf füllte, kam mein kleiner Bruder um die Hütte gelaufen.

»Du bist um diese Zeit schon wach?« Genau wie er bemühte auch ich mich um unseren alten Umgangston, aber er war nur ein schwacher Abklatsch von früher.

»Ich glaube, du solltest mit ihr sprechen«, sagte Noah, anstatt mir zu antworten. Er bohrte seine verdreckte Schuhspitze in die Erde.

»Mit wem?«, fragte ich. Um diese Tageszeit war ich nicht gerade ein Schnelldenker.

Noah schnalzte mit der Zunge und sah mir endlich ins Gesicht. »Mit Gloria, Alter! Du bist seit drei Tagen wieder da und hast vielleicht fünf Worte mit ihr gewechselt.« Er verzog missbilligend die Lippen. »Sie fragt sich, was sie falsch gemacht hat.«

»Wie …« Ich schüttelte den Kopf, um meine Gedanken zu klären. Das Pochen in meinem Kopf setzte ein. »Wie kommt sie darauf, etwas falsch gemacht zu haben?«

»Vielleicht, weil du den ganzen Tag lang ein Gesicht ziehst, als würdest du am liebsten davonlaufen wollen? Weg von *ihr*?«, schob er für meine müden Gehirnzellen hinterher.

Ich rieb mir über die Schläfe. War es wirklich so?

»Ich …«

»Geh rein und sprich dich mit ihr aus. Wir frühstücken einfach später«, befahl mir Noah, nahm mir den Topf mit dem Wasser aus der Hand und stieß mich auf die Hütte zu. Ich warf einen Blick durch das Guckloch in der Scheibe ins Innere. Gloria lag umringt von blonden Haaren auf der Matratze, ihr Gesicht konnte ich nicht sehen. Ich sah zurück zu Noah, der auffordernd mit dem Kopf nickte. Warum spürte ich absolut gar nichts, wenn ich sie ansah, obwohl sie doch offenbar meine vorherbestimmte Partnerin war?

Ich umrundete die Hütte und trat durch die Tür. Das Quietschen der Angeln weckte Gloria auf. Sie rieb sich schläfrig die Augen und stützte sich auf die Ellbogen.

»Guten Morgen«, sagte ich sanft und durchquerte die Hütte. Die Bohlen federten bei jedem Schritt.

Gloria war sofort hellwach und setzte sich auf. »Ist etwas passiert?«

Ich schüttelte den Kopf. »Nein, alles in Ordnung.«

Sie zog die Brauen zusammen. »Was ist dann los?«

Ich ging in die Hocke und rief mir mein altes Ich ins Gedächtnis, das genug Charme hatte, um jeden Wunsch erfüllt zu bekommen. Es lag irgendwo tief in mir verborgen, auf einem staubigen Matratzenlager, genau wie Gloria. Aber ich schaffte es zu lächeln und ihre Stirn glättete sich.

»Ich habe mich noch nicht bei dir bedankt«, sagte ich so leise, dass ich mir nicht sicher war, ob sie mich verstand. »Du hast Noah beschützt, als ich nicht für ihn da sein konnte. Du hast mich ausfindig gemacht und mich gerettet.«

»Noah hat dich geholt«, warf sie ein. Sie sah mir direkt in die Augen und ich glaubte, einen Funken Hoffnung darin aufglimmen zu sehen.

»Du weißt genau, was ich meine«, ich schüttelte den Kopf. »Also: Danke.«

Sie nickte. Dabei sackten ihre Schultern nach unten. Sie pulte am Reißverschluss ihres Schlafsacks herum und betrachtete ihre Finger dabei.

»Außerdem tut es mir leid«, begann ich und sie sah wieder zu mir, weshalb es mir noch schwerer fiel, die zurechtgelegten Worte auszusprechen. »Es tut mir leid, dass ich gerade so abweisend bin.« Ihre Mundwinkel hoben sich leicht an, was die Lüge noch viel schlimmer machte. Denn es tat mir nicht leid. Ich spürte rein gar nichts außer dem Pochen in meinem Schädel. Dennoch folgte ich weiter meinem zurechtgelegten Plan. »Ich weiß nicht, was gerade mit mir los ist.« Wenigstens *das* war die Wahrheit.

Gloria griff nach meiner Hand und riss mich mit sich nach hinten. Ich hatte nicht vorgehabt, sie zu küssen, nicht einmal ansatzweise, doch da lagen ihre Lippen schon auf meinen und ihre Hände glitten suchend über meinen Rücken.

Keuchend tauchte ich aus dem Kuss auf, als wäre ich unter Wasser gewesen. Ich atmete stockend wie Gloria, ihre Wangen waren stark gerötet, ihre Augen leuchteten.

»Noah kom…«, stieß ich hervor, nachdem ich mich wieder im Griff hatte und mich seitlich von ihr abstützen konnte.

»Noah ist egal«, hauchte sie mir ins Ohr, ehe sie an meinem Ohrläppchen knabberte und mich erschaudern ließ.

Das laute Knallen der Tür machte mir klar, dass es eben nicht so war. *Mir* war er nicht egal. Er war mein Bruder und ich liebte ihn. Ich hatte nur noch ihn, nachdem Tristan und offenbar alle anderen, die ich kannte, zu den Dunkelhexen übergelaufen waren. Und was immer ihn gerade belastete, ich musste es aus der Welt schaffen.

Ich sprang auf und rannte ihm hinterher, raus aus der Hütte. Doch Gloria, die noch Magie wirken konnte, hatte ihn vor mir gefunden und war mit einer kurzen Sigillenfährte zu ihm gereist.

Ich folgte den Stimmen eines geflüsterten Streits zwischen den beiden, Zischlaute peitschten umher und ich schlich mich näher heran. Ich sah, wie Gloria Noah von sich stieß, was ihn dazu brachte, nicht mehr allzu vorsichtig zu sein, sodass er nun laut und deutlich zu hören war. »Ich habe keine Lust mehr auf dieses Spiel, verdammt! Wie kannst du ausgerechnet *ihn* küssen?«

Gloria lächelte. »Bist du etwa eifersüchtig?« Nun trat sie auf meinen Bruder zu und strich mit den Fingern seine Schläfe entlang. Noah neigte seinen Kopf ihrer Berührung zu.

»Natürlich bin ich eifersüchtig! Du hast gesagt, ich solle ihn reinschicken, um mit dir zu *reden.*« Er entzog sich ihren Fingern und schlug gegen den Baumstamm direkt neben den beiden.

Glorias Blick wurde vorwurfsvoll. »Es wird nicht mehr lange dauern und das Versteckspiel hat ein Ende.« Die nachfolgenden Worte waren so leise, dass ich nicht sicher war, ob ich sie richtig verstand. »Mehr als ein paar Tage kann sie mit dem Fluch und ohne ihn nicht mehr überleben und dann ist unser Auftrag erledigt. Sie wird so stolz auf uns sein. Auf dich.«

Meine Gehirnwindungen ächzten bei dem Versuch, einen Zusammenhang herzustellen und den Worten einen Sinn zu entnehmen. Meine Kopfschmerzen brachten mich ins Taumeln, ich konnte mich gerade noch so auf den Oberschenkeln abstützen und versuchte, den Schmerz wegzuatmen.

»Trotzdem wird sie das nicht gutheißen.« Noah gestikulierte zwischen sich und Gloria hin und her.

»Egal.« Gloria legte erneut eine Hand auf Noahs Wange, ihre Gesichter näherten sich und dann küsste sie ihn. Er zog sie näher, sie pressten sich fest aneinander, ohne ihre Lippen voneinander zu lösen und Luft zu holen. Was mich aber vollends an meinem Verstand zweifeln ließ, war die Tatsache, dass es in mir keinerlei Emotionen weckte, sondern nur die verblasste Erinnerung an einen Moment auf einer Couch, die ich nicht erkannte und zuordnen konnte.

Ich zog mich zurück und reimte mir zusammen, dass das gemeinsame Versteckspiel meinen kleinen Bruder und meine Freundin auf einer Ebene weit über Freundschaft hinaus zusammengeschweißt hatte. Und ich glaubte, das war okay für mich.

Ich war noch nicht wieder bei der Hütte angekommen, da erklangen Schritte hinter mir und die beiden stürmten auf mich zu.

»Wir wurden entdeckt!«, schrie Gloria. »Wir müssen sofort von hier verschwinden.«

~ 32 ~

MARA

Ihr habt sie aufgespürt und wieder verloren?« Elas Stimme war so laut, dass ich aufschreckte. Ich blinzelte, bis ich mich wieder erinnerte, dass ich nur noch ein winziges Sichtfeld von der Größe eines Nadelöhrs besaß. Ich lag auf unserer Couch unter mehreren Decken begraben, weil mir zuletzt schrecklich kalt gewesen war. Jetzt war ich klitschnass geschwitzt. Ich schob die Decke von mir und eine miaute Beschwerde erklang. Seit ich zwei Tage zuvor so gut wie blind in der Bibliothek die Treppe hinabgestürzt und dazu verdonnert worden war, hier sinnlos herumzuhängen, weil man die Verstauchung nicht mit Magie heilen konnte, wich mir Kringel so gut wie nie von der Seite. Sie ging nur, um sich bei den Nachbarn ihr Futter abzuholen, tauchte dann jedoch immer wieder mit Umweg über die Bibliothek auf und leistete mir Gesellschaft. Vielleicht war es Einbildung, aber ich fühlte mich besser, wenn sie da war.

Vor der Schrankwand standen ein blauer Schemen – Sebastien – und Ela, deren aufgebrachte Stimme eindeutig zuzuordnen war. Ich konnte aber seit Tagen nicht einmal mehr meine eigene Hand scharf sehen, wenn ich sie direkt vors

Gesicht in diesen winzigen Spalt an Sicht hielt, der mir noch geblieben war. Doch die letzten Tränen darüber waren längst versiegt. Ich konnte nur noch all meine Hoffnung in die Macht der Auguren, des Rates und der Jäger setzen. Einfach alles auf – bis auf Sebastien – vollkommen fremde Menschen zu setzen, förderte in mir eine Hilflosigkeit zutage, die ich noch nie gespürt hatte.

Sanft strich ich über Kringels weiches Fell, bis sie zu schnurren anfing. Die gleichmäßige Bewegung hatte etwas Beruhigendes – ein kleiner Trost in meiner immer dunkler werdenden Welt.

»Gloria hat gestern ... nein, heute Nacht unserer Zeit ... Magie angewandt«, erklärte Sebastien. »Die Auguren haben all ihre visionäre Kraft in den Zauber gesteckt. Sobald der Alarm losging, wurden der Rat und die Jäger informiert. Die Spur war nicht ganz klar, wir waren in Alarmbereitschaft und wurden dafür belohnt. Gloria hat eine Sigillenfährte angewandt, nur eine kurze, aber dadurch konnten wir sie im Redwood-Nationalpark in Kalifornien orten.« Ich richtete mich mühsam auf und Kringel beschwerte sich, bis ich mein Kraulen wieder aufnahm. Auch wenn ich es nicht wollte, schaffte ich es dennoch immer wieder, einen kleinen Funken Hoffnung aufzubringen, der mir die Kraft schenkte, mich nicht nur in meinem Leid zu suhlen. Lange würde ich das aber nicht mehr schaffen, da war ich mir sicher.

»Leider muss Gloria unseren Aufbruch gespürt haben«, trat Sebastien diese Hoffnung sofort wieder aus wie die Glut eines alten Lagerfeuers. »Sie überwacht uns offenbar ebenso wie wir sie. Wir konnten nur noch eine leere Hütte finden. Die Spuren deuten aber auf Gloria, Noah und Chris hin.«

Ich sackte wieder in mich zusammen und schloss die Augen. Sie offen zu halten machte kaum einen Unterschied. Ich wurde immer besser darin, Geräusche zuzuordnen, hörte sogar das leise Knistern der Magie, wenn jemand die Schwelle zur verborgenen Bibliothek übertrat.

Seit Tagen taten alle ihr Bestes und doch führte es zu keinem Ergebnis, während ich wortwörtlich dabei zusehen konnte, wie mein Augenlicht schwand. Mama sprach nicht mit mir darüber, was sie in den Büchern jenseits der Schrankwand gefunden hatte, aber wann immer ich wegdämmerte und sie sich flüsternd mit den anderen unterhielt, wurde deutlich, dass ich kurz nach meiner Erblindung sterben würde und Chris meine einzige Hoffnung war, all das aufzuhalten. Allein der Gedanke ließ jeden Muskel in meinem Körper verkrampfen und Kringel maunzte, weil sich meine Hand in ihrem Fell verhakte.

»Wir haben weitere Hexen gerufen, die sich mit unserer Magie verbinden. Es ist der bislang größte Zirkel unserer Geschichte. Wir werden die drei aufspüren!«, sagte Sebastien, selbst nach zig Fehlversuchen noch immer überzeugt davon, es tatsächlich schaffen zu können. Ob es diesen Enthusiasmus bei den Auguren in Flaschen abgefüllt gab?

»Vielleicht werdet ihr das, aber dann könnte es zu spät sein.« Die neu hinzugekommene Stimme ließ mich die Lider wieder heben. Was tat Carina hier? Die Magie ihrer Sigillenfährte prickelte auf meinen Armen und ließ mich aufstöhnen. »Ich habe zusammen mit Heloise in den alten Büchern ihrer Familie geforscht. Heil- und Schutzmittel, die nicht magischen Ursprunges sind. Damit können wir die Kleine schützen, wenn sie nach meinem Sohn sucht.«

Die Kleine? Ernsthaft? Ich stöhnte über diese Beleidigung, während ich mich wieder aufrappelte.

Carina stellte sich dicht vor mich, sodass ich grob ihr Gesicht sehen konnte. »Es ist deine einzige Chance. Und die von Christoph.« Es musste ihr gehörig gegen den Strich gehen, dass sie auf mich angewiesen war. Andersherum ging es mir genauso.

»Vergiss es«, sagte Tristan, der dem sanften Knistern nach eben aus der Bibliothek gekommen war. »Magie zu wirken, wird sie umbringen! Vielleicht findet sie Chris, aber ich werde nicht ihr Leben dafür riskieren! Verschwinde!«

»Das ist meine Entscheidung«, sagte ich, erhielt jedoch keine Reaktion mehr, weil es an der Tür klingelte. Schritte entfernten sich, die Tür wurde geöffnet.

»Wer ist es?«, fragte ich, weil ich nur leises Flüstern hören konnte, keine Stimmen, die ich den Besitzern zuordnen könnte.

»Ich lasse mich nicht von euch verjagen«, schrie dann jemand. »Nicht noch mal.«

War das Alex?

Erst erklang ein Rumpeln, dann folgten schnelle Schritte in unsere Richtung. Ich kniff die Augen zusammen, richtete mein kleines Sichtfeld auf den Eingang zum Wohnzimmer, wo dann tatsächlich Alex auftauchte.

»Mara!«, rief sie und stürmte direkt auf mich zu, begleitet von einem intensiven Duft nach Maiglöckchen. »Du bist wirklich krank«, stellte sie dann fest. Ich wollte gar nicht wissen, wie ich aussah. Wenn es nur halb so schlimm war, wie ich mich fühlte, musste mich Alex für einen Zombie halten.

»Ihr geht es absolut nicht gut«, teilte Tristan das Offensichtliche mit und zog an Alex' Arm. Ela trat neben ihn.

»Hi, Alex, was tust du hier?« Es klang sehr gepresst, aber Alex bemerkte es gar nicht und ging nicht einmal auf die Frage ein.

»Wenn es ihr so schlecht geht, warum ist sie dann hier und nicht im Krankenhaus?« Ihr herausfordernder Tonfall und die Frage überrumpelten Tristan und auch Ela.

»Sie braucht Ruhe«, sprang Sebastien mit einem kläglichen Versuch ein, der Alex' Wissensdurst nur noch befeuerte.

»Ach, und deshalb sind in dem kleinen Raum hier so viele Menschen? Und wer bist du überhaupt?« Eine kurze Pause. Der Haltung ihres Kopfes nach musterte Alex Sebastiens Äußeres – vermutlich seine blaue Augurenrobe und die altmodische Kleidung darunter.

Ich sah noch, wie Sebastien, der nun ebenfalls neben Alex direkt vor mir stand, den Mund öffnete. Doch ehe er etwas antworten konnte, knisterte die Luft. Die anderen achteten sicher nicht auf solche Details, vielleicht war ihr Gehör auch nicht so ausgeprägt wie meiner durch die stetige Einschränkung meines Sehsinns. Ich rief noch ein gellendes »Nicht!« – aber es war zu spät.

Sanfte Magie flackerte auf und jemand trat durch die Schrankwand. Alex drehte sich blitzschnell um.

»Was …« Es war das erste Mal, dass ich Alex sprachlos erlebte. Sie starrte hinter sich – auf schätzungsweise meine Mutter, die vielleicht noch halb zwischen Büchern und Trockenblumen stand.

»Alex?«, fragte Mama und startete direkt einen sehr miesen Ablenkungsversuch. »Dich habe ich ja lange nicht mehr gesehen. Willst du etwas trinken?«

»Du bist eben durch die Wand gekommen.« Alex formulierte es nicht als Frage, es war eine Tatsache.

»Sebastien«, sagte Ela. »Vielleicht sollte Alex besser verges…«

»Nein!«, schrie Alex. »Ihr werdet das nicht noch einmal tun.«

Im Wohnzimmer wurde es totenstill. Ich spürte die Blicke, die hin und her geworfen wurden, auch wenn ich sie nicht sehen konnte.

»Vielleicht habt ihr es versucht, aber ich habe *nicht* vergessen«, sagte Alex mit erstaunlich fester Stimme. »Zumindest nicht alles«, gab sie dann etwas zögerlicher zu. »Ich weiß, dass die Brunnenfiguren vor ein paar Wochen lebendig waren, dass du«, sie drehte sich wieder zu mir um, »bei mir warst, um Ela in Italien zu kontaktieren, die dann plötzlich vor uns stand. Mit ihm.«

Sie deutete auf Tristan, der noch immer neben ihr stand. »Was auch immer ihr getan habt, ich weiß es noch. Alles kommt in meinen Träumen wieder. Ich habe luzide Träume und bin mir bewusst, dass ich mir das nie ausdenken würde, sondern mein Gehirn einfach verarbeiten muss, was geschehen ist.«

Mehrere ihrer hektischen Atemzüge lang herrschte Schweigen. Dann brach Kringel die Stille mit einem Maunzen. Alex sah irritiert zu der Katze. »Was tut Kringel denn hier?«

»Sie weiß Bescheid und leistet mir Gesellschaft«, erwiderte ich und kraulte ihr wieder das weiche Fell.

»Ich sehe sie seit Tagen in meinen Träumen, in denen sie mir sagt, ich solle sie suchen. Doch die Meissners wussten nicht, wo sie die ganze Zeit steckt.«

»Du träumst von der Katze?«, fragte Sebastien. »Und sie spricht mit dir?«

Alex' Haare hüpften, so stark nickte sie. »Wer bist du überhaupt?«

»Ich bin Sebastien, ein entfernter Cousin von Ela. Was hat die Katze noch gesagt?«

»Ich solle dem Duft von Maiglöckchen folgen.« Für eine frisch Eingeweihte ging Alex ziemlich locker mit dieser schrägen Frage um. Vielleicht lag das an ihrer *Besonderheit*. »Na ja, eigentlich hat Kringel immer nur ›Maiglöckchen‹ erwähnt.«

»Du hast sie offensichtlich gefunden«, sagte ich knapp. Ihr Geruch umhüllte mich noch immer.

»Da hätten wir es doch! Das ist ein Zeichen«, mischte nun auch Carina wieder mit und drängte sich zwischen Tristan und Alex.

»Wovon sprichst du?«, fragte Sebastien.

»Maiglöckchen sind der Hauptbestandteil des Trankes, den Heloise und ich für Mara gebraut haben.«

Ich hätte gerne aufgelacht, aber weil niemand anderes im Raum es als Unsinn abtat – nicht einmal Alex etwas dazu sagte –, blieb mir das Lachen im Hals stecken.

Sebastien rieb sich über das Gesicht, ehe er nachgab. »Ich werde es mit meinen Kolleginnen und dem Rat besprechen.« Dann verließ er den Raum und ich spürte die Magie, die er wirkte. Es fühlte sich immer gleich an, wenn er in blauem Rauch verschwand.

Alex sah erst noch zum Wohnzimmerdurchgang, durch den Sebastien verschwunden war, dann drehte sie sich um, verharrte dabei kurz bei Ela und Tristan, ehe sie sich mir zuwandte. »Und jetzt habt ihr mir einiges zu erklären.«

Ela schnupperte in der Luft, sah dann erst zu Tristan, der ihr zunickte, dann zu mir. »Es ist verboten, mit Außenstehenden über Magie zu sprechen, aber da Alex Dinge weiß, die sie nicht wissen sollte, denke ich, dass es okay ist, sie einzuweihen.«

Und so erzählte ich zum hoffentlich letzten Mal die ganze Geschichte. Dabei fiel mir auf, dass bei jeder Wiederholung ein weiteres Puzzlestück dazugekommen war. Alex wurde ganz aufgeregt, als ich bei den letzten Ereignissen, dem Hexenturm und dem Wachküssen von Chris, angekommen war.

»Das erklärt, warum es mich in letzter Zeit immer zum Schloss zieht«, murmelte sie vor sich hin. Dann klang ihre Stimme näher, weil sie mich direkt ansprach. »Deshalb war ich auch dort, als du aus dem Wald gestolpert bist.«

Ich lachte bei der Erinnerung auf. »Du hast mir einen riesigen Schreck eingejagt.« Der inzwischen so belanglos war, dass es mir nicht einmal ein hektisches Einatmen entlocken würde.

»Frag mich mal. Normalerweise ist dort nie jemand.« Sie schüttelte den Kopf, als widerspräche sie ihren eigenen Gedanken. »Und der Rosengarten ist mit Magie geschützt, damit keine Hexe versehentlich dort hineingelangt?«, fragte sie weiter. Ich wusste nicht, wie lange wir inzwischen hier saßen und Alex' unendlichen Strom an Fragen, so gut es ging, beantworteten.

»Weil unsere Familie seit Generationen daran gescheitert

ist, den Turm und die damit für Hexen einhergehende Gefahr zu beseitigen, blieb uns nichts anderes übrig, als sich zufällig dem Turm nähernde Hexen mit einem Abschreckzauber zu verjagen«, wiederholte Mama das, was sie mir bereits in den vergangenen Tagen erklärt hatte. »Die Falks haben den Stadtrat und den Verschönerungsverein hinter sich. Denkmalschutz und so. Und sollte jemand durch den Schutzzauber dringen, hat er vor Betreten des Turmes zumindest ein paar Stunden Zeit, seine Entscheidung zu überdenken.«

Carina fügte hinzu: »Auch unsere Familie hat es bereits versucht.«

»Und wieso konnte dich der Zauber nicht verjagen?«, fragte Alex nun mich.

»Das hat er. Nur die Verbindung zu Chris hat mich davon abgehalten, mich wegzubewegen«, gestand ich mit einem Seufzen. »Mir blieb wortwörtlich nur eine Richtung, in die ich noch gehen konnte.«

Alex schien nicht vollends zufrieden mit dieser Erklärung. »Und wie hast du den Zauber gebrochen?«

Sie stellte Fragen, die nicht einmal ich mir gestellt hatte, obwohl es mich selbst betraf.

Mama antwortete ihr: »Maras Blut hat den Bann gebrochen. Tristans hätte es ebenso vermocht. Das Wächterblut fließt nicht nur in meinen Adern.« Ein Lächeln schwang in ihren Worten mit, die verdammt stolz klangen. Vielleicht war meine Bestimmung ja, anderen Hexen zu helfen, so wie Mama.

Doch dafür musste ich erst einmal überleben. Was ausgerechnet von Christoph Brand abhing.

~ 33 ~

MARA

»Wir sind wohl fast da?« Meine mir noch verbliebenen Sinne waren von dem Gestank nach Maiglöckchen komplett vernebelt. Bis wir etwas weiter hinten am Waldrand geparkt hatten, konnte ich wenigstens am Geruch erkennen, wer mir gerade half, nicht zu stolpern. So sehr es mir zuwider war: Ich war auf Hilfe angewiesen, denn selbst die größten Unebenheiten flossen durch meine beschränkte Sicht zu einer Ebene zusammen. Mein in der Wächterbibliothek verstauchter Fuß war auch nicht gerade hilfreich.

»Vorsicht, da ist eine kleine Wurzel«, warnte mich Ela auf meiner linken Seite und ich tastete vorsichtig mit dem Fuß vorwärts, ehe ich einen Schritt machte. Tristan hatte mir angeboten, mich zu tragen, die anderen hatten zugestimmt, aber das wollte ich absolut nicht. Der Weg sei nicht lang, hatte Alex behauptet, die vorangegangen war und nun verkündete: »Hier ist es. Ich gehe dann mal zurück zum Auto.« Und schon war sie verschwunden, obwohl ich glaubte, ihre Neugier herausgehört zu haben. Aber die anderen hatten ihr klargemacht, dass sie beim Van warten musste, um die Magie nicht zu stören.

Ich war mir nicht sicher, ob die Hexen es übertrieben. Selbst für meine neuen Verhältnisse war es einfach nur schräg, all das hier zu machen, nur weil Alex im Traum mit Kringel über Frühlingsblumen gesprochen hatte. Aber ich war ja noch nicht lange Teil dieser magischen Welt und so musste ich ihnen wohl glauben, dass es ein *Zeichen* war. Als Alex von dem Blütenfeld im Wald erzählt hatte, waren alle regelrecht ausgeflippt vor Begeisterung – allen voran Carina. »Der perfekte Ort für das Ritual«, war sie sich sicher gewesen.

Letztendlich hatte auf mein Drängen hin auch Mama zugestimmt.

»Dann mal los«, sagte Carina, schob sich der Richtung ihrer Stimme nach zwischen Ela und mich und bugsierte mich anschließend mitten auf den weißen Teppich, der sich vor meinen Füßen ausbreitete. Der Geruch der Maiglöckchen war auf Dauer echt ätzend! Er raubte mir einen weiteren Sinn, auf den ich doch mehr denn je angewiesen war. Carina nahm mir überraschend geschickt den Armreif ab, damit ich hexen konnte. An den Schmerz der zurückkehrenden Magie gewöhnte man sich wohl nie.

»Du musst das hier jetzt trinken!«, befahl sie dann und drückte mir ein kleines Fläschchen in die Hand. Das Glas war eiskalt und hatte nicht nur die Form von diesen Fastnachts-Schnäpsen, die bei den Umzügen immer verteilt wurden, sondern auch einen ebensolchen Drehverschluss. Ich schraubte ihn auf und schnupperte daran. Der Inhalt roch nach gar nichts. Ich hob die Flasche dicht vors Gesicht, ob überhaupt etwas darin war – eine glasklare Flüssigkeit schwappte beim Schwenken hin und her.

Mein Geruchssinn war tatsächlich betäubt. Ich holte tief Luft und trank auf ex. Es roch nicht nur nach nichts, sondern schmeckte auch wie Wasser.

»Wunderbar, dann mal los!«, sagte Carina, trat zurück und befahl den anderen, sich an den Händen zu halten und den Kreis um mich herum zu schließen. Sie rückten zusammen und für einen Moment sirrte die Luft wie beim Übertreten der Schwelle zur Bibliothek.

»Kannst du die Sigille für den Suchzauber noch vor dir sehen?«, fragte Mama. Ich schloss die Augen, blendete das Sonnenlicht über uns aus und rief mir die Sigille ins Gedächtnis, die ich seit der getroffenen Entscheidung unentwegt angestarrt hatte, nachdem Ela sie mir aufgemalt hatte: SUCHE sah aus wie ein etwas verschobener Blitz und war nicht gerade komplex. Die anderen hatten lange geschwankt, ob ein Such- oder Findezauber effektiver war, aber anscheinend konnte SUCHE zumindest weitere Hinweise bringen, während FINDE nur auf das Ergebnis abzielte, Chris direkt aufzuspüren. Ich hatte zu der Diskussion nichts beitragen können oder besser gesagt war es mir egal, *wie* wir ihn fanden, nur *dass* wir ihn endlich aufspürten.

»Los jetzt!«, befahl Carina ungeduldig und ich konzentrierte mich auf den deformierten Blitz, während es jenseits meiner geschlossenen Augenlider immer heller wurde. Die anderen hatten vor, einen Magieverstärker-Zauber anzuwenden, der wie ein Trichter meine Magie bündeln würde. Ich holte noch einmal tief Luft und leitete das leuchtende Bild des Blitzes zu meinem linken Handgelenk, wo es aus meiner Sigille herausbrach und dabei sämtliche Energie aus mir herauszog, weshalb ich hart auf den Knien landete und mich keuchend mit den Händen im Blütenmeer vergraben wiederfand.

»Seht ihr es?«, hörte ich Tristan und öffnete die schweren Lider. Doch ich sah rein gar nichts.

»Was ist?«, fragte ich, blinzelte, rieb mir die Augen – doch nichts passierte. Nicht einmal der Hauch eines Lichtstrahles traf auf meine Netzhaut. Panik überkam mich. Meine Hände zitterten, ich rieb mir immer fester über die Augen, mein Puls beschleunigte sich immer weiter. Ich drehte mich auf allen vieren um, wurde vom Gestank der zerdrückten Maiglöckchen unter mir nahezu erstickt. Und doch war da rein gar nichts mehr.

»Mara, was ist los? Hast du Schmerzen?« Tristan war so nah an meinem Ohr, seine Stimme von Panik erfüllt und viel zu laut, sodass ich zurückzuckte.

»Ich sehe nichts mehr.« Es auszusprechen, machte es so erschreckend wahr, dass ein lautes Schluchzen folgte.

»Du hast gesagt, es würde sie beschützen!«, brüllte meine Mutter – vermutlich an Carina gewandt, die dann auch sofort antwortete.

»Sie lebt. Das ist doch schon was.« Wenn ich sie sehen könnte, würde ich mich aufgrund ihres schon fast süffisanten Tonfalles auf sie stürzen und ihr den Hals umdrehen. »Und wir haben einen Hinweis«, ergänzte sie triumphierend.

Ich schluckte weitere Tränen hinunter und fragte: »Haben wir den?« Die Worte bebten so sehr wie mein ganzer Körper.

»Komm, ich helfe dir hoch«, sagte Tristan und instinktiv wandte ich ihm mein Gesicht zu, während seine Hand meinen Arm hinabglitt, bis sich unsere Hände verschränkten.

Ich hievte mich hoch, während er sagte: »Über dir sind Bilder erschienen. Kurze Schnappschüsse. Der Suchzauber funktioniert wie ein Fährtenhund. Nur dass der Zauber Magiespuren folgt anstelle von Gerüchen.«

»Und was hat er gezeigt? Wo ist Chris?« Ich wandte mich Elas Stimme zu.

»Die ersten Szenen haben gezeigt, wo sie sich bisher aufgehalten haben, einen Zeltplatz, einen weißen Sandstrand, den Wald, in dem wir sie zuletzt geortet haben. Der Ort auf den letzten Bildern des Suchzaubers müsste daher der sein, an dem sie sich gerade befinden. Sie zeigten eine einfache ... Hütte, vielleicht ein Zelt, den vielen Stoffen nach zu urteilen. Im Hintergrund waren dunkle, vielleicht schwarze Felsen. Ich glaube, da waren auch Palmen oder so. Auf dem Boden lag heller, feiner Sand. Ich tippe auf eine Wüste.«

»Ich gehe umgehend zum Rat und übermittle ihnen das Ergebnis, damit sie es an die Hexenpresse weitergeben können«, sagte Sebastien. »Dann werde ich gemeinsam mit Panya und Yui nach dem Ort suchen. Wir werden ihn finden. Irgendeine Hexe der Welt hat ihn garantiert schon einmal gesehen und wird ihn wiedererkennen.« Die Magiewelle seines Verschwindens schwappte über mich.

Ich nickte, was blieb mir auch anderes übrig. Ich wusste nicht einmal ganz sicher, ob ich in Richtung der anderen genickt hatte. Mein Augenlicht war verloren, mein Gehirn war völlig überfordert damit, den Maiglöckchengestank loszuwerden, sodass nun anscheinend sogar mein Hörsinn beeinträchtigt war, was sich wiederum auf meinen Gleichgewichtssinn auswirkte. Ich fühlte mich wie in einem Karussell. Auch wenn ich nichts sehen konnte, drehte sich die Welt um mich herum immer schneller und ich versuchte gegenzusteuern.

Jemand packte mich fest am Oberarm, riss daran und ich stieß einen Fluch aus. »Verdammt, was soll das?«

»Du bist gerade zur Seite gekippt«, erklärte mir Tristan. Gleich darauf legte er meinen Arm über seine Schulter, damit ich mich selbst abstützen konnte. Auf meiner linken Seite hörte ich ein leises Wimmern, das ich meiner Mutter zuordnete, ehe sie bebend Luft holte und meinen anderen Arm über ihre Schulter legte.

So gingen wir zurück zum Van. Jeder Weg zieht sich endlos, wenn man nicht das Geringste sehen kann. Ich stolperte mehrmals, obwohl mich Tristan, Ela oder Mama warnten. Wir brauchten sicher zehnmal so lange wie für den Weg zum Blumenfeld. Aber das war nur eine Schätzung. Mit dem Sehsinn war mir offenbar auch jegliches Gefühl für Zeit abhandengekommen.

Und zu allem Elend bekam ich den Gestank der Maiglöckchen noch immer nicht aus der Nase, weshalb mein Unterbewusstsein mich mit etlichen Erinnerungen an die kleinen Blüten unterhielt.

An einen winzigen Stempel, einer Krone ähnlich, den ich im Kindergarten in weiße Farbe getaucht und auf hellgrünes Papier getupft hatte, bis daraus die vielen Blüten des Maiglöckchens geworden waren. Ich sah ein kleines Schnapsglas, in das Mama meinen auf dem Nachhauseweg gepflückten Schatz gestellt hatte. Dann ein … Bücherregal?

»Na endlich! Habt ihr Chris gefunden?«, rief Alex von Weitem und unterbrach damit mein Kopfkino. Wir hatten den Weg wohl endlich hinter uns gebracht. Ich wollte schneller gehen, doch meine Stützen rechts und links nicht, daher kam ich wieder mal ins Stolpern.

»Wir haben eine Spur«, sagte Ela, als Mama mich gerade ermahnte: »Nicht so schnell.«

Während der Rückfahrt brachten wir Alex auf den neuesten Stand. Sie hatte ein Talent für das Ziehen der richtigen Schlüsse und das Stellen der richtigen Fragen, sodass sie recht schnell zu dem deprimierenden Schluss kam, dass man den Ort nicht vorab eingrenzen konnte, weil es so ziemlich überall auf der Welt schwarze Felsen gab. Von Küstenklippen bis zu Gebirgen in den Wüsten der Welt war alles dabei.

Ich senkte das Kinn auf meine Brust.

»Tut mir leid«, sagte sie dann schnell, aber es klang nicht nach einer ernst gemeinten Entschuldigung. Alex erkannte nicht, wenn sie jemanden vor den Kopf stieß, das war schon immer so gewesen. »Aber mit Magie und den Fotos in den Zeitungen der Hexen wird Sebastien den Ort sicher schnell finden.« Vermutlich tätschelte sie mir den Oberschenkel, ich schreckte durch die unerwartete Berührung jedoch zusammen wie von einem Schlag.

Weil sich eine bedrückende Stille im Van ausbreitete, arbeitete mein einziger gerade aktiver Sinn auf Hochtouren. »Hat jemand von euch Maiglöckchen gepflückt? Hier riecht es wie auf dem Feld eben.«

»Vermutlich hast du den Geruch an deiner Hose und den Fingern«, sagte Mama. Ich roch an meinen Händen, doch obwohl ich mich mit ihnen im Feld abgestützt hatte, kam der Geruch nicht von ihnen. Also verneinte ich.

»Dann hast du ihn vermutlich einfach in der Nase«, sagte Carina in genervtem Ton und bretterte gerade um eine Kurve, sodass ich gegen Tristan geschleudert wurde. Bevor wir hier alle noch in einem Familienvan starben, von dem ich gar nicht wusste, woher Carina ihn hatte, hüllte ich mich für den Rest der Fahrt lieber in Schweigen.

Das Geräusch unserer Uhr im Wohnzimmer machte mich wahnsinnig. Es war so entsetzlich laut, dass ich jede Minute zusammenzuckte und froh war, dass sie keinen Sekundenzeiger hatte. Immer wieder spielte Tristan Nachrichten von Alex ab. Weil ich die ersten von ihr nicht hatte lesen können, hatte Tristan sie gebeten, Sprachnachrichten zu schicken. Sie recherchierte von zu Hause aus. Nach einem Anruf ihres Vaters war sie ganz schnell verschwunden und hatte nur irgendwas von Familiensegen gemurmelt. Nun hielt sie uns auf dem aktuellen Stand, während Carina zusammen mit dieser Heloise »auf ihre Art« nach dem Ort aus dem Zauber suchte und Mama gleich nach unserer Ankunft in der verborgenen Bibliothek verschwunden war und sich dort von ihrem Bauchgefühl leiten ließ.

»Hier, trink etwas.« Elas weiche Hand legte sich auf meinen Handrücken. Ganz langsam, sodass ich nicht erschreckte. Sie legte meine Finger um das eiskalte Glas, aus dem Kohlensäure und der Duft nach Cola aufstieg. Gemischt mit diesem verdammten Maiglöckchengestank, den ich einfach nicht loswurde.

»Tristan sagte, mit Cola gehe es dir immer besser.«

Ihre Fürsorge wärmte meine Brust. »Für mich riecht sie leider nach Maiglöckchen-Cola«, ließ ich meine Trauer an dem armen Getränk aus. Während mich die beiden umsorgten, hatte der Geruch weitere Bilder zutage gefördert. Ich hätte nicht gedacht, dass ich so viele Erinnerungen an Maiglöckchen besaß, dass ich sie als Kind so oft gepflückt und in Schnapsgläsern als Vasen untergebracht hatte. Weil meine Augen keine neuen Eindrücke sammeln konnten, arbeitete mein Hirn offenbar auf Hochtouren an einem Unterhaltungsprogramm.

»Kommst du hier kurz allein zurecht?«, fragte Ela.

»Warum?«, fragte Tristan, ehe ich zustimmen konnte. Ich würde schon nicht weglaufen. Vermutlich käme ich nicht einmal aus dem Wohnzimmer, ohne mir irgendwo das Schienbein oder die Hüfte zu stoßen.

»Wir müssen nach etwas suchen, das ihre Geruchsrezeptoren neutralisiert. Ich kenne das Problem.« Eine kurze Pause. Dann atmete Tristan ein, als würde er verstehen. Nur ich blieb ahnungslos.

»Dein Bohnensäckchen!«

»Welches Bohnensäckchen?«, hakte ich nach und die Illustration aus meinem alten Märchenbuch von Jack und der Bohnenranke kam mir in den Sinn. Ela erklärte mir, dass ihr Geruchssinn aufgrund ihrer Arbeit mit Tränken und Zutaten besonders geschult sei und sie Geruch nur loswerde, wenn sie an gerösteten Kaffeebohnen röche. Dann sprach sie offenbar wieder mit Tristan.

»Ich habe es nicht gebraucht, seit ... Ich denke, es ist beim Ritual verloren gegangen. Hier gibt es doch auch Kaffeebohnen, oder? Sonst muss ich welche von zu Hause holen.«

»Moment, ich helfe dir beim Suchen.«

Ich hörte, wie die beiden den Raum durchquerten und anschließend in der Küche herumwühlten. Ich wandte mich den Geräuschen zu. »Schräg über der Spüle!«, rief ich, was

Tristan doch eigentlich wissen musste. Dabei schüttete ich in einer instinktiven Geste beim Herumbrüllen kalte Cola auf mich, der Geruch nach Maiglöckchen wurde wieder intensiver. Ich tastete vom Sofa aus nach dem kleinen Couchtisch, um das Glas abzustellen, doch der war nicht da. Stattdessen schob sich wieder eine Maiglöckchen-Erinnerung in mein Bewusstsein. Mein erster Besuch in der verborgenen Wächterbibliothek und mein Aufeinandertreffen mit Kringel, die mich angefaucht hatte und sich meiner Meinung nach zuvor in den Blumen gewälzt haben musste. Die Bücher, zu denen mich mein Bauchgefühl gelockt hatte, hatten uns nicht weitergeholfen. Was, wenn … Ich konzentrierte mich wieder auf die Erinnerung an Kringel, ihr gesträubtes Fell, die ausgefahrenen Krallen, mit denen sie gerade über den rauen Stein wetzte. An die Einkerbungen, die bei längerer Überlegung zu ähnlich waren, um einfache Furchen oder Kratzspuren zu sein, und die ich für einen Stern gehalten hatte. Ich konzentrierte mich stärker auf meine Erinnerung an das Symbol. Konnte es eine Sigille sein? Hatte mich meine Intuition *deshalb* dort hingeführt?

Ich ließ mich in der Erinnerung nieder, sah mir alle Kerben und Furchen genau an. Es war immer dasselbe Symbol. Würde man den Beginn und das Ende verbinden, hätte man ein leicht nach rechts geneigtes, in die Länge gezogenes Pentagramm. Ich konzentrierte mich so sehr darauf, dass es aufzuleuchten begann wie in meinen unter Anleitung ausgeführten bisherigen Zaubern. Mein Handgelenk brannte, sodass ich eine weitere Portion Cola verschüttete. Das musste der Armreif sein, den man mir im Auto wieder angelegt hatte. Ich klemmte das Glas zwischen die Knie und tastete mich umständlich zum Verschluss, weil ich mit ihm nicht ausprobieren konnte, was die Sigille bewirkte, die Kringel mir – ich stolperte über den Gedanken – gezeigt hatte. Den Armreif neben mir, nahm ich einen weiteren Schluck und atmete tief durch. Die leuchtende Sigille, dieses schräg liegende, unvollständige Pentagramm, tauchte wieder vor meinem inneren Auge auf und ich ließ sie erneut los. Sie floss durch mich hindurch, befeuert von der Magie in meinem Blut, die im nächsten Moment meinen Magen umstülpte, begleitet von einem Schwindelgefühl wie nach dem Zauber auf dem Maiglöckchenfeld. Das Glas glitt mir aus der Hand, ich wartete auf den Aufprall, doch er kam nicht. Stattdessen wurde es merklich kühler. Ich stieß mit dem Fuß irgendwo dagegen und stürzte. Meine Hände landeten in weichem Sand. Ein Rascheln begleitete den Wind, der an meinen Haaren zupfte. Etwas entfernt sah ich ein schwaches Licht.

Ich. *Sah*.

Selbst nach mehrmaligem Blinzeln war ich mir nicht sicher, ob ich es glauben konnte. Da war ein winziger Schimmer, durch mein wiedergewonnenes Nadelöhr-Guckloch wirkte er weit entfernt, aber meine Tiefenwahrnehmung konnte mich täuschen, wie ich gestern am eigenen Leib durch die schmerzhafte Begegnung von Schienbein und Tischkante gelernt hatte. Ansonsten war es stockdunkel – keine Ahnung, ob es an meiner Sicht oder der Tageszeit lag. Mein Magen knurrte, als hätte ich seit Jahren nichts gegessen.

Ich rappelte mich auf, stakste langsam durch den Sand auf das Einzige zu, das ich überhaupt sehen konnte. Dann knisterte Magie in der Luft und ich wurde zu Boden gerissen. Mein Schrei sickerte in den Sand unter mir.

~ 34 ~

MARA

»Was bei allen Dunkelhexen hast du getan?«, fragte Tristan leise, kroch schnell von mir herunter und half mir dann, mich aufzurichten. Ich versuchte, den Sand auszuspucken, doch er war überall. Selbst in meinen Augen, aus denen ich das Zeug trotz vorsichtigem Reiben nicht herausbekam.

»Tristan!« Obwohl sie nur flüsterte, erkannte ich Ela und wandte mich ihrer Stimme zu. Sie war nur ein blasser Kreis mit dunklen Flecken als Augen, aber ich konnte sie zumindest wieder schemenhaft erkennen, meine Sicht wurde von Sekunde zu Sekunde besser und ich erkannte, dass es um uns herum Nacht war, konnte sogar den Mond über uns verschwommen sehen. Ich stieß einen leisen Freudenschrei aus, doch weder Ela noch Tristan schenkten mir Beachtung. Beide starrten über mich hinweg in Richtung des Lichtes.

»Das letzte Bild des Suchzaubers!«

Tristan drückte mich nach unten, schob mich und Ela dann auf allen vieren hinter ein altes Holzfass, das ich erst aus der Nähe deutlich erkennen konnte. Mit den Fingern fuhr ich über das raue Holz und den Metallring. Das Fass roch jedoch nicht nach Wein, sondern eher nach Bier oder einem süßlichen Gemisch aus Alkohol. Es hingen noch Reste von Stroh oder dünnem Bambus an rostigen Tackernadeln. Vielleicht waren die Fässer mit Bambusmatten verkleidet gewesen.

»Wir müssen sofort Sebastien rufen!«, sagte Tristan und lugte um das Fass herum.

»Wo sind wir hier?«, flüsterte Ela und sah sich um. »Wir können nicht weit gereist sein.« Sie legte sich eine Hand auf den Bauch. »Ich habe keinen Hunger.«

Ich verstand die Verbindung von Magie und Kalorienverbrauch immer noch nicht vollständig, obwohl mir die Süßigkeiten bei der Rettung der anderen aus ihrer Falle geholfen hatten. Mein Magen aber reagierte mit einem lauten Knurren auf das letzte Wort von Ela und ich wünschte mir, ich hätte jetzt auch Süßkram bei mir.

Ela erklärte mir flüsternd: »Du bist mit einer Sigillenfährte hierhergereist, deshalb hast du so einen Hunger. Es war ja schließlich deine erste Fährte. Was glaubst du, wie wir uns erschrocken haben, als du nicht mehr da warst!« Selbst in ihren leisen Worten schwang die Sorge mit. »Wir sind dir sofort hinterher!«

Elas Sigille begann zu leuchten und sie schien sich enorm konzentrieren zu müssen. Sie knirschte mit den Zähnen.

Tristan zog das Handy aus der Tasche, sein Gesicht wurde vom Display beleuchtet und ich sah schon fast gestochen scharf, wie sich seine Augen weiteten. »Wir sind in Falkhausen, in der Beachbar hinter der Diskothek.« Er sah wieder hinüber zu dem Lichtstreifen, den ich als Erstes wieder hatte sehen können, dann zurück auf das Display. »Kein Wunder, dass bisher niemand den Ort erkennen konnte. Wir hätten doch auch nie vermutet, dass sie sich direkt vor unserer Nase verstecken.« Er bemühte sich um ein Lachen.

Sobald er den Ort genannt hatte, strömte Magie aus Elas Hand. Sie tropfte auf den Sand, floss wie ein kleiner Bach auf die mit dunklem Stein verkleidete Shisha-Lounge zu, vor der ein paar dichte Tücher als Sonnen- und Windschutz gespannt waren. Der Magiefluss wurde unentwegt breiter, kletterte die schwarze Fassade hinter dem zeltähnlichen Eingang empor und immer weiter, bis das gesamte Gebäude mit der vorgelagerten Lounge aufschimmerte und mit einem leisen Ploppen eine Blase entstand, die von dort bis zu uns reichte und einer weißblauen Version des Bannzaubers glich, in dem Ela selbst gefangen gehalten worden war.

»Was …« Weiter kam ich nicht, denn das Fass, hinter dem wir uns verborgen hatten, explodierte. Man hatte uns entdeckt! Jemand schoss auf uns und hatte unser Versteck bereits zerstört.

»Ela hat einen Bannkreis gewirkt, damit niemand mit einer Fährte verschwinden kann«, erklärte Tristan noch schnell, ehe ich Schreie hörte und erneut Magie so hell aufflammte, dass ich für einen Moment geblendet war. Elas ausgestreckte Hand leuchtete und baute einen … magischen Schutzschild zwischen uns und den Angreifern auf, der bei jedem Treffer aufschimmerte.

»Geh in Deckung!«, befahl Ela, ich duckte mich zur Seite und suchte nach etwas, hinter dem ich in Deckung gehen könnte. Doch da war nichts außer Sand, der bis zu den Bastmatten reichte, die an einem Zaun befestigt waren, der das Gelände optisch passend zum Beachflair eingrenzte. An jedem Pfosten des Zaunes, der direkt an uns vorbei bis zum Gebäude führte, waren falsche Palmen festgebunden. Ich drückte mich hinter einer von ihnen fest gegen den Zaun, doch viel Schutz bot das Ganze nicht. Noch reichte meine Sicht nicht aus, um zu erkennen, wer da auf uns schoss – aber ich wusste, dass auch Chris irgendwo dort hinten war und gerettet werden musste.

~ 35 ~

CHRIS

Wir *wohnten* erst seit drei Tagen in der Shisha-Lounge, der derzeit noch geschlossenen Beachbar der Diskothek *B30* in Falkhausen. Nur drei Tage – und doch hatte ich schon einen Lagerkoller. In der einsamen Hütte im Wald hatten wir wenigstens rausgehen können, was sich zumindest ein klein wenig nach Freiheit angefühlt hatte. Doch der Club, zu dem die Beachbar gehörte, war an den Wochenenden geöffnet und der Besitzer sah auch unter der Woche immer mal wieder nach dem Rechten, weshalb wir keine Aufmerksamkeit auf uns lenken durften.

Ich warf meinen Stapel Uno-Karten auf den kleinen Pouf vor mir und streckte mich. Das Sitzpolster unter mir hatte vom Dauersitzen garantiert schon einen Abdruck von meinem Hintern. Wir schliefen hier und bedienten uns aus der Vorratskammer des Clubs. Ich warf einen Blick nach draußen, wo es schon wieder Nacht war. Die Tageszeiten flossen irgendwie ineinander, was mich wahnsinnig machte. Aber bis der Club wieder öffnete, würden wir sicher wieder *umziehen* müssen, weil Glorias Findezauber-Alarmsystem anschlug. Zur Ablenkung spielten wir zum vermutlich zweimillionsten Mal Uno, das wir in einer Kiste mit vergessenen Jacken, Westen – und Schuhen! – gefunden hatten.

»Spiel weiter!«, forderte mich Noah auf. »Gegen Gloria kann man allein nicht gewinnen.«

Ich öffnete eine Dose Red Bull und nahm einen Schluck. Der typische Geruch breitete sich in der Lounge aus, sodass Gloria wie immer die Nase rümpfte.

»Wie auch, wenn sie als Einzige von uns hexen kann?« Ich zeigte demonstrativ das Hämatit-Armband.

Noah zog die Augenbrauen zusammen und sah dann zu Gloria, die ziemlich dicht bei ihm saß. »Das bedeutet nicht, dass sie es auch tut.«

Ich beobachtete die beiden nun seit Tagen, sah genau, wie sehr sie sich zueinander hingezogen fühlten, Gloria meinen Bruder aber auf Abstand hielt. Noch immer war da kein bisschen Eifersucht, nicht der kleinste Funke. Oder auch nur irgendein Gefühl, das ich beim Anblick der beiden doch empfinden sollte, oder? Die Langeweile hatte einfach alles ausgelöscht. Ich wartete, ob sich Gloria gegen den Vorwurf verteidigte, doch sie schien mit ihren Gedanken irgendwo anders zu sein.

Im nächsten Moment erbleichte sie und keuchte auf. »Sie sind da!«

Kein »Sie kommen!« wie beim letzten Mal. Ein: »Sie sind da!«.

Wir sprangen gleichzeitig auf, Noah und ich rissen die geflochtenen Hämatit-Armbänder von unseren Handgelenken. Die Rückkehr der Magie war ungelogen der bisher beste Moment meines Lebens. Energie rauschte durch meine Adern, die sofort leuchtend hervortraten. Jedes einzelne

Nervenende prickelte, bis meine Sigille wieder auf meiner Haut erschien.

»Lasst uns verschwinden!«, rief Gloria. Ihre Sigille leuchtete bereits so hell, dass ich kurz glaubte, sie hätte einen rötlichen Ton.

»Wohin?«, fragte ich, konzentrierte mich dabei schon auf die Sigille für die Fährte.

»Haltet euch an mir fest«, wies sie uns an und sofort griffen Noah und ich nach ihren Armen und ich stellte mir anstelle des Ortes, auf den man sich sonst bei einer Sigillenfährte konzentrierte, Gloria vor, um am selben Ort anzukommen wie sie. Wenn sie vor uns reisen würde, konnten wir ihr auf diese Weise folgen, aber so viel Zeit hatten wir eigentlich nicht, daher mussten wir uns an ihr festhalten. Dann übergab ich die Sigille an die Luft.

Wir gingen gemeinsam zu Boden wie die drei letzten Pins auf der Bowlingbahn. Ich stand so schnell wie möglich auf, rieb mir den Kopf, der sich anfühlte, als wäre ich in vollem Tempo gegen eine Mauer gerannt.

Gloria presste eine Mischung aus Stöhnen und Knurren hervor, ehe sie ein »Sie haben einen Bannkreis über uns gelegt!« zischte. »Wir müssen hier raus und nachsehen, wie weit er geht.« Ihr Gesicht war schmerzverzogen, sah im Licht unserer aufleuchtenden Sigillen jedoch aus wie von Wut verzerrt. Aber sie erholte sich schnell und ging mit erhobenem Kinn zur Schwingtür. Ihre Magie leuchtete so stark, dass ich nur noch einen schemenhaften Umriss von ihr sah.

»Wie haben sie uns gefunden? Hast du den Findezauber nicht gespürt, den sie auf uns losgelassen haben?«, fragte ich, als ich ihr folgte, die Augen zusammengekniffen, weil das Licht immer unerträglicher wurde. Gloria stieß nur ein verärgertes Brummen aus und warf mir einen kurzen Seitenblick zu. »Sorry«, fügte ich schnell hinzu. Jetzt war wirklich nicht der Moment für Vorwürfe. »Wie viele sind es?«

Ich ballte die Linke zur Faust, weil bereits kleine Funken aus meiner Sigille quollen und über meine Finger flossen. Dann dankte ich in Gedanken dem Besitzer der Diskothek, der uns mit genügend Kalorien in Form von Süßgetränken versorgt hatte, sodass ich mich unbesiegbar fühlte. Noah trat ebenfalls kampfbereit an unsere Seite.

Wir hatten früher oft spaßeshalber gekämpft, zahlreiche Angriffs- und Verteidigungszauber geübt und dieses Training kam uns nun zugute. Eine fiese Stimme in meinem Kopf flüsterte mir zu, dass Noah immer recht gehabt hatte, wenn wir einen dieser Zauber an Tristan ausprobiert hatten. Offenbar hatte Noah als Einziger gecheckt, wie unser Stiefbruder wirklich tickte – und ich hatte so oft versucht, ihn aufzuhalten, und ausgerechnet Tristan geholfen. Jetzt schämte ich mich dafür.

Gloria schloss die Lider und ihre Augen huschten darunter hin und her. »Eine …« Sie runzelte die Stirn, neigte den Kopf und sah sich weiter blind um. »Nein, drei Personen sind dort draußen. Weitere werden folgen. Wir müssen uns einen Weg nach außerhalb des Bannkreises freikämpfen, damit wir verschwinden können. Wir treffen uns bei der Hütte im Wald, von dort aus führe ich euch zum nächsten Versteck.«

Sie straffte ihren Körper und schob die Tür auf. Für einen kurzen Moment sah sie über ihre Schulter zu mir. »Denk daran: Sie werden dich mit ihren Lügen zum Umdenken bringen wollen, wie sie es bei allen anderen, die wir kennen, gemacht haben. Glaub ihnen nicht!«

Ich nickte, dann wandte sie sich wieder dem Ausgang zu und ging los. Noah und ich folgten ihr. Meine Schutzsigille formte sich intuitiv und floss nach außen, dann schoss ich den ersten Fluch auf ein Leuchten, das nur von aufblitzender Magie herrühren konnte. Etwas zerbarst, Funken und Holz stoben auf. Ich glaubte, jemanden schreien zu hören. Die Stimme brachte mich für einen Moment aus dem Konzept. Sie kam mir irgendwie bekannt vor, doch ich konnte nicht greifen, zu wem sie gehörte.

Ein Angriffszauber traf auf meinen Schutzschild und ich stolperte nach hinten, prallte gegen die Außenwand der Lounge. Keuchend holte ich Luft, verstärkte die Magie der Sigille, damit sie weiteren Angriffen standhielt. Entschlossen, mich den Dunkelhexen zu stellen und meinen kleinen Bruder heil hier rauszubringen, trat ich wieder zu den anderen. Wieder und wieder blitzte es rot auf, als die gegnerischen Flüche auf Glorias Schutzbarriere trafen.

»Chris!«, brüllte jemand. »Chriiiiiis!« Erneut flammte Glorias Schild rot auf. Wieso leuchtete ihr ganzer Schild rot? Waren die Flüche, die uns trafen, so mächtig? Es war Tristans Stimme. Also gehörte er tatsächlich zu den Blutmagiern. Wie konnten er und Ela unsere Welt nur so verraten?

Die erste Enttäuschung wich brennender Wut, die meine Magie weiter befeuerte. Ich sah überall nur noch rote und weißblaue Zauber umherzischen. Immer wieder traf ein Leuchten meinen Schutzkreis wie ein starker Hieb gegen die Brust oder den Magen. Der letzte Schuss hatte gesessen. Ich drohte mich zu übergeben und atmete keuchend dagegen an, stützte mich auf den Oberschenkeln ab und ließ alle Energie, die ich noch hatte, in den Schutzzauber fließen, um mich kurz erholen zu können. Wir mussten von hier weg! Erst raus aus dem Bannkreis, dann zurück zur Hütte im Wald. Oder es wäre unser Ende.

Während ich nach Luft schnappte, suchte ich nach einem Ausweg aus dem Bannkreis. Doch die Beachbar hatte einen hohen Zaun, über den man nicht so einfach springen konnte – nicht ohne Magie, die wir für Schutz und Angriff brauchten.

Ich richtete mich langsam auf, suchte den gesamten Zaun nach einem Tor für Lieferanten oder einem Backstage-Eingang ab, erkannte aber nur ein konstantes Leuchten, das mir irgendwie bekannt vorkam und das nichts mit den aufflammenden Zaubern zu tun haben konnte. Ich durchforstete mein Hirn, aber der nächste Angriff brachte mich wieder aus dem Konzept. Meine Magie schwand, meine Hände zitterten bereits, wann immer ich einen neuen Fluch von mir schleuderte.

Der Traum! Es war das Leuchten aus meinem Traum. Das Leuchten, zu dem ich hatte gelangen müssen, um aus der Gefangenschaft in meinem eigenen Geist auszubrechen.

Ich hörte auf anzugreifen, verstärkte nur meinen Schutzkreis und ging in die Hocke. Teils verborgen von den Tischen aus alten Weinfässern, die mit Resten von Bastmatten verkleidet waren, rückte ich in Richtung Zaun vor. Das Leuchten musste meine Intuition sein. Meine Mutter hatte immer so viel Wert darauf gelegt, dass man auf sie hörte, doch ich hatte sie nie wirklich gespürt, geschweige denn *gesehen*. Ich hatte ihre Worte vor dem Tribunal noch deutlich im Ohr.

»Ich habe jahrelang versucht, ihn zu lehren, auf sein Bauchgefühl zu hören. Doch sein nicht gerade geringes Selbstwertgefühl stand ihm immer im Weg. Er war zu sehr von sich selbst geblendet, um unser wertvollstes Gut zu erkennen.«

Trotz der harschen Worte hatte sie vielleicht recht gehabt. In meinem Traum hatte mein Selbstwertgefühl stark gelitten, und als ich meine Intuition dann gebraucht hatte, war sie da gewesen. Darauf hoffte ich erneut. Sie hatte mich bereits einmal gerettet und konnte es vielleicht wieder tun und mir einen Ausweg zeigen.

»Chris?« Ich erkannte die Stimme noch immer nicht, aber sie sprach direkt durch das Leuchten zu mir. Erst als ich näher trat, erkannte ich ein bunthaariges Mädchen inmitten des gebündelten Lichtes. Als ich mein Gehirn nach ihrem Gesicht durchwühlte, wich ich hastig zurück, prallte dabei gegen ein Fass, das dumpf in den Sand kippte. Das Leuchten war nicht meine Intuition, sondern kam von dem Mädchen, das versucht hatte, mich zu ersticken!

»Chris!«, rief es noch einmal. »Was ist los mit dir? Wieso kämpfst du mit *an ihrer Seite*? Gloria und Noah sind … böse. Tristan und Ela wollen dich befreien!«

»Lügen«, zischte ich, als ein rot glühender Fluch von meinem Schutzschild abprallte. Gloria hatte mich noch extra gewarnt, dass sie versuchen würden, mich wie alle anderen mit Lügen zu überzeugen.

»Du musst … Verdammt! Hör auf damit! Ich kenne mich mit all dem Hexenmist nicht aus, ich weiß nicht einmal, wie ich hierhergekommen bin, aber du musst zu dir kommen oder was auch immer. Da ist dieser Fluch, der dich in die Dunkelheit reißt, Carina hat uns davon erzählt. Er sorgt dafür, dass du alle, die du liebst, hinter dir lässt.« Seine Stimme klang so sorgenvoll, dass ich kurz innehielt, doch dann lachte ich auf. Der Laut war mir so unbekannt, es schien nicht einmal mein Lachen zu sein. Ich trat näher zu dem bunthaarigen Mädchen, es lagen jetzt vielleicht noch fünf Meter zwischen uns. Seine Sigille leuchtete nicht, es bereitete sich offenbar noch nicht auf einen Angriff vor, während Noah und Gloria um ihr Leben kämpften. Sie verbargen sich hinter dem derzeit noch leeren Aufstellpool, in dessen Außenwand bereits einige Lücken klafften. Tristan und Ela, die ihrerseits hinter einer kleinen Theke am dem Gebäude gegenüberliegenden Zaun Deckung suchten, waren außergewöhnlich machtvoll. Ela gehörte neben Gloria zu den diesjährigen Auserwählten, neben den Auguren den mächtigsten Hexen der Welt. Ich musste meinem kleinen Bruder zur Seite stehen, durfte mich nicht von dem seltsamen Mädchen ablenken lassen. Ich musste sie ausschalten.

»Chris, ich ... Die ganze Hexenwelt sucht seit Tagen nach dir. Ich hoffe, sie können dir helf...«

Ein Schrei zog meine Aufmerksamkeit auf sich. Noah ging zu Boden. Angst und Wut ließen die Magie in meinem Blut explodieren und ich wirkte den stärksten mir bekannten Zauber, um einen Gegner auszuschalten. Es gab nur eine Sigille, die mächtiger im Angriff gewesen wäre. Die Sigille für TOD.

Während mein Zauber auf das Mädchen zuschoss, das sich noch immer nicht verteidigte, rappelte sich Noah bereits wieder auf. Unsere Blicke trafen sich, während das Wort »Tod« noch immer in meinem Kopf umherschwebte wie ein Echo aus längst vergessener Zeit.

»Weißt du, was das ist?«, fragte mich Noah im Sigillenunterricht und sah von der Linie auf, die er eben akribisch genau auf das Pergament gezeichnet hatte. Wir saßen zu Hause im Wohnzimmer, Mama hatte uns Kakao herbeigehext, von dessen Duft wir nun umringt waren. Die Sigille auf Noahs Pergament glich einem fast waagerechten, abgeknickten Stock. Ich stellte mir das Hexenrad vor, dann wich ich hastig zurück, sodass mein Stuhl kippte und ich gerade noch abspringen konnte, um nicht mit dem Hinterkopf auf den Granit unter uns zu knallen. Das Wort TOD musste nicht einmal gekürzt werden. In nahezu allen Sprachen der Welt war es so, was die Macht dieses Wortes deutlich machte.

»Die Sigille ist verboten!«, sagte ich schnell, sah mich um, voller Sorge, was unsere Mutter dazu sagen würde, die sicher den Stuhl umfallen gehört hatte und gleich herbeigerannt kommen würde. Wer diese Sigille wirkte, aktivierte einen stillen Alarm bei den Jägern, die sofort anrückten.

Noah lachte nur. »Glaubst du nicht auch, dass sich die Macht, die in dieser gebrochenen Linie liegt, unbeschreiblich anfühlen muss?«

Ich wich weitere zwei Schritte zurück. »Der Fluch trifft einen selbst.«

Noah machte nur eine wegwerfende Bewegung mit der Hand. »Das sind doch nur Geschichten, die sie erzählen, um alle davon abzuhalten, den Todesfluch zu wirken. Genauso wie die Sache mit dem stillen Alarm. Ich habe es ausprobiert.« Etwas so Fremdes blitzte in Noahs Augen auf, dass es mir Angst machte. Mein Herz klopfte immer schneller und selbst in meinem kindlichen Kopf wusste ich, dass er für die toten Vögel verantwortlich sein musste, die ich am Vortag im Wald gefunden und anschließend begraben hatte. Noah neigte den Kopf, grinste dämonisch und warf einen Zauber auf mich.

Langsam kehrte ich ins Jetzt zurück, verstand, dass mich mein eigener Bruder damals hatte vergessen lassen. Er hatte Zauber gelernt, an die ich in seinem Alter noch nicht einmal zu denken gewagt hatte, und wann immer ich ihn dabei erwischt hatte, hatte er mein Hirn mit seinem gründlichsten Zauber gelöscht. Immer mehr Erinnerungen an damals quollen in mein Hirn, das bereits zu platzen drohte. Ich hatte so vieles vergessen. So viele Momente unserer Kindheit, sogar die Person vor mir. Die Ereignisse der letzten Wochen kehrten mit einem Schlag zurück und löschten Noahs Manipulation oder diesen Fluch, von dem Mara mir eben zu erzählen versucht hatte, vollends aus. Das Walpurgisritual. Der Kampf von Ela und Tristan gegen Gloria, die sich auf die Seite der Blutmagier geschlagen hatte. Davor die Jagd von Noah und Gloria auf Unschuldige. Der Unfall auf der alten Landstraße im Wald. Ich hatte eingegriffen, um Mara zu retten.

Mara!

Mein Schrei klang wie der Laut eines verletzten Tieres, während ich dabei zusehen musste, wie mein Fluch sein Ziel traf und Mara zusammenbrach. In meinem Oberkörper explodierte ein Schmerz, der mir den Brustkorb zu sprengen drohte.

Mara landete lautlos im Sand. Getroffen von einem Angriffszauber, den sie ohne Verteidigung einfach nicht überleben konnte. Und sie hatte sich nicht verteidigt. Ihre Haare formten rund um ihren Kopf einen Regenbogen. Ich hielt mir die Brust, taumelte nach vorne und fiel neben ihr auf die Knie.

~ 36 ~

MARA

Nach dem magischen Treffer, den Chris mit seinem letzten Zauber gelandet hatte, spürte ich nichts anderes mehr. Der Fluch hatte mich zu Boden geworfen, breitete sich nun in meinem Körper aus wie Schlangengift und ich konnte nichts dagegen tun. Ich war weder Herrin über meine Gliedmaßen, noch hatte ich die Kontrolle über meine Lider. Ich lag mit geöffneten Augen mit der Wange im Sand, der Drang zu blinzeln war da, doch ich war lahmgelegt.

Jemand schrie, sodass ich mir die Ohren zuhalten wollte, dann warf sich jemand neben mir auf die Knie. Ich konnte nicht sehen, wer es war. Sand schwappte in meinen Mund, ich wollte husten, ausspucken, mein Mund war entsetzlich trocken. Hinter der Person sah ich ein grellblaues Aufleuchten, der in diesem Kampf bislang stärkste Zauber. Eine rote Wand flammte auf.

Mein Gesicht wurde von kundigen Händen nach oben gerichtet und ich sah die Sterne über mir so klar wie seit dem Trainingscamp damals nicht mehr, seit dem ich eine Brille tragen musste. Hier, etwas außerhalb von Falkhausen, hinter der Diskothek an der Bundesstraße, gab es offenbar weniger Lichtverschmutzung, der Himmel war einfach wunderschön und ich war nicht einmal in der Lage, ein Seufzen auszustoßen, dabei konnte ich sogar die Milchstraße erkennen. Die dann seltsamerweise verblasste. Nein, platzte wie eine Seifenblase. Es war nicht die Milchstraße, sondern Elas Bannzauber, reimte ich mir zusammen. Ein Windstoß trug rote Magie zu mir herüber. Aus allen Richtungen drangen fremde Stimmen auf mich ein, ich wollte meinen Kopf drehen, wissen, was vor sich ging, doch ich war immer noch zur Reglosigkeit verdammt.

»Ihr müsst sie heilen!«, brüllte jemand. Die Stimme klang so unglaublich vertraut und doch so ungewohnt zugleich. Von Schmerz und Panik verzerrt. Tristan.

»Was zur Hölle hast du getan?!«, schrie er weiter. Jemand stammelte eine Antwort. Geflüstert und so abgehackt, dass ich nicht zuordnen konnte, wem die Stimme gehörte. Aber ich *spürte* ihn. Ich wusste, dass es Chris war. *Mein* Chris, nicht der, der mich eben angegriffen hatte.

Mein Chris.

Ich hätte gerne gelächelt – und mich gleichzeitig darüber geärgert –, doch stattdessen wurde aus dem schnellen Klopfen meines Herzens ein Stolpern, dann stellte es seine Tätigkeit einfach ein. Jemand tastete mich ab, suchte nach meinem Puls. Panische Schreie durchschnitten die Dunkelheit.

Mein Bewusstsein wurde aus meinem Körper gerissen und in die endlose Weite katapultiert, anders konnte ich es nicht beschreiben. Ich war schwerelos, überall und nirgendwo zugleich. Nur die Sterne waren über mir, heller und zahlreicher als eben noch, bis sie mich umringten und um mich herumtanzten.

Ich sah mich um, suchte nach mir, nach Tristan, nach Ela, nach ... Chris. Doch ich war allein inmitten des so bekannten Sternenlichts. Ich wollte zurück. Strebte instinktiv nach unten, ohne zu wissen, wo unten überhaupt war. Immer schneller drehte ich mich im Kreis, suchte nach einem Anhaltspunkt, doch überall war nur das Leuchten der Sterne zu sehen, das sich von der Geschwindigkeit zu Streifen ausbreitete wie in Filmen beim Übergang zur Lichtgeschwindigkeit. Bläulich weiß, wie Sterne immer waren. Und doch bekamen sie für mich nun eine völlig andere Bedeutung. Ihre Farbe erinnerte mich stark an das Leuchten der Magie.

»Geh weg!«, hörte ich plötzlich eine Stimme. Sie kam von überall und nirgendwo zugleich. »Das ist mein Job!« Die Stimme, die wie ein magisches Echo von allen Seiten zu kommen schien, gehörte eindeutig Chris.

Job? Ein Teil von mir wollte direkt widersprechen, ich hatte meinen Mund bereits geöffnet. Oder dachte es zumindest. Ich konnte nicht sprechen, war nicht einmal dort unten bei meinem Körper. Doch meine Nervenenden prickelten. Ich glaubte, eine Berührung zu spüren, ein sanftes Kribbeln. Ich wollte mir instinktiv mit dem Finger über die Lippen streichen. Das Gefühl wurde intensiver, wurde zu einem Prickeln, das mich aus dem Gleichgewicht brachte und mich noch schneller zu den Sternen hinzog. Einer von ihnen leuchtete immer heller, raste auf mich zu. Nein, *ich* raste auf *ihn* zu. Auf den hellsten Stern, dessen Licht sich immer weiter ausbreitete, auf meine Größe anwuchs und wie das klischeehafte rettende Licht am Ende des Tunnels aussah. Oder ... das Licht, in das man gehen musste? Ganz am Ende? Angst überkam mich. Ich wollte anhalten, abbremsen. Doch ich schoss weiter darauf zu, ganz gleich, wie sehr ich mich wehrte, etwas hielt mich fest wie ein verdammter Traktorstrahl aus einem Science-Fiction-Film. Gezogen von dem Kribbeln auf meinen Lippen, das immer stärker wurde.

Das Licht um mich herum wurde immer heller. Ich wollte meine Augen schließen, obwohl ich keine Lider hatte. Ich glaubte sogar, Tränen zu spüren, die über meine nicht existierende Wange rollten. Ich wollte nicht sterben.

Dann gab es einen Ruck. Das Licht erlosch. Ich spürte wieder. *War* wieder. Ich spürte Chris' Nähe wie vor der Tanz-in-den-Sternen-Erfahrung, die ich garantiert niemals wiederholen wollte.

Wärme breitete sich auf meinen Lippen aus, floss von dort immer weiter. Wie eine Sommerbrise streiften mich hektische Atemzüge, die nach Verzweiflung und Hoffnung zugleich schmeckten. Es folgte wieder das Prickeln auf meinem Mund, ehe der sanfte Druck weicher Lippen folgte.

Für einen klitzekleinen Moment erwog ich, die Augen zu öffnen und schreiend davonzulaufen, nur um Chris zu ärgern. Doch wir waren über das Necken hinaus. Ich wusste nicht, ob wir diese Grenze schon an jenem Abend im Schlosspark oder später bei mir zu Hause auf der Couch überschritten hatten – aber sie lag meilenweit hinter uns. Also öffnete ich die Lippen und erwiderte den Kuss.

Im ersten Moment versteifte sich Chris. Ich spürte es an der erwartungsvollen Spannung, die in der Luft um mich herum lag. Ein Atemzug. Zwei. Dann küsste er mich. Richtig. Sanft und hungrig zugleich. Neckend stupste er mit der Zunge gegen meine Lippen, mit einem Lächeln nahm ich die

Herausforderung an. *So* mussten sich Küsse anfühlen. Es war mit Abstand der beste Kuss meines Lebens, auch wenn ich Chris das niemals sagen würde. Irgendwann taute unter dem Kuss auch der Rest meines Körpers auf und ich schlang die Arme um seinen Hals, zog Chris näher, küsste ihn weiter, mitten im nach allerhand Sorten Alkohol stinkenden Sand der Beachbar von Falkhausen.

Man hätte meinen können, dass ein solcher Ort den ansonsten vollkommenen Moment etwas schmälern könnte, aber das tat er nicht.

Was tatsächlich störte, war das ständige Räuspern, das ich immer zu hören bekam, wenn ich im Unterricht vor mich hin träumte, und das nur von Tristan kommen konnte.

»Ihr könnt aufhören, verdammt.« Ich tat mein Bestmögliches, um Tristan auszublenden. Ela seufzte. Keine Ahnung, ob es uns oder Tristan galt. Das war mir aber auch gerade so was von egal!

Leider war auch Chris inzwischen zu abgelenkt. Was ich nicht zulassen konnte. Ein letztes Mal glitt meine Zunge über seine Lippen, sog ich tief seinen Atem ein. Dann öffnete ich die Augen und Chris wich etwas zurück.

Ich dachte daran, als Revanche doch noch schreiend davonzulaufen, und musste grinsen. Chris sah mich fragend an, was mich an seine letzten Worte erinnerte.

»Ich bin also ein Job, ja?« Meine Stimme war die pure Herausforderung und etwas blitzte in Chris' Augen auf, ehe das schönste Lächeln der Welt sein ganzes Gesicht erhellte.

»Der beste Job der Welt«, flüsterte er, ehe er mich noch einmal küsste, und nicht einmal die unzähligen Wellen der Magie von zig anreisenden Hexen hinderten uns daran.

~ 37 ~

CHRIS

Das kleine Wohnzimmer der Rothschilds quoll über. Wir hatten eng zusammenrücken müssen, um alle unterzubringen, weil der Rat Sebastien hergeschickt hatte, um ihnen später Bericht zu erstatten. Er teilte sich die lange Seite der Couch mit Tanja und meiner Mutter. Hinter ihnen zeichnete sich bereits der Sonnenaufgang über den Dächern der Nachbarhäuser auf der anderen Straßenseite ab. Ela saß auf Tristans Schoß auf einem Hocker. Am meisten irritiert war ich jedoch von der Anwesenheit von Alex Foster, die zwar etwas abseits auf dem Schreibtischstuhl in der Ecke saß, aber dennoch wirkte, als hätte sie schon immer dazugehört. Sie saß da wie die Lehrer in der Schule, die den Unterricht der Referendare überwachten. Sie sagte nichts, beobachtete nur.

Ich saß so dicht neben Mara auf der kürzeren Couchseite, wie es ohne einen Verschmelzungszauber möglich war. Viel näher als beim letzten Mal, als ich hier mit ihr in diesem Raum gesessen hatte. Als ich mir sehnlichst gewünscht hatte, sie zu küssen.

Wenn mir noch vor ein paar Wochen jemand gesagt hätte,

dass ich mich eines Tages in die Zwillingsschwester meines Stiefbruders verlieben würde – geschweige denn, dass Tristan überhaupt eine Zwillingsschwester hatte –, hätte ich ihn ausgelacht. Wenn mir dann noch jemand prophezeit hätte, dass wir uns mit einem Kuss gegenseitig retten würden, hätte ich mich umgedreht und wäre kopfschüttelnd gegangen.

Aber das Leben konnte sich ändern. Der Angriffszauber, den ich auf Mara geworfen hatte und den sie laut Tanja nur aufgrund unserer Nähe und unserer Verbindung überhaupt hatte überleben können, hatte all die Momente der Manipulation durch Noah ausgelöscht und mich aus »der Dunkelheit« gezerrt, in die ich aufgrund von Mamas Deal mit dieser Frau gerissen worden war. Ich hatte mich mit ihr ausgesprochen, hatte ihr verziehen, dass sie mich – noch ehe sie mich zur Welt gebracht hatte – gegen Magie eingetauscht hatte. In Märchen waren Ungeborene schon für weniger hergegeben worden.

Meine Mutter war vollkommen aufgelöst, da ich ihr und den anderen gerade von Noah berichtete. Von den toten Vögeln, von Noahs krasser Einstellung in Bezug auf Macht und nicht zuletzt von dem Einfluss, den er unser ganzes Leben lang auf mich genommen hatte, damit ich Tristan das Leben zur Hölle machte. Wobei Letzteres nicht nur mit Magie zu tun hatte. Ich hatte mich wie ein Arschloch verhalten, nur weil ich meinem kleinen Bruder imponieren wollte und seine Herausforderungen angenommen hatte.

»Noah hat sich schon vor langer Zeit verändert«, schloss ich meinen Bericht und machte damit Mamas letzte Hoffnung zunichte. Tanja nahm ihre Hand und tätschelte sie sanft. »Es lag nicht an Gloria, wie wir gedacht haben. Sie haben sich offenbar gesucht und gefunden.« Ich senkte aus Respekt meiner Mutter gegenüber kurz den Kopf, dann musste ich einfach wieder zur Seite sehen und Mara einen Kuss auf den Scheitel drücken.

In genau diesem Moment knisterte die Luft und ich hielt es für die Wirkung von Mara auf meinen Körper, weshalb ich erst verzögert reagierte. Erst als mehrere Anwesende aufkeuchten oder scharf einatmeten und Alex ein »Wie cool« ausstieß, wandte ich mich von Mara ab. Meine Mutter erbleichte. Ihr Arm leuchtete auf und im nächsten Moment hielt sie eine mir nur allzu bekannte, auf alt gemachte Pergamentrolle in der Hand und senkte den Blick darauf.

Ich sah schnell zu Sebastien neben ihr. Mara hielt mich zurück. Ich hatte nicht einmal bemerkt, dass ich aufgesprungen war.

»Du hast meine Mutter an den Rat verraten?«, brüllte ich den Augur an, die Worte peitschten voller Wut auf ihn ein. »Wie konntest du so etwas tun?«

Sebastien stand ebenfalls auf, um auf gleicher Höhe mit mir zu sein. Er hob seine Hände, die Handflächen nach vorne gerichtet, wie zum Zeichen, dass er unbewaffnet war. »Ich habe nichts dergleichen getan. Ich würde niemals die Familie verraten.« Er sah von Ela zu Tristan und über Mara weiter zu mir. Irgendwie waren wir wohl wirklich eine Familie. Die schrägste Familie der Welt. »Ich habe weder von den Wächtern des Südens erzählt«, er fixierte Tanja auf seiner einen Seite, »noch von der Quelle von Carinas Magie berichtet.«

Mara zog mich wieder hinunter auf die Couch, streichelte in einer endlosen Geste über meinen Rücken, um die Anspannung wegzuwischen.

»Ich habe auch die verschwundenen Jugendlichen nicht mit den Einzelgängern in Verbindung gebracht«, fuhr Sebastien fort. »Der Rat weiß nicht, dass es sich bei ihnen um Hexen handelte. Sie sollen ihr Leben fortführen wie bisher, auch wenn ich inzwischen von einer meisterhaft gelegten Falle ausgehe, die uns alle beschäftigen sollte, bis der Deal zwischen der roten Frau und Carina an Chris' siebzehntem Geburtstag seine Wirkung zeigt und er alle vergisst, die er liebt.« Seine Augen huschten kurz zwischen Mara und mir hin und her. »Anders kann ich mir auch deine Entführung und die Tatsache, dass du in den Hexenturm gesperrt wurdest, in dem dich niemand von uns orten konnte, nicht erklären. Und Mara hat dich erst nach deinem siebzehnten Geburtstag gefunden, als es fast schon zu spät war.«

Er sah zu meiner Mutter, die inzwischen das Dekret entrollt hatte. Ihr Blick huschte über die Zeilen, doch sie reagierte nicht auf die Bitte, uns die genauen Vorwürfe mitzuteilen, sondern wartete stumm darauf, dass das Dekret in ihre Hand sickerte, das sie zum genannten Termin in das Gewölbe des Rates zerren würde. Ich beugte mich nach vorne, damit ich sie erreichen konnte, und tätschelte unbeholfen ihr Knie. So etwas war neu. Mama war immer die stärkste, furchterregendste Hexe überhaupt gewesen. Nie wäre mir in den Sinn gekommen, dass auch sie Fehler machte oder eine Schwäche haben könnte. Und diese Schwäche war ausgerechnet ich.

Die schwarze Tinte der Buchstaben kroch gerade in ihr Handgelenk. Mama starrte auf meine Hand auf ihrem Knie. Sie kniff die Augen zusammen, hob das Kinn an und richtete sich auf. Auch wenn jeder im Raum von ihrer vermeintlichen Schwäche wusste, wollte sie diese noch immer nicht offen zeigen. Ihr Verhalten war so *normal*, dass ich beinahe lächeln musste. Das Pergament löste sich in Rauch auf, während ich überlegte, wer Mama verraten haben könnte, wenn es nicht der blaue Augur gewesen war.

Ich musterte Sebastien in seiner Robe. Es war schwer, in ihm nicht nur den Augur zu sehen, der dem Rat ergeben war, sondern auch einen Jungen, der nicht einmal zwei Jahre älter war als ich. Wenn er sprach, klang er furchtbar alt und besserwisserisch. Aber die Rolle, die er – als erster männlicher Augur überhaupt – innehatte, brachte es wohl mit sich, dass man ziemlich früh erwachsen wurde. Ich beneidete ihn nicht darum, im Gegenteil. Auguren lebten nicht gerade ein Traumleben, die damit einhergehende Macht hin oder her. Ich zog Mara ganz eng an mich und versuchte, mir vorzustellen, dass ich sie nicht lieben dürfte, mein Leben nicht mit ihr teilen könnte. Die Augurensigille brachte nicht nur eine Verstärkung der mächtigen Magie in den Adern berufener Auguren, sondern auch furchtbar eingestaubte Verbote mit sich, mit denen ich niemals leben konnte. Ich stahl mir noch einen Kuss von Maras Lippen, ehe ich mich wieder auf Sebastien konzentrierte, der sich inzwischen ebenfalls wieder gesetzt hatte.

»Aufgrund des enormen Wissens, das für die magische Falle notwendig war, denken meine Kolleginnen und ich, dass es sich um dieselbe Person handelt, die die Macht hatte, der untalentierten Carina Magie zu verleihen, obwohl das unmöglich sein sollte. Die Art der Fallenstellung ist so uralt, dass wir die Vorgehensweise noch immer nicht genau entschlüsseln konnten. Wir müssen davon ausgehen, dass es sich um die rote Frau handelt, die über Gloria an Elas Blut gelangt ist – die einzige bestätigte Auserwählte zu dieser Zeit. Und wenn es im Interesse dieser Frau läge, dich auszuschalten, Carina, würde sie dich direkt ans Messer liefern. Sie hat offensichtlich einen Plan, den sie allem Anschein nach schon Jahre vor Chris' Geburt geschmiedet hat und den sie offenbar auch heute noch umsetzt. Wir müssen jetzt herausfinden, was ihr Ziel ist.«

Plan. Auftrag. Plötzlich erinnerte ich mich wieder an das belauschte Gespräch zwischen Gloria und Noah im Redwood-Nationalpark. Aber erst jetzt, nach der Rückkehr meiner Erinnerungen, ergaben die Worte wenigstens ein kleines bisschen Sinn. »Es wird nicht mehr lange dauern und das Versteckspiel hat ein Ende«, hatte Gloria gesagt. »Mehr als ein paar Tage kann sie mit dem Fluch nicht mehr überleben und unser Auftrag ist erledigt.« Es war eindeutig, dass sie Mara gemeint hatte. »Sie wird so stolz auf uns sein. Auf dich.« Konnte damit die rot gekleidete Frau gemeint gewesen sein? Ich erzählte den anderen davon, wir diskutierten vergeblich, warum Mara hätte sterben sollen, wie es auch Ela vorherbestimmt gewesen wäre, hätte sie – oder besser Tristan – nicht ins Schicksal eingegriffen.

Sebastien verzog das Gesicht, als er weitersprach. »Ich sollte nachher dringend mit meinen Kolleginnen sprechen. Es ist offensichtlich, dass die Frau in Rot über eine beträchtliche seherische Gabe verfügt und ihre Pläne an ihren Visionen orientiert. Ihr habt die Sabotage des Walpurgisrituals im letzten Moment verhindert.« Er sah zu Tristan und Ela, dann wieder zu Mara und mir. »Und ihr habt euch gegenseitig ins Leben zurückgeholt. Wir müssen eine Verbindung finden, erkennen, wie alles miteinander zusammenhängt.«

Ein ironisches Auflachen aus der Ecke. Alex. Wir starrten sie alle an, warteten, ob sie etwas zu sagen hatte, doch es kam nichts. Sie starrte wie immer roboterhaft geradeaus.

»Warum genau ist sie noch mal hier?«, fragte ich leise in Maras Ohr und Wärme pulsierte in meiner Brust, als ich ihr Erschaudern bemerkte.

»Sie ist immun gegen Vergessenszauber. Alles, was man sie vergessen lässt, gräbt sie in ihren Träumen wieder aus«, erklärte Mara mir leise. »Etwas an ihr ist anders und ich glaube nicht, dass es an ihrem Problem in Sachen Empathie und Ausdruck von Gefühlen überhaupt liegt. Ela hat sie in alles eingeweiht.«

Ich runzelte die Stirn, doch Sebastien unterbrach meine Gedanken, als er weitersprach.

»Zum Thema ›Verbindung‹: Ich habe Nachforschungen über die Sigille angestellt, die du gezeichnet hast.« Er fixierte Mara mit einem Blick, der in mir schon fast den Drang auslöste, einen Hexenfunken auf ihn zu schießen. »Es ist die Sigille für EINHEIT. Sie verband vor langer Zeit, als die Lebenspartnerschaften noch mit einer Sigille besiegelt wurden, die beiden Partner. Es ist einer der mächtigsten Zauber der Welt, aber er birgt auch Schattenseiten.« Er machte eine dramatische Pause. Wie ich so etwas hasste! Dann wandte er sich wieder dem Rest zu. »Das Schreiben der Einheitssigille bei der Besiegelung von Partnerschaften wurde abgeschafft, weil sie das Leben beider an den anderen bindet. *Deshalb* hat Mara den Angriff ohne jeglichen Verteidigungszauber zur Abschwächung überlebt.«

Meine Hand tastete nach der von Mara, unsere Finger flochten sich ineinander. Ich musste sie nicht ansehen, um zu wissen, dass sie ebenfalls auf ihr rechtes Handgelenk sah. Auf die Stelle, an der sich die Sigille in unsere Haut gebrannt hatte. Ich hörte, wie sie schluckte, als Sebastien weitersprach. Er projizierte mit einer Bewegung seiner Hand erst das Wort EINHEIT, legte die Buchstaben dann auf das Hexenrad und ließ die verbundenen Linien nach oben schweben. Sie hingen nun im Raum zwischen uns, leuchteten in einem für einen Zauber unnatürlich dunklen Blau – dem Blau seines Augurenumhanges. »Die Sigille wurde leicht verändert zum Symbol der Einheit der Hexengemeinschaft.« Mit einem Kreisen seines Zeigefingers verschob sich die in der Luft schwebende Einheitssigille, wurde gleichmäßiger, hing nicht mehr schräg. Dann schimmerte ein weiteres Blau auf und verband Anfang und Ende der Sigille. Zwischen uns schwebte nun ein uns allen nur allzu bekanntes Symbol.

»Ein Pentagramm!«, rief Alex aus ihrer Ecke. Ihre Augen waren weit aufgerissen, während ihre Neugier sie offensichtlich dazu bewegte, aufzustehen und die Projektion zu berühren. Ich bemerkte das sanfte Lächeln von Sebastien, der ihre Begeisterung für die Magie offenbar genoss. Alex fuhr das Pentagramm nach, ihre Finger tauchten immer wieder in die Projektion ein.

Ich bemerkte ein Funkeln in Alex' Augen, als ihr Blick den von Sebastien traf. Ich sah zwischen den beiden hin und her und hätte schwören können, dass sich zwischen ihnen im Raum die Spannung spürbar ausbreitete. Und offenbar war ich nicht der Einzige, der sie wahrnahm. Auch Mama sah sich um, ebenso wie alle anderen. Doch die beiden waren nicht der alleinige Auslöser für das magische Prickeln, das in der Luft lag.

In die gespannte Stille mischte sich ein Miauen und eine Katze trat durch die Schrankwand neben dem Fernseher. »Was bei allen Dunkelhexen …« Ich wollte aufspringen, doch Mara hielt mich zurück.

»Es hat etwas mit Einhörnern zu tun«, flüsterte sie und verwirrte mich damit nur noch mehr. »Ich erklär es dir später.«

Nach und nach verabschiedeten sich die anderen und ich war niemals so froh gewesen, insbesondere meine Mutter loszuwerden, die noch immer ständig mit mies gelauntem Blick auf Mara und mich wortwörtlich *hinab*sah, als würde sie uns für das Dekret auf ihrem Arm verantwortlich machen.

Als sich dann sogar Tanja mit einer dringenden Angelegenheit in die Schrankwand zurückzog, was Mara noch mal mit einem »Später« kommentierte, waren wir endlich allein. Es war inzwischen später Nachmittag.

Ich zog Mara zu mir und küsste sie, bis ich vor Sauerstoffmangel von ihr abrücken musste. Ihre Wangen waren gerötet, ihre Lippen waren von unseren Küssen geschwollen und ich wollte nichts lieber, als ihr noch mehr Röte ins blasse Gesicht zu zaubern. Ganz ohne Magie.

»Ich kann deine unanständigen Gedanken sehen«, sagte sie mit einem Schmunzeln.

»Ist das so?« Ich grinste und leckte mir über die Lippen, überlegte dann aber für einen kurzen Moment, ob sie vielleicht eine spezielle Begabung dafür besaß oder ob die Einheitssigille eventuell Gedankenaustausch möglich machte wie die Sigille der Auguren, um stumme Gespräche zu führen. »Dann wird es dich ja nicht überraschen, was wir jetzt tun werden.«

Maras blaue Augen leuchteten auf, als ich sie hochzog, mir die Kuscheldecke vom Sofa über die Schulter warf und Mara anschließend in die Küche führte.

»Doch, irgendwie überrascht mich das schon«, sagte sie irritiert, als ich den Kühlschrank öffnete und alles, was ich als kalorienreich einstufte, auf die Decke warf und zu einem Bündel zusammenpackte. Anschließend griff ich nach Maras Hand.

»Vertraust du mir?«, fragte ich und sie erwiderte, ohne auch nur eine Sekunde nachzudenken: »Ja.«

Mir hatte nie zuvor jemand ein solch blindes Vertrauen geschenkt und ein Glücksgefühl überschwemmte mich, sodass ich Mara einfach küssen musste, um nicht davongetragen zu werden. Es war ein sehr langer Kuss ohne jegliche Unterbrechung und es war schwer, wieder ins Jetzt zurückzukehren.

»Schließ die Augen«, warnte ich sie vor, ehe ich sie fest in meine Arme schloss und anschließend die Sigille für die Fährte an die Luft übergab.

Die Welt begann, sich zu drehen, aber anders als sonst verursachte es mir keine Übelkeit. Das Mädchen in meinen Armen war mein Anker und alles andere war unwichtig. Ohne auch nur ein bisschen ins Taumeln zu geraten, kamen wir an unserem Ziel an und nur widerwillig lockerte ich meine Umarmung, sog noch einmal ihren Duft ein und strich ihr dann durch die Haare, an denen nun ein konstanter Wind zupfte.

Mara keuchte auf, als sie erkannte, wo wir uns befanden. Bis zum Horizont erstreckte sich in alle Himmelsrichtungen nichts als Sand. Einzig die Dünen warfen Schatten und schufen einen Kontrast in der unendlichen Weite der Wüste. Um uns herum lagen mehrere Packungen Süßigkeiten und die Decke aus Maras Wohnzimmer, die ich bei unserer Ankunft wohl fallen gelassen hatte. Maras Magen antwortete auf mein Magenknurren, obwohl ich sie hergebracht hatte und das Energiedefizit hatte. Aber offenbar hing nicht nur unser Leben an dem des anderen, sondern es gab auch noch geheime Verbindungen zwischen unseren Mägen. Wir ließen uns auf die Decke fallen, gruben die Füße in den Sand und erholten uns von der Sigillenfährte. Weil hier die Sonne so früh unterging und nach der gleißenden Hitze des Mittags schnell an Kraft verlor, war es nicht mehr so heiß, dass ich für Schatten hätte sorgen müssen.

»Woher wusstest du, wohin ich als Erstes reisen würde?«, fragte sie, als wir alle Vorräte aufgegessen hatten und die Sonne in rasender Geschwindigkeit auf den Horizont zustürzte. Das Farbspiel war atemberaubend. Ich konnte meinen Blick aber nur selten von Mara losreißen, um es zu genießen.

»Vielleicht kann ich ja Gedanken lesen«, sagte ich mit einem Lächeln und zog sie näher an mich. Ich würde es liebend gerne. Nie zuvor hatte ich den Drang verspürt, einfach alles über einen Menschen wissen zu wollen, um dessen Träume verwirklichen zu können.

»Ist das so?«, fragte sie und hob ihre Mundwinkel zu einem schon fast raubtierhaften Lächeln, ehe sie mich fast um den Verstand brachte, weil sie sich mit der Zunge über die

Lippen fuhr. Im nächsten Moment lag ich umringt von einem Regenbogenvorhang aus Haaren auf dem Rücken und spürte ihren Mund fest auf meinem. Der heiße Sand der Sahara unter uns war nichts gegen die Hitze in meinem Inneren und wir kosteten sie bis zum letzten Funken aus.

Erst am nächsten Morgen löschten wir die Sigille für Wärme, die nach dem traumhaften Sonnenuntergang ein magisches Feuer neben uns hatte brennen lassen, und sahen gemeinsam in den frühen Sonnenaufgang. Mara saß zwischen meinen Beinen und lehnte sich gegen meine Brust. Unsere Hände waren vor ihrem Bauch verschränkt. Es war mir unmöglich, sie nicht unentwegt zu berühren, und mit dem Daumen zeichnete ich kleine Kreise auf ihren Handrücken. Ich hatte dem Drang anfangs noch widerstehen können, aber spätestens mit der Einheitssigille war es mir schlichtweg unmöglich geworden.

»Und jetzt erzähl mir, was es mit den Einhörnern auf sich hat.«

Ich spürte ihr Lachen, als wäre es ein Katalysator für Glück. In der Nacht hatte ich gesehen, wie die Einheitssigille begonnen hatte zu leuchten, wie sie jede Emotion an den anderen weitergetragen hatte, was einfach alles, was ich mit anderen zuvor geteilt hatte, zu einer verblassten Fotografie werden ließ. Ich wusste, dass ich nie etwas Ähnliches für einen anderen Menschen empfinden würde.

Die Sigille flammte erneut auf, teilte meine Liebe mit Mara, die sich daraufhin umdrehte und mich küsste, als würde auch sie unsere Zweisamkeit am einsamsten Ort der Welt noch nicht so schnell beenden wollen.

Nachwort

Mara gehörte in »Verhext um Mitternacht« zu meinen Lieblingsfiguren. Ich mochte ihre Sprüche und vor allem die Streitigkeiten mit Chris. Daher war das Schreiben dieses zweiten Teiles der Reihe ein besonderer Spaß, auch wenn Mara ziemlich leiden musste, bis sie wie Tristan das eigene Glück finden durfte. Trotzdem hat sie immer ihren Biss und ihren Humor behalten. Oder ihre große Klappe, wie Chris vermutlich denken würde (weil er sich nicht traut, ihr das ins Gesicht zu sagen). Ihr dürft gerne spekulieren, wer denn die Hauptrollen im nächsten Band spielen könnte. :-)

In »Verhext um Mitternacht« habe ich bereits geschrieben, dass Falkhausen an meinen Wohnort angelehnt ist, dass das Schloss, der Turm (wenn auch nicht so hoch und nicht aus Hämatit – hoffe ich zumindest), der Rosengarten und der Schlosspark, alles wirklich existiert. Umso seltsamer haben sich all die kleinen alltäglichen Szenen angefühlt, als ich sie mitten in der Corona-Krise überarbeitet habe. Wenn der Park teils abgesperrt und in der Fußgängerzone keine Menschenseele unterwegs war. Als hätte ich die Schulschließung vorhergesehen, gibt es in »Wachgeküsst im Morgengrauen« keinen einzigen Schultag (ich gehe mal meine Bewerbung an die Auguren schreiben). Es war eine unwirkliche Zeit, eine ganz besondere Erfahrung, die vermutlich jedem gezeigt hat, wie wichtig soziale Kontakte sind, dass man – wie Mara ihr Augenlicht – etwas erst vermisst, wenn man es nicht mehr hat.

Daher ist es Zeit für einen Dank an all die Menschen, die mir meinen Alltag nicht nur in der Zeit während der Arbeit an »Wachgeküsst im Morgengrauen« versüßt haben: meine wundervollen Testleserinnen Gio und Vanny, die immer im richtigen Moment die richtigen Worte finden, ebenso wie meine liebsten Freundinnen Katja, Sabrina, Sandra und Nicky, mit denen ich täglich Kontakt habe, obwohl wir uns so gut wie nie sehen. Dann all meine wundervollen Kolleginnen, die sich gemeinsam mit mir freuen oder aufregen. Ich bin so dankbar, dass ich euch habe: Julia, Tanja, Liz, Ann-Kathrin, Carina und alle anderen, die sich mit mir austauschen und dafür sorgen, dass die Arbeit an einem Buch nicht in totaler Einsamkeit endet.

Dazu gehören auch die Gespräche mit Cristina, der besten Ersatzagentin der Welt, die immer die richtigen Worte der Unterstützung findet, und der Austausch mit meinen Lektorinnen Susanne und Janika, die genauer als jede Aufspürsigille nach Problemen im Manuskript suchen und jede Menge Lektorenmagie am Text wirken, damit das Buch am Ende das ist, was ihr zu lesen bekommt. Diese Art von Magie ist sicher so kräftezehrend wie eine Sigillenfährte und ich sollte euch dringend eine große Packung Süßigkeiten zum Ausgleich des Energiedefizits schicken.

All diese Menschen bieten mir Halt, obwohl sie nicht physisch da sind. Das erledigt meine wundervolle Familie, die mich auch in Krisenzeiten unterstützt und alles Erwachsenen- und auch Kindermögliche dafür tut, dass ich mit meinem Manuskript vorankomme und meinen Traum leben kann. Danke an Kay, Nico und Colin. Ich liebe euch!

Doch euch allen, euch dort draußen, die ihr zu diesem Buch gegriffen habt, gilt der größte Dank. Ihr tragt meine Geschichten in die Welt hinaus, übergebt den Zauber an die

Elemente. Ihr seid die mächtigste Sigille überhaupt und ich danke euch dafür. Danke für jede Rückmeldung, egal, ob per Mail, über Social Media oder in Form einer Rezension. Nur mit eurer Magie können Geschichten wie meine fliegen lernen. Nutzt diese Macht. Ich freue mich schon, von euch zu hören/zu lesen.

Eure Steffi